中公文庫

北条早雲 3

相模侵攻篇

富樫倫太郎

中央公論新社

目次

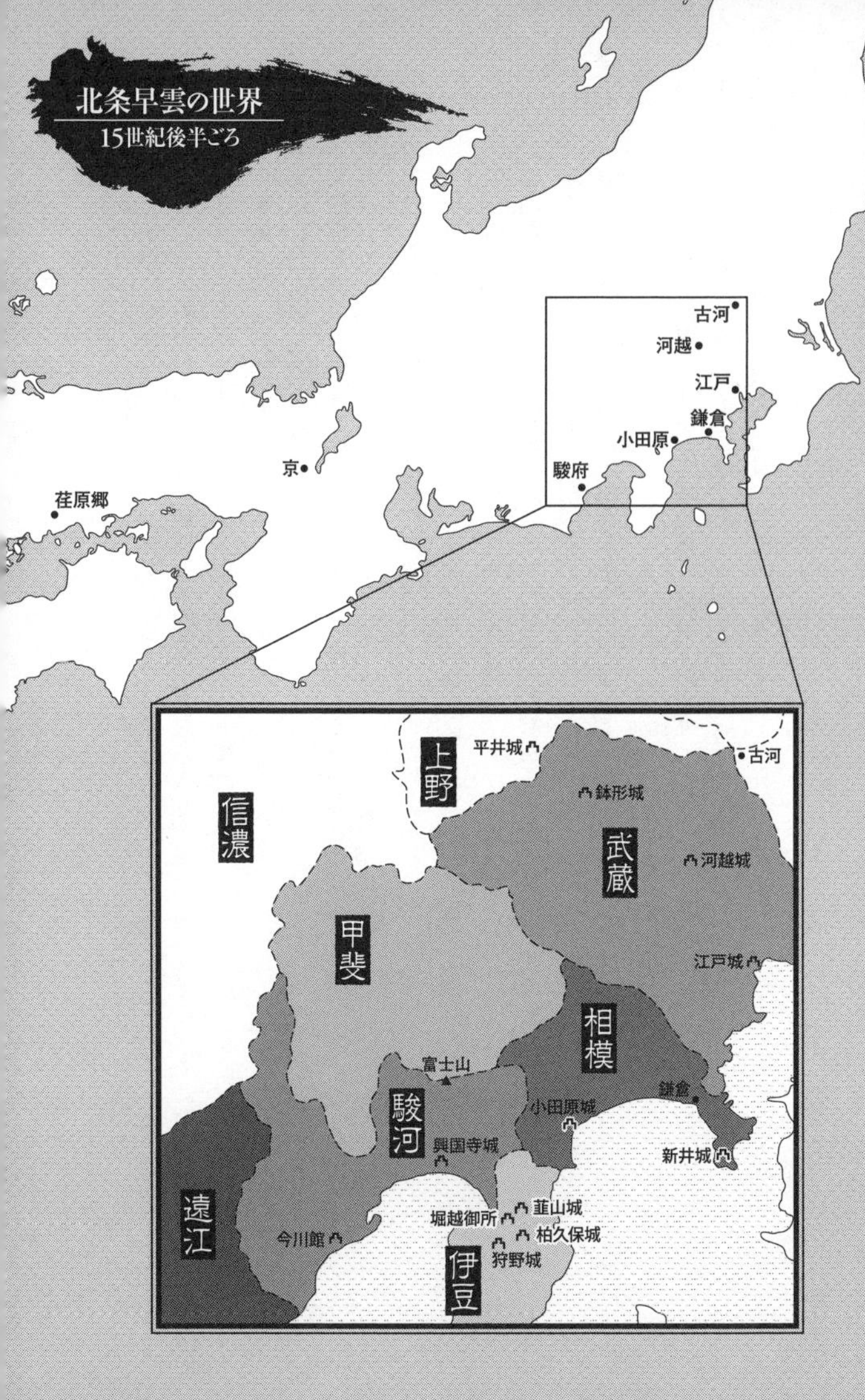
北条早雲の世界
15世紀後半ごろ
古河
河越
江戸
鎌倉
小田原
駿府
京
荏原郷
上野
平井城
古河
鉢形城
信濃
武蔵
河越城
甲斐
江戸城
相模
富士山
駿河
小田原城
鎌倉
興国寺城
新井城
遠江
韮山城
堀越御所
柏久保城
今川館
狩野城
伊豆

【主な登場人物】

伊勢宗瑞　伊勢新九郎改め早雲庵宗瑞、後の「北条早雲」。室町幕府九代将軍・足利義尚の奉公衆を辞し、駿河へ下向。伊豆討ち入りを果たし、念願の大名となる。

門都普　山の民の子。宗瑞の幼少期より友人として仕える。

伊勢弥次郎　宗瑞の弟。

大道寺弓太郎　宗瑞の従弟。

松田信之介　興国寺の近在十二郷を預かる役人たちのまとめ役。

田鶴　宗瑞の現在の妻。葛山烈道の娘。

千代丸・次郎丸　宗瑞の長男・次男。母は亡くなった真砂（宗瑞の二番目の妻）。

三郎丸・四郎丸　宗瑞の三男・四男。母は田鶴。

葛山烈道　古くから駿東に大きな勢力を持つ由緒ある一族の長。田鶴の父。

葛山紀之介　烈道の息子。田鶴の弟。

宗哲　大徳寺の僧。最初の妻と子を喪い彷徨していた若き日の宗瑞に助言を与える。

今川氏親　駿河の守護で宗瑞の甥。幼名・龍王丸。

保子　宗瑞の姉。今川家前当主・義忠との間に龍王丸を産む。

小鹿範満　今川義忠の従弟。義忠の死後、駿河を実質的に支配していたが、宗瑞により討たれる。

太田道灌　扇谷上杉家の家宰。今川義忠死後の家督相続問題を和睦に導いた。

日野富子　八代将軍・足利義政の妻で、九代将軍・義尚の母。

細川政元　管領。幕府の実質的な権力を握る。

足利茶々丸　前堀越公方・足利政知の嫡男で第二代堀越公方。宗瑞により堀越御所を追われる。

清晃　政知の次男で後の十一代将軍・義澄。異母兄の茶々丸に母・円満院と弟・潤童子を討たれる。

山内顕定　関東の領有をめぐって争う両上杉の一・山内上杉氏の当主。

扇谷定正　関東の領有をめぐる両上杉の一・扇谷上杉氏の当主。

大森氏頼　小田原城主。扇谷上杉氏の重臣。

藤頼　氏頼の次男。

定頼　氏頼の孫。大森氏の嫡流。

三浦道寸　氏頼の孫。

狩野道一　修善寺の南を領有する狩野一族の当主。

武田信縄　甲斐の守護・武田家当主。

北条早雲3

相模侵攻篇

第一部　霊夢

一

伊勢宗瑞は後世、北条早雲と呼ばれることになる。

宗瑞が生きている頃、「北条」姓を名乗ったこともないし、「早雲」と呼ばれたこともない。呼ばれたとすれば「早雲庵」である。普通は「宗瑞」もしくは「伊勢殿」と呼ばれた。

宗瑞の事績を記した古書には「早雲の霊夢」という逸話が必ず出てくる。

こんな話である。

ある年の暮れ、宗瑞は駿河の三島大社に参籠して関東の支配者になれるように願をかけた。年が明け、正月二日、初夢を見た。

広い野原に大きな杉が二本聳え立っている。

そこに一匹の小さなネズミが出てきて、その二本の大杉の根元を齧り始めた。

やがて、二本の大杉は倒れた。

ネズミは虎に変身して咆哮した。

そこで目を覚まし、初夢の意味を考えた。

二本の大杉は扇谷上杉氏と山内上杉氏に違いなかった。

とすると、ネズミは宗瑞自身であろう。

宗瑞は子年の生まれなのである。

両上杉氏を滅ぼし、宗瑞の子孫が関東の支配者になる……そういうお告げなのであろうと解釈し、宗瑞は大いに喜んだという。

もっとも、あくまでも夢に過ぎない。

現実の宗瑞は、関東制覇どころか、ようやく小国の大名に成り上がろうとしているところであった。

二

明応二年（一四九三）十月、宗瑞は、いわゆる「伊豆討ち入り」を敢行した。堀越御所を急襲し、足利茶々丸を堀越公方の座から追ったのである。

伊豆を手に入れ、一夜にして大名になった。

もちろん、宗瑞一人だけの力ではない。

次の将軍になることが決まっている清晃（後の十一代将軍・義澄）、管領・細川政元、日野富子といった実力者たちの後援があり、甥の今川氏親が兵を貸してくれたからこそ成功したのだ。

茶々丸から支配者の地位を奪ったとはいえ、その地位は盤石とは言いがたい。

堀越周辺の豪族たちは、本心は別として、表向きは宗瑞に従う姿勢を見せている。農民たちが宗瑞の支配を喜んでおり、豪族たちが宗瑞に刃向かえば、農民たちが武器を取って一揆でも起こしかねない雰囲気だからだ。我が身を守るためには宗瑞に従う以外に道はないのだ。そのおかげで北伊豆は割と平穏である。

問題は南伊豆であった。

修善寺の南を領有する狩野一族は宗瑞に対する敵意を隠そうとせず、当主の狩野道一は隙あらば堀越に攻め込もうとする構えを崩していない。

そこから更に南、天城山の南方に広がる南伊豆一帯は反宗瑞勢力の巣窟といっていい。

つまり、形の上では伊豆の支配者になったとはいえ、北伊豆をかろうじて支配下に置いているに過ぎず、南伊豆は宗瑞の支配に服してはいないというのが実情であった。

なぜ、そんなことになったのかと言えば……。

「茶々丸さまは死んでいない。生きている」

という噂が流れているせいだ。

（そんなはずはない……）

宗瑞は、まったく信じていない。

断崖絶壁に追い詰められた茶々丸が海に転落するのを見たのだ。

もっとも、死体が見付かったわけではないから、宗瑞自身、間違いなく茶々丸が死んだと断言できるわけではない。

だが、あの高さから転落して生き延びるなどというのは、とてもあり得ないという気がする。

（くそっ）

いつも沈着冷静な宗瑞ですら、悪態をつきたくなってしまう。茶々丸の生首をさらすことができていれば、今頃、伊豆は静謐だったはずなのである。

おかげで宗瑞は堀越から動くことができない。

できれば興国寺城に帰りたいが、茶々丸の生存を信じている豪族たちがいつ蜂起するかわからないので動くに動けないのだ。

たとえ伊豆を手に入れたとしても、宗瑞は興国寺城から動くつもりはなかった。興国寺城に腰を据えて伊豆を支配する心積もりだったのである。

しかし、そんな悠長なやり方は通用しそうにない。それほど伊豆は不安定だった。

豪族たちの蜂起を警戒して軍備を調えながら、宗瑞は堀越周辺をせっせと歩き回った。

供として連れ歩くのは門都普一人だけだ。宗瑞が領地を歩き回るのは、さして珍しい光景ではない。興国寺城にいるときも、暇さえあれば、せっせと歩いて農民の暮らしに気を配った。それまでとちょっと違うのは、宗瑞が歩くのは、もっぱら山道だということであった。だから、田畑のそばで宗瑞を見かけることは少ない。

山歩きの理由を宗瑞ははっきり口にしなかったが、

「城を造るのにふさわしい場所を探しているのだ」

と、弥次郎や弓太郎は察している。

堀越御所を本拠に据えて伊豆を支配すればよさそうなものだったが、宗瑞のみならず、弥次郎たちにも、そのつもりはない。

ひとつには堀越御所のある土地が平坦で、攻めやすく守りにくいということがある。しかも、堀越御所は城でも砦でもなく、ただの館に過ぎなかった。都にある公家屋敷のようなものだったのである。敵から攻められることを想定して造られたものではないので、防御力がほとんどなかった。だからこそ、宗瑞も、わずか五百にも足らぬ兵で攻め落とすことができた。

また、ひとつには、宗瑞が攻めた際、火災が発生したため、御所の大半が焼け落ちてしまったということがある。わざわざ守りにくい土地に御所を再建するより、この機会を利用して頑丈な城を築く方がいい、というのが皆の考えなのだ。

城を築く工程は、「地選（ちせん）」「経始（けいし）」「普請（ふしん）」「作事（さくじ）」という四つである。「地選」は城を築く場所を選ぶこと、「経始」は地形に応じた曲輪（くるわ）配置を決めることで、「縄張り」とも呼ばれる。実際に、その土地に縄を張って曲輪の配置を決めていくからだ。「普請」は基礎工事で、それが終わると実際に建物を作る「作事」に取りかかる。

このうち最も重要なのは「地選」である。

城を築く場所を誤ったのでは、どれほど立派な城を築いても役に立たない。

伊豆を治める本拠地として、どうしても譲ることのできない条件がいくつかあり、それらの条件を満たす場所を宗瑞は探していたのだ。

それらの条件とは……。

まず、山城（やまじろ）であること。

平地に城を築くのが当たり前になるのは、もっと後の世の話で、この当時は山の上に城を築いて、天然の要害とするのが普通だった。山の上に曲輪を築けば、そこから遠くまで見渡すことができる。これも重要な要素である。

南伊豆の豪族たちに睨（にら）みを利（き）かせるだけでなく、山内上杉氏や甲斐（かい）の武田（たけだ）氏の侵略にも備えなければならず、そのためには興国寺城との連携が必須で、せいぜい半日ほどで行き来できる土地が望ましい。海運力を生かすためには海に近い方がよく、伊豆の内陸水運の要（かなめ）である狩野川（かのがわ）からもあまり離れることはできない。

そういう意味では堀越というのは平地であることを除けば、様々な条件を満たす理想的な土地であった。それ故、宗瑞も、

（できるだけ堀越の近くがよい）

という考えで山歩きをしている。

三

「門都普、どう思う？」

宗瑞が足を止めて門都普を振り返る。宗瑞の額には玉の汗がいくつもできている。

「わざわざ訊くまでもなかろう。とっくに心は決まっているのではないのか？」

「わかるか？」

「顔を見ればわかる」

「そうか」

白い歯を見せて笑いながら、宗瑞が視線を前方に向ける。

視線の先には駿河湾が広がっている。太陽の光を反射して海面が銀色に輝いている。視線を少し右に転じると、長く続く海岸線を遠くまで見通すことができる。海岸線に沿って東海道が走っており、その向こうに富士山が聳えている。そのまま顔を右に向けていくと箱根山が見え、その遥か向こうに丹沢の山々が霞んでいる。

くるりと半回転すると、相模湾の海岸線が続いているのが見える。それを辿っていくと三浦半島と房総半島が重なって見える。

「ここに登ると、いつも景色に見とれてしまう」

「ならば、ここに城を築けばよい。そうすれば、毎日、この景色を眺めることができる」

「うむ」

宗瑞はうなずきながら、改めて天ヶ岳の周辺を見回す。

この土地に住む者たちからは天ヶ岳と呼ばれているが、それほどの高さはない。標高はわずかに一二八メートルなのである。

しかし、近在に高い山がないため、信じられないほど遠くまで見渡すことができる。堀越御所の東・半里（約二キロ）ほどの土地に位置しており、堀越も眼下に見下ろすことができる。

天ヶ岳を中心に起伏のある小高い丘が連なっており、それらは総称して「韮山」と呼ばれている。

「この山に城を築けば、西にも東にも睨みが利き、南にいる豪族たちを抑えることもできそうだな」

「確かに、よいところだ。興国寺城よりも、ずっといいな。あそこは手狭だし、いざ戦になったとき、守るのが難しい」

門都普が言う。

「頂上に本曲輪を置き、ここから下ったところに二の曲輪、三の曲輪を置けば、たとえ一万の大軍に攻められたとしても、そう簡単には落ちることはあるまいな……」

余談ながら、天正十八年（一五九〇）、豊臣秀吉による小田原征伐が行われたとき、天ヶ岳を中心とする山々に宗瑞が築いた韮山城は怒濤の如く押し寄せる豊臣軍を迎え撃つ最前線に位置した。

韮山城に立て籠もる北条軍は三千六百、城を囲む豊臣軍は四万四千であった。豊臣軍は城を幾重にも包囲して、火の出るような猛攻を仕掛けたものの、どうしても城を落とすことができなかった。

三ヶ月後に開城したのは小田原からの指示であり、豊臣軍に力負けしたわけではなかった。韮山城は難攻不落だったのである。宗瑞の眼力の正しさは百年経って証明されたことになる。

「もっとも、毎日、登ったり下ったりするのは大変だから、麓にも館を拵えねばなるまい。どのあたりに館を築くのがよいか……」

すでに「地選」は終わった。宗瑞の頭の中では、「経始」が行われている。地形に応じて、どのように曲輪を配置するかを思い描いているのだ。

それから、ひと月も経たぬうちに「普請」が始まり、やがて、「作事」も行われた。

まず、天ヶ岳山頂付近に本曲輪と二の曲輪が、天ヶ岳の北麓に日常生活を送る館が築かれた。宗瑞が最初に拵えたのはこれだけで、その後、数十年という長い歳月をかけて少しずつ曲輪や砦が建て増しされ、城の規模は大きくなった。最終的に曲輪は五つになり、本曲輪のある天ヶ岳砦を守るために江川砦、和田島砦、土手和田砦という砦が造られた。これらの曲輪や砦、館をすべて合わせたものが後の韮山城であり、その規模は、東西七〇〇メートル、南北一一〇〇メートルという広大なものであった。

館に人が住めるようになると、宗瑞は興国寺城から田鶴と子供たちを呼び寄せた。本拠を移すことを声高に告げたわけではないが、そのことが宗瑞の決意を物語っていた。館の周辺に家臣たちの屋敷が建てられるようになると、家臣たちも宗瑞に倣って家族を呼び寄せた。

四

城を築く土地を選ぶために宗瑞が山歩きをしている間、家臣たちは松田信之介を中心に検地を行っていた。年貢を決めるために、どれくらいの田畑があるかを正確に知る必要があったからだ。

この検地を伊豆の農民たちは固唾を呑んで見守った。宗瑞が無茶な取り立てをせず、他のどの土地よりも年貢が安いという噂は聞こえていたが、興国寺城で行ったやり方を、そのまま伊豆に適用するかどうかは宗瑞の胸ひとつである。もし宗瑞が伊豆で苛酷な取り立てをするようなら、今までの支配者と何も変わらない。宗瑞を迎え入れた意味がない。自分たちも興国寺城の農民たちのように楽な暮らしができるようになるのかどうか、伊豆の農民たちの関心は、その一点にある。

ざっと検地が終わると、宗瑞は年貢の取り立てに関する布告を出した。拍子抜けするほどあっさりした内容だった。

田畑の広さに応じて、田一反につき四百文から五百文、畑一反につき百五十文から二百文というように年貢高を決めただけなのである。

この布告が出されたとき、伊豆の農民たちは、そんなうまい話があるはずがないと信じなかった。この通りに実施されると、収穫高に対する年貢率は、ほぼ四割になるが、そんな安い年貢しか取らない領主など、この時代、どこにもいなかった。

八百文の収穫があれば領主が七百文を年貢として奪う。五百文の収穫しかなければ、すべてを領主が奪う。堀越公方と山内上杉氏が支配しているときには、それが当たり前だった。不作になると農民たちは飢え死にするしかなかった。伊豆の支配だけが苛酷だったわけではなく、どこの国の領主もそんなやり方をしていた。

その年の収穫高によって、領主が恣意的に年貢率を変えるのが当たり前で、しかも、年貢率が異様なほどに高い。それがこの時代の常識だった。

宗瑞は、そうではない。

田一反につき四百文と決めてしまえば、たとえ、収穫高が増えても年貢を増やしたりしなかった。

つまり、収穫高が増えれば増えるほど農民の手許にも多くの収穫物が残るということである。

確かに、うますぎる話であった。搾取されることが当たり前の生活をしてきた農民たちにとっては天地がひっくり返るほどの衝撃だった。

もちろん、布告通りに年貢の取り立てが行われれば、という話である。農民たちは領主に騙(だま)されることにも慣れっこだったのだ。

後のことだが……。

最初は半信半疑だった農民たちも、実際に宗瑞があらかじめ決めただけの年貢しか取らないとわかると必死に働き始めた。収穫が増えれば自分の取り分が増えて、暮らしが楽になるからである。一反あたりの収穫高を増やすことには限度があるので、荒れ地を開墾して積極的に田畑を増やす努力をした。その結果、宗瑞に納められる年貢も年ごとに増えた。暮らしが豊かになるにつれ、農民たちの宗瑞に対する尊敬の念も増した。彼らは心からの敬愛を込めて宗瑞を「韮山さま」と呼んで慕うようになる。

もっとも、それは何年か先のことであり、茶々丸を追い払った当時は、期待はされてい

たものの、同時に、

（また騙されるのではないか）

と警戒もされていた。

それは宗瑞も承知している。農民たちは、年貢が減るのではないか、生活が楽になるのではないか……そんな期待から、つまりは損得勘定だけで宗瑞の味方をしているに過ぎない。それが悪いわけではない。

しかし、それだけでは駄目だ。

誰もが幸せになれる、よい国を造るのだという宗瑞の信念を浸透させる必要がある。

伊豆は宗瑞の国ではなく、自分たちの国なのだという強い思いを農民が持たなければ、強大な敵に攻め込まれたとき、簡単に屈服してしまうだろうし、より大きな利で釣られれば、それに靡（なび）いてしまうに違いないからだ。

天ヶ岳に城を築くことが決まり、「経始」を終え、「普請」が始まると、宗瑞の思案は、いかにして自分の信念を農民たちに浸透させるかということに向いた。

そんなある日、門都普を連れて領地を歩いているとき、荒れ果てた寺を見つけた。それまで寺があることに気が付かなかったのは、土塀も建物も崩れ、背の高い雑草が生い茂り、寺という雰囲気が消え失せてしまっていたからである。その有様を見れば、よほど長い間、誰も住んでいないことは明らかだ。近くの畑で野良（のら）仕事をしている農民をつかまえ、

「あれは何という寺だ？」

と、宗瑞が訊くと、その農民は、

「さあ……」

と首を捻った。自分が子供の頃から廃寺で、寺の名前など聞いたこともないというのだ。

「ふうむ……」

そう言われると好奇心が湧き、村の古老を呼びに行かせることにした。やがて、腰の曲がった皺だらけの老人がよたよた歩いてきた。

「この寺について教えてもらいたい」

「香山寺のことでございますな」

「こうざんじ？　どういう字を書くのだ」

「はあ……」

古老が地面に、「香山寺」と書く。すぐに漢字が出てくるのだから、かなり教養のある年寄りだ。

「いつ頃にできた寺だ？　今は荒れ果てているが、こうなる前はかなり立派な寺だったような気がするのだが……」

「詳しいことは存じませんが」

と前置きして、古老は次のようなことを語った。

言い伝えによれば、香山寺が開かれたのは久寿元年（一一五四）で、清盛が当主となって、平氏が権力を握ろうとしていた時代である。山木判官と呼ばれた平兼隆の祈願寺で、元々は真言密教の寺だったという。

治承四年（一一八〇）、平兼隆は源頼朝の軍勢に敗れて討ち取られた。庇護者を失った香山寺は荒廃した。百五十年後に足利氏が再興するものの、それも長くは続かず、南北朝時代の終わり頃、またもや寺は荒れた。それ以来、寺は無人なのだという。

「ほう……それほど由緒ある寺だったのか」

宗瑞が感心したようにうなずく。

言い伝えが事実だとすれば、三百四十年もの歴史を持つ古寺である。

備中荏原郷で暮らしていた少年時代、宗瑞は『平家物語』や『太平記』を愛読して胸を躍らせたものだった。平兼隆といえば、『平家物語』の登場人物の一人である。その兼隆が葬られていると聞けば、何やら因縁めいた出会いのような気もしてくる。

一度目は源平の争乱に巻き込まれて荒廃し、二度目は南北朝の混乱に巻き込まれて衰退したというのだから、宗瑞が大好きな時代の息吹を直に浴び、歴史の舞台となった寺なのである。

（わしがもう一度、この寺を盛り立てて見せよう）

香山寺を再興して、韮山だけでなく伊豆に住むすべての人々の信仰の拠り所にしようと考えた。御仏の教えと共に、宗瑞の信念が浸透することを願ったのである。

そのためには建物を造り直すだけでは意味がない。徳のある僧侶を招いて住持とする必要がある。

(大徳寺から招きたい)

迷うことなく、そう宗瑞は思った。

宗瑞自身が修行した大徳寺の教えを伊豆に広めたいと考えた。

(都に上らねばならぬな)

自ら大徳寺に出向いて、香山寺に住持を送ってくれるように頼まなければならなかった。

五

伊豆討ち入りが成功したら、できるだけ早く上洛しなければならないと宗瑞も考えていた。宗瑞に力添えしてくれた細川政元や日野富子にお礼を言上しなければならないし、母と弟の仇を取ったことを清晃に報告する必要もあった。

しかし、とても伊豆を平定したとは言えない状況で、いつ戦が始まるかもしれないので、なかなか宗瑞も腰を上げることができなかった。踏ん切りがついたのは、香山寺を再興するために大徳寺から僧を招きたいと思いついたからだ。

明応三年(一四九四)の初め、宗瑞は京都に向けて出立した。途中、駿府に一泊し、氏親と保子に会った。伊豆討ち入りに力添えしてくれたことを感謝し、ご恩は決して忘れませぬ、と頭を下げた。

「顔を上げなさい。この子が今川の家督を継いで駿河の国主となることができたのは新九郎のおかげです。こちらこそ、その恩義を忘れてはおりませぬ。少しでも恩返しができたのなら、これほど嬉しいことはありませぬ」

　保子が言うと、

「母の言う通りです。わたしなど、わずかばかりの兵を貸したに過ぎませぬ。伊豆を制したのは叔父上の力でございます」

　氏親が姿勢を正したままうなずく。形の上では氏親と宗瑞は主従の関係だが、氏親は宗瑞を尊敬し信頼しているので、いつも丁重な態度で接する。

「いや、制したなどとは言えませぬ」

「南の方に叔父上に従わぬ者がいるとは聞いておりますが……」

　氏親が小首を傾げる。

「それどころか……」

　南伊豆にいる豪族たちのほとんどが今でも堀越公方を支持し、自分に従おうとしないのだ、と宗瑞が顔を顰める。

「そう簡単には大名になれないということですね」

保子が口許に笑みを浮かべる。

「母上、笑い事ではありませぬぞ」

氏親が生真面目な表情で保子をたしなめる。

「どうか援軍が必要なときは、いつでも使いを寄越して下さいませ。次は、わたし自身が兵を率いて伊豆に赴きましょう」

「その言葉、この胸に刻んでおきましょう。何よりの馳走でございまする」

宗瑞が恭しく頭を垂れる。

その夜……。

宗瑞と保子は二人だけで月を愛でた。

「たまにはお二人で過ごしてはいかがですか」

と、氏親が気を遣ったのだ。

「月日が流れるのは早いですね。こうして眺めている満月は、昔、荏原郷で眺めていた満月と少しも違っていないのに、わたしたちはすっかり変わってしまった……」

保子が溜息をつく。

夫・義忠の死後に出家し、髪を下ろしている。今も尼姿である。まだ四十二歳だから老け込むには早いが、顔には深い皺がいくつも刻まれている。氏親が家督を継ぐまでの苦労が、その皺に表れているかのようだ。

三つ年下の宗瑞も出家姿である。

だが、俗世間と縁を切るために出家したわけではない。伊豆討ち入りが、円満院と潤童子の菩提を弔うための戦いであることを世間に知らしめるために出家したのである。

宗瑞の肉体は研ぎ澄まされ、一片の贅肉もついていない。その顔も、頬骨が浮き上がるほどに引き締まっている。目つきは鋭く、意志の強さを表しているかのように口許は真一文字に引き結ばれている。宗瑞の肩にのしかかる、家臣や領民に対する責任の重さが表情を険しくさせているのだ。

「振り返ると、随分と長い道を歩いてきたことに驚かされますが、実際には一日一日を必死に生きてきただけです。たぶん、これから先も同じでしょう」

「大名の仲間入りをしたというのに、控え目な物言いをするのですね」

「それは、たぶん……」

宗瑞が口籠もる。

「何ですか？　言いかけたことを途中でやめるのは、よくないことですよ」

「申し訳ありません。こう言いたかったのです。わたしは一度死んだ人間なのだ、と。金銀に執着することなく、女色に溺れることもないのは、そのせいだと思います。なるほど、わたしは大名になったのかもしれませんが、だからといって、それで何かが変わったということはありません。今まで通りに生きていくだけのことです」

「一度死んだというのは、都で妻子を亡くしたせいですか？　流行病に罹ったと聞きましたが」

「あのとき、わたしは死にました。それまでは人並みに様々な欲を持っていましたが、死んだときに三途の川に流れてしまったようです。生き返ったときには何の欲もありませんでした。ただ……」

「ただ？」

「自分が望んで生き返ったわけではありませんから、何かの力で生かされているのなら、この命を自分のためではなく、他の者たちのために使おうと思いました。この世には死ぬよりも辛い目に遭っている者たちがたくさんいますから、生きている方が死ぬよりもましだと思わせてやりたいと考えたのです」

「そういう生き方をするのは楽ではないでしょうね。迷いはないのですか？」

「ありません」

宗瑞が首を振る。

「今は新しい妻もいるし、子宝にも恵まれている。大名にもなった。それでも変わらないのですか？」

「自分でも不思議ですが何も変わっていません」

「なるほど……」

保子がうなずく。

「興国寺城の領地では年貢が安いとあちらこちらで評判になっているそうですよ。聞いていますか？」

「何となくは」

「評判といっても、いい評判ではありません。もちろん、農民たちは喜んでいるのでしょうけれど、農民を支配する者たちは面白くないでしょう。駿河でも、特に興国寺城に近い東の方に領地を持つ豪族たちは、興国寺城だけが年貢を安くするのをやめさせるように何度となく御屋形さまに申し入れているのです。知っていましたか？」

「いいえ。知りませんでした。そんなことがあったのですか？」

「興国寺城は御屋形さまがおまえに預けた城です。御屋形さまが年貢の取り立てについて指図すれば、おまえも従わざるを得ないでしょう。違いますか？」

「確かに」

「今川のやり方がそれほどひどいとは思いませんが、それでも興国寺城の年貢よりはずっと高い。重臣たちの中にも、『伊勢殿は領民どもを手懐けて、いずれ駿河を奪うつもりではないのか』などと口にする者もいるのです。御屋形さまは、その者たちを厳しく叱りました。それほどおまえを信じているのです。わたしも信じています。それでいいのですね？」

「もちろんです。わたしは、御屋形さまと姉上を裏切るようなことはしませぬ」

「それを聞いて安心しました」

保子がにこりと笑う。

その夜、宗瑞はなかなか眠ることができなかった。保子との会話を何度も頭の中で反芻した。

誰もが人間らしく豊かに暮らすことのできる国を造りたい……それが宗瑞の理想だ。その理想を実現するために、この時代としては破格の四公六民という年貢制度を実施している。伊豆を支配していた山内上杉氏など、普通の年でも七公三民、不作の年には八公二民などという無慈悲な取り立てをした。農民が宗瑞を慕うのは当然で、だからこそ、宗瑞は支配階級から憎悪された。宗瑞自身、憎まれていることを承知していたが、信念を貫き通すにはやむを得ないことだと割り切った。

だが、そのやり方が氏親の立場を悪くしていることにまでは考えが及ばなかった。

言われてみれば、今川とて六公四民くらいの取り立てはしている。山内上杉氏のように絶え間なく戦争ばかりしているところよりは安いが、それでも宗瑞よりは年貢が高い。興国寺城周辺の、駿東地方の農民たちが宗瑞の支配下に入りたいなどと騒ぎ出し、その騒ぎが広まれば、今川の屋台骨を揺るがす深刻な事態になりかねない。

にもかかわらず、氏親は小言めいたことなど何も口にせず、伊豆討ち入りが成功したことを喜んでくれた。

（御屋形さまの信頼に応えなければならぬ。わしに何ができるだろう……）

四公六民というやり方を改めることはできないから、何か他のやり方で氏親に恩返ししなければならないと思う。自分に何ができるか、宗瑞はひたすら考え続ける。

六

「よくぞ仇を取ってくれた。これで母と弟も成仏できるであろう。礼を申すぞ」

清晃は宗瑞の手を取り、目に涙を浮かべながら何度も頭を下げる。清晃の母・円満院と弟の潤童子は異母兄・足利茶々丸に討たれ、御所の門前に生首をさらされた。その憎むべき茶々丸を討ち滅ぼして、母と弟の仇を取ってくれたのが宗瑞である。清晃が涙ながらに感謝するのも当然であった。

「……」

宗瑞は複雑な表情でうつむいている。

なぜなら、胸を張って、

「茶々丸さまを討ち果たしましてございます」

とは言えないからだ。

確かに宗瑞は茶々丸を追い詰めた。行き場を失った茶々丸は崖の上から愛馬もろとも海に転落した。

が……。

死体は見付からなかった。

まさか、あの高さから海に落ちて助かるはずはあるまいから、茶々丸は死んだと思い込んでいたが、この頃は、

(もしや生きているのでは……)

という疑いを宗瑞は抱いている。

そういう噂がまことしやかに囁かれているし、南伊豆の豪族たちが宗瑞に敵意をむき出しにして一向に従おうとしないのは、彼らもまた茶々丸の生存を信じているからではないか、という気がする。

「茶々丸さまは生きておられるやもしれませぬ」

ということは事前に細川政元には告げてある。

今のところ生死は定かではないが、もし生きていれば、宗瑞は仇を取ったことにはならない。仇討ちをしくじったことになる。宗瑞の話を聞いた政元は苦い顔で黙りこくっていたが、やがて、

「余計なことを言ってはならぬ……」

清晃さまは茶々丸さまが討ち取られたと信じておられる、その知らせを聞いて心から喜んでおられるのだ、今になって、あれは間違いでしたなどと言えるものか……そう吐き捨てるように言った。

「本当に生きているかどうかわかりませぬが、もし生きているとしたら……」

それは清晃さまを騙すことになるのではないか、と宗瑞が口にすると、

「そのときは、今度こそ、茶々丸さまのお命をいただくことだ。それが伊勢殿のためでもある」

せっかく手に入れた大名の地位を失いたくなければ何としても茶々丸を討ち取れ、しくじりを繰り返せば、ただでは済まぬぞ、という政元の恫喝が言外に匂っていた。

そういうことがあった。

だから、宗瑞は黙っている。じっと口を閉ざして清晃の感謝の言葉を受け止めている。

しかし、清晃を謀っている気がして、ひどく居心地が悪い。横目で政元を見ると、口をへの字に曲げて険しい顔をしている。目を細めて、宗瑞を睨んでいるのは、

（余計なことを言うな。黙っていろ）

という意思表示に違いなかった。

「感謝の気持ちは十分に伝わりましたよ。新九郎の手を……いいえ、今は宗瑞でしたね。

宗瑞の手を離してあげたらどうですか」

上座に腰を下ろしている日野富子が清晃に声をかける。その声に促されて、ようやく清晃が宗瑞の手を放し、富子の隣に戻る。

宗瑞は、ホッと息を吐きながら正面に視線を向ける。そこには痩せて顔色の悪い富子が疲れた様子で坐っている。去年の冬、風邪をこじらせて寝込んでからすっかり体が弱くなり、年が明けてからもたびたび体調を崩している。五十歳を過ぎてからも、ふっくらと肥え、健康そうで肌艶（はだつや）もよかったのに、その面影はなくなり、すっかり面変（おもが）わりしてしまった。今回、都にやって来た宗瑞が最も驚かされたことは富子の衰えであった。

「清晃との約束を果たし、宗瑞も大名になった。まずは、めでたい。のう？」

富子が清晃を見る。

「はい。これほど頼りになる男はおりませぬ」

清晃がうなずく。

「大名になったと言っても、東国の者どもは幕府の指図にも素直に従わぬ荒武者（あらむしゃ）揃い。宗瑞を伊豆の守護に任じても、おとなしくは従いますまい。これから先、伊豆を治めていけるかどうかは宗瑞の器量次第ということになりましょう」

政元がにこりともせずに言う。

「一国の主となったのはめでたいが、まだまだ楽はできそうにないのう」

富子が、ほほほっ、と笑うが、その笑い声に力がない。

「お疲れなのではございませんか？」

清晃が富子を気遣う。

「そうね。休もうかしら。手を貸してちょうだい」

「はい」

清晃に支えられて、富子が立ち上がる。

宗瑞と政元が平伏する。

座敷から出て行くとき、富子が肩越しに振り返り、

「国を手に入れるのも、国を保つのも容易なことではない。しかし、国を失うのは、あっという間じゃ。せっかく手に入れた国を簡単に手放してはなりませぬぞ。おまえならば、きっと立派な大名になると信じていますよ。会えてよかった。また会う日を楽しみにしておりますぞ」

「ありがたきお言葉でございまする」

宗瑞が板敷きに額をこすり付ける。

富子と清晃が去り、座敷に宗瑞と政元の二人きりになると、

「先程は伊豆を治められるかどうかは伊勢殿の器量次第と申したが、本音を言えば、そんなことでは困る。どんなやり方をしても伊豆を治めていってもらいたい」

「もちろん、そのつもりでおりますが……」

なぜ、それほど政元が宗瑞の伊豆支配にこだわるのか、それが釈然としない。宗瑞に好意を持って肩入れしてくれているわけでないことは察せられる。冷酷で計算高いと世人から評される政元のことだから、政元なりの理由があって宗瑞を後押ししているに違いなかった。

「今年中には清晃さまに正式に将軍になっていただく。まずは元服の儀を済ませ、次いで将軍宣下(せんげ)という流れになる。だが、それを快く思わぬ者もおらぬではない。不埒(ふらち)な者どもが都で騒ぎを起こすようなことがあっては困る。それ故、不測の事態に備えて今川の兵を上洛させることも考えておる。わかるな？」

政元がじっと宗瑞を見つめる。

（なるほど、そういうことか……）

宗瑞にもわかる。

要は、今川の軍事力を背景として清晃の擁立を平穏に行いたいということなのだ。今川家は幕府に忠実で、氏親の父・義忠も将軍の召しに応じて、たびたび大軍を率いて上洛している。義忠が果たしたのと同じ役回りを氏親にもさせようというのが政元の目論見(もくろみ)なのであろう。

氏親が大軍を率いて上洛するには領国である駿河が鎮まっていなければならない。駿河の抱える火種の第一は駿東地方である。山内上杉氏や扇谷上杉氏、それに甲斐の武田氏までが隙あらば駿東地方を奪おうと虎視眈々と狙っているし、彼らに気脈を通じている豪族が駿東地方にはいる。宗瑞が伊豆支配に成功すれば、今川家の強力な防波堤になる。周辺の大名が駿東地方に攻め込むには、まず伊豆の宗瑞と戦わなければならないからだ。

つまり、政元が宗瑞の後押しをするのは、今川の軍事力を利用するためなのだ。

「伊豆に戻って足許を固めよ。茶々丸さまが生きているのが本当ならば、さっさと見つけ出して、今度こそケリをつけることよ。伊豆の騒ぎを鎮めるのに手間取れば、山内上杉だけでなく、扇谷上杉も伊豆を奪おうとするぞ。幕府や今川の助けを当てにしてはならぬぞ。自分の力で何とかすることだ」

政元が突き放すような言い方をする。

伊豆討ち入りに際して、政元は政治力を駆使して扇谷上杉氏を動かし、それが伊豆の守護である山内上杉氏を牽制することになり、宗瑞はわずかの兵で茶々丸を打ち負かすことに成功した。今後は、そういう助けを期待するな、と政元は釘を刺しているわけである。

冷たい仕打ちだ、と宗瑞は思わなかった。政元が何よりも優先しているのは清晃を将軍にして、その立場を安定させることである。その目的のために宗瑞の伊豆討ち入りに力を貸してくれたのだ。これからは幕府と今川の軍事力を都に集中させて、反対勢力を封じ込めねばならない。現実問題として宗瑞に兵を貸す余裕などないのだ。

ならば、また政治力を駆使すればいいではないかという話になるが、それもまた難しい。

山内上杉氏は宗瑞に伊豆を奪われたことに激怒しているから、政元の言葉に耳を貸すはずがない。伊豆討ち入りに際して政元に協力した扇谷上杉氏にしても、まさか宗瑞が堀越公方を滅ぼして、伊豆に居座ることになろうとは想像もしていなかった。政元に一杯食わされたと不信感を抱いているから、やはり、政元の言いなりにはならない。

つまり、もはや政元は東国で政治力を使うことができなくなっており、たとえ宗瑞に力を貸したいと思っても、それができる状況ではない。それ故、自分の力で何とかしろ、と突き放すような言い方しかできないのである。

七

清晃や政元に挨拶を済ませると、宗瑞は大徳寺を訪ねた。宗哲(そうてつ)に会うためだ。

宗瑞が鶴千代丸(つるちよまる)と名乗っていた少年時代、荏原郷で『太平記』の面白さを教えてくれたのが宗哲である。最初の妻である伽耶(かや)と生まれたばかりの息子を流行病で一度に亡くし、生きる力を失って都をさまよい歩いていたときに救ってくれたのも宗哲である。

そういう意味では、宗哲は学問の師というだけでなく、命の恩人でもある。

今度もまた宗哲に助けを求めにやって来た。

「噂は耳にしておりますぞ。遠い東国の出来事も、なぜか、都には聞こえてくるのです」

齢六十となり、顔には小皺が増え、眉毛も白くなっているが、昔と変わらぬ人懐こい笑みを浮かべながら宗哲が言う。宗瑞が説明するまでもなく、宗哲は「伊豆討ち入り」を知っていた。

「いずれ大きく出世なさる御方だとは思っていましたが、まさか大名になられるとは……。正直、驚きました」

「大名といっても……」

宗瑞が苦笑いする。

かろうじて堀越周辺を支配しているに過ぎず、南伊豆の諸豪族は反旗を翻しているし、北伊豆の豪族たちも心から服しているわけではない。農民たちが宗瑞を支持しているから仕方なく従っているだけだ。宗瑞が戦に敗れて苦境に陥れば簡単に見限るに違いない。

「頼みの綱は農民だけということですか」

「はい」

「いかにも宗瑞殿らしい。そういう大名は他におりますまい」

「農民も、わたしが支配すれば年貢が安くなると期待しているだけのことです。豪族も農民も突き詰めていけば己の欲と損得だけで動いているという点では同じです」

「それが不満なのですかな？」

「不満です。伊豆の民が伊豆という土地を心から愛するようになってほしいのです。皆でよい国を造るのだという気持ちを持ってほしい。よい国を造って、その国を皆で守っていきたいのです」

「なかなか難しそうですな」

「一朝一夕にできることでないことはわかっています。年貢を安くしたり、戦に勝つことならば、わたしにもできます。しかし、伊豆に住む者たちの心をひとつにすることは、わたしだけではできません。それ故、宗哲さまの力をお借りしたいのです」

「はて、このような年寄りに何ができますかな」

「堀越の近くに香山寺という荒れ果てた寺がございます……」

宗瑞はその寺の由来を説明し、その寺を再興して、伊豆に暮らす者たちの信仰の拠り所にしたいのだと話す。

「なるほど、そのような歴史ある寺を荒れ果てたままにしておくのは忍びない。わたしも若い頃、諸国を旅して歩きましたが、寺が荒れている土地では、そこに住む人々の心も荒れているように感じたものです。それとは反対に、国がよく治まり、領主が民に慕われているような国には立派な寺があり、徳の高い住職がいたものでした。宗瑞殿の言うように、伊豆を今よりもよい国にするには年貢を安くするだけでなく、皆が御仏を敬って、寺を大切にする心を持つことが必要かもしれませんな」

「賛成して下さいますか？」

「御仏の道を広めようとなさっている宗瑞殿に力を貸すのは沙門（しゃもん）の務めです。できれば、わたしが伊豆に赴きたいくらいです」

「そうしていただければ……」

「あと十歳くらい若ければ、そうしたでしょうが、わたしも六十です。もう若くはない。年齢（とし）のことだけではありません。足腰が弱ってしまい、とても長旅に耐えられそうにない。残念ながら、わたしは行くことができませぬ」

「そうですか」

落胆を隠すことができず、宗瑞が肩を落とす。

「宗順（そうじゅん）を覚えておられますかな？」

「宗順さまですか？　もちろんです」

妻子を失った悲しみに押し潰された宗瑞が行き倒れて死にかかっていたとき、宗哲と共に必死に宗瑞を看病してくれたのが宗順である。ここ数年、大徳寺の教えを広めるために諸国を旅することが多く、宗瑞もずっと会っていない。その宗順が旅から戻って、大徳寺にいるという。

「戦や飢饉で民の心が荒れているのを宗順も憂（うれ）えており、ずっと悩んでおります。話してみますか」

「ぜひに」

宗瑞がうなずく。

宗哲が小僧を使いに走らせると、やがて、宗順がやって来る。

「お久し振りでございまする」

宗順が丁寧に挨拶する。

「こちらこそ」

宗瑞は挨拶を返しながら、

（随分とたくましくなられた……）

と驚いた。

筋肉質のがっちりと引き締まった体つきで、剃髪していなければ、とても僧侶には見えない。まるで野武士のようだ。日焼けした顔に刻まれた何本もの深い皺が宗順の辿ってきた旅の困難さを表しているかのようであった。

「どのあたりを旅して来られたのですか？」

「九州に渡り、薩摩まで足を伸ばしてきました」

「ほう、それは随分と遠くまで行かれたものですね。向こうは、どんな様子なのですか？」

「それが……」

宗順は暗い表情になり、どこの国に行っても大して代わり映えしませぬ、豪族たちはわずかばかりの土地を争って戦に明け暮れ、農民から重い年貢を取り立てております、と溜息をつく。

「かつて宗哲さまや宗順さまは飢えた貧民たちを救うために施しをなさっておられました。それを真似て、わたしも義父の屋敷で炊き出しを始めました。何人救うことができたのかもわかりませんし、ことによると誰一人として救うことなどできず、今日死ぬはずだった者を次の日まで生きながらえさせただけかもしれませぬが、それを後悔はしておりませぬ。懲りずに同じことを繰り返していけば、やがては一人でも二人でも救うことができるに違いないと信じていたからです。その信念があったからこそ、駿河で興国寺城を預かることになったとき、わたしが支配する土地で暮らす領民が飢えて死ぬことのないように心懸けました。次の将軍になることが決まっている清晃さまや管領殿から、伊豆を支配してよいという許しを得ました。今はまだ、わたしに従おうとしない豪族も多く、とても伊豆を支配しているとは言えないのが本当です。それでも興国寺城にいたときより多くの領民を支配しています。豪族どもを平らげていけば、その数は増えていくでしょう」

「なるほど……」

宗順はうなずきながらも怪訝そうな顔だ。宗瑞が何を言いたいのか、よくわからないのであろう。それを察した宗哲が口を開く。

「宗瑞殿は、こうおっしゃりたいのだ。戦に勝てば、宗瑞殿の武勇を恐れて豪族どもは従うであろう。年貢を安くすれば、農民たちは喜んで従うであろう。しかし、それでは伊豆が本当に住みやすい、よい国になったとは言えぬ。豪族どもは、より強い者に従おうとするであろうし、農民たちも、もっと年貢を安くしてやるという甘言に他愛もなく騙されるであろう。それでは、いつまで経っても、よい国などできぬ。武力や年貢の多寡(たか)だけでは何かが足りないことを宗瑞殿は悟られた。それ故、信仰の力で皆の心をひとつにしたいと考えたのであろう。伊豆が戦のない平穏な国になり、皆が御仏を敬うようになれば、伊豆に住む者たちは、その国を自分たちの力で守ろうとするに違いない。宗瑞殿が望んでいるのは、そういう国を造ることなのだ。伊豆の堀越に香山寺という寺がある。古くからある寺だが、今では荒れ果てているという。宗瑞殿は、その香山寺を伊豆に住む人々の信仰の拠り所にしたいと考えておられる。宗順、行ってくれぬか？」

宗哲が言うと、

「わたしがですか？」

宗順が驚いたような顔になる。

「できれば、わたしが行きたい。しかし、その力がない。だから、おまえに頼みたいのだ。宗瑞殿の国造りがうまくいけば、数千……いや、数万の民を救うことができるであろう。その手助けをするのは御仏の道にかなうことだとは思わぬか？」

「得心(とくしん)いたしました」

宗順は畳に手をつくと宗瑞に向かって深々と頭を下げ、

「わたしなどに何ほどのことができるかわかりませぬが、国造りのお手伝いをさせて下さいませ」

「おお、何と嬉しい言葉であろう」

宗瑞も満面の笑みを浮かべる。

数日後、宗瑞は都を発ち、伊豆に下った。

その一行には、宗順と宗順に従う弟子たちも加わっていた。弟子の中には、二十三歳の宗清（そうせい）もいた。

宗清は、後々、宗瑞と深く関わることになる。

八

宗順らを伴って伊豆に帰国した宗瑞を待っていたのは、南伊豆の豪族たちとの戦いで苦戦を強いられている弥次郎や弓太郎らの悲鳴のような訴えであった。

上洛するにあたって宗瑞は、

「こちらからは攻めるな」

と強く戒（いまし）めた。

自分の留守中に大きな戦が起こっては困ると考えたからだ。

とは言え、いくら弥次郎たちが自重したとしても相手の方から攻めてきたら戦わざるを得ない。まさか逃げるわけにはいかない。

弥次郎たちが兵を出すと、敵はさっさと逃げ始める。それを追いかけると山や森に逃げ込み、あらかじめ隠しておいた伏兵と挟み撃ちにするような真似をした。罠を警戒して、兵を出すのを控えると、それを見透かしたように宗瑞支配下の村々を襲って作物を奪い、農民をさらう。

「ふうむ……」

弥次郎と弓太郎から留守中の報告を聞き終わると、宗瑞は苦い顔で、紀之介を呼べ、と言って二人を下がらせる。

すぐに紀之介がやって来る。宗瑞の妻・田鶴の弟で、まだ二十四歳の若者だ。葛山家の当主・烈道の嫡男で、将来は葛山一族を率いていく立場にいるにもかかわらず、宗瑞のことが好きでたまらないらしく、「伊豆討ち入り」に加わって以来、葛山にほとんど帰らず、宗瑞のそばにいる。

「お帰りなさいませ」

紀之介がにこやかに挨拶する。

「首尾はいかがでございましたか……と訊くまでもありませせぬな。都から何人もの沙門衆を連れ帰ったわけですから」

宗瑞の上洛の目的のひとつが、香山寺を任せることのできる僧侶を招聘することだと紀之介は承知している。

「こっちは、どうだった？　あまり芳しくなかったようだが」

「そうでもありませんよ。宗瑞さまの言いつけを守って、よくやったと思います。現にわたしたちはまだここにいるわけですから。本当に芳しくなかったら、今頃、興国寺城に逃げ帰っているか、そうでなければ、揃って討ち死にして城の前に生首をさらされていたことでしょう」

「よく楽しそうに言えるものだ」

呆れながらも、紀之介の笑いに引き込まれて、つい宗瑞も笑ってしまう。

言われてみれば紀之介の言う通りである。

苦戦したとはいえ、戦に負けたわけではない。

弥次郎たちは宗瑞の命令に従って、しっかり城と領地を守ったのだ。それは認めてやってもいいと思った。

宗瑞とすれば、上洛するにあたって軍配を紀之介に預けたいのが本音だった。兵法に明るく、無類の戦上手で、ことによると自分よりも戦がうまいと思うことがある。

しかし、それはできなかった。

いくら義理の弟とはいえ、まだ新参者である。宗瑞には荏原郷以来の古い家臣たちがいる。彼らを差し置いて紀之介に軍配を預けるようなことをすれば家中に不協和音が生じるに違いなかった。それを避けるために、弥次郎と弓太郎に留守を任せたのだ。万が一、敵に攻め込まれて城を守ることができないような事態に陥ったら、そのときは誰に遠慮することもないから城を守ってくれ、と紀之介には言い含めておいた。幸い、そういう最悪の事態だけは避けられたわけである。

「あっちの方は?」

「駄目ですね」

紀之介が首を振る。

「そうか」

宗瑞が小さな溜息をつく。

南伊豆の豪族たちの中心となって宗瑞に敵対しているのは狩野道一である。葛山一族は古くから駿東地方に根を張っているから伊豆には縁戚もいるし、伊豆の勢力事情にも詳しい。それを見込んで、狩野道一との和睦の道を探るように紀之介に命じておいたのである。

だが、うまくいかなかったという。

少しでも見込みがあるのなら、紀之介はそう言うはずだから、駄目だと言うからにはまったく見込みがないという意味である。

「茶々丸さまが生きているると信じているからか?」

「そうではないようです。そもそも、狩野道一というのは堀越の公方さまだけでなく、都におられる公方さまですら見下しているような男ですから」

「そうかもしれぬな」

宗瑞がうなずく。

狩野というのは狩野川の上流、天城山の北麓一帯の土地を指す。

古くは「枯野（からの）」と呼ばれており、それがいつの頃からか「狩野（かの）」に転訛（てんか）した。『日本書紀』には応神（おうじん）天皇が伊豆の豪族たちに命じて巨船を建造させ、それに「枯野」と名付けたと記されている。天城山には良質な船材となる杉や樟（くすのき）が豊富に自生しており、それらを使って建造した巨船を狩野川に浮かべて海に下らせることができた。

狩野氏の祖は藤原為憲（ふじわらのためのり）であるという。為憲は藤原鎌足（かまたり）から十代目の子孫である。為憲は平将門（たいらのまさかど）が反乱を起こしたとき、討伐軍を指揮する藤原秀郷（ひでさと）に力を貸した。反乱を鎮圧した後、その功績を認められて伊豆守に任じられた。

それ以来、為憲の子孫は都に戻ることなく、伊豆に土着した。彼らが狩野を本拠地としたので、狩野（かのう）氏と呼ばれるようになったのである。

長い歴史を持つ一族なので、伊豆に土着する有力豪族たちとはほとんど縁戚関係にあり、伊豆全域に強い影響力を持っている。

平安時代から連綿と続く家柄と格式に誇りを持っており、足利氏が興した室町幕府のことも大して敬ってはいない。それは堀越公方に対しても同じである。狩野氏からすれば、歴史の浅い成り上がりの一族としか思われないからだ。将軍家ですら見下しているのだから、今川家の被官に過ぎない伊勢宗瑞など歯牙にもかけていない。

「堀越御所を奇襲して、たまたま、それがうまくいったからといって、なぜ、われらが従わねばならぬのか。誰が今川の手先などに膝を屈するものか」

狩野道一は各地の豪族たちに檄を飛ばして、宗瑞への徹底抗戦を呼びかけた。

そういう意味では、茶々丸のために戦っているというわけではない。茶々丸が生きているという噂を利用して宗瑞に敵対する勢力の結集を図っているというのが本当だ。

「茶々丸さまのことも気に入らぬが、宗瑞さまのことはもっと気に入らぬ……それが本音ではないかと思います」

「随分と嫌われたものだ」

「都の公方さまを見下しているとすれば、当然、今川家など更に見下しているでしょうが、宗瑞さまに従えば、狩野は今川の陪臣ということになります。気位の高い男ですから、それが我慢ならないのでしょう」

「話し合いで説得はできぬか」

「無理だと思います」

紀之介が首を振る。

「できれば戦などしたくないが……。狩野道一は、戦はうまいのか？」

「そういう話は聞いたことがありません。うまくはないでしょう。戦が得意ならば、宗瑞さまが上洛して留守にしているという絶好の機会を見逃すはずがない」

「しかし、攻めてきたぞ」

「決戦を挑むつもりで攻めてきたわけではありません。何となく腰が引けているという印象を受けました。狩野道一は戦よりも謀が得意なのではないか、という気がします。戦で一気にケリをつけるのではなく、少しずつ仲間を増やしていって、堀越を包囲してしまう。周りを敵に囲まれてしまえば、宗瑞さまも駿河に引き揚げるしかなくなる」

「それは困るな」

何とかしなければ、と宗瑞はつぶやき、

「ところで茶々丸さまについては、どうなのだ？」

生きているという噂について、その真偽を確かめることも紀之介に命じてあった。

「よくわからないのです。ただ……」

「何だ？」

「生きている……そう考えておく方がいいような気がします」

「おまえは生きていると思うのだな？」

「はい」

「そうだとすれば、なぜ、姿を現さないのだ？　茶々丸さまが生きているのであれば、狩野道一などに軍配を任せず、自らが指揮を執(と)ればいいではないか。もっとも、そんなことになれば、こちらは生きた心地がしないが……」

「たとえ生きているとしても、それほど恐れることはないかもしれませぬ」

「なぜだ？」

「宗瑞さまがおっしゃったように、生きているのであれば、皆の前に姿を現して兵を集めようとするはずです。時間が経てば経つほど、こちらは防備を固めることができるわけですから、茶々丸さまとすれば、できるだけ早く決戦した方がいいはずです。にもかかわらず、いまだに姿を見せないのは、やはり、死んでしまったのか、あるいは、姿を現すことができない理由があるに違いありません」

「どんな理由だ？」

「茶々丸さまが海に落ちた場所に行ってみました。目の眩(くら)む高さです。荒い波が岸壁に打ち寄せ、潮が渦巻いていました。崖の下には岩場が多く、そこに落ちれば助かりようもありませんが、海に落ちたとしても波に飲み込まれてしまうでしょう。もし助かったとしても……」

「大怪我をしていると言いたいのか？」

「本当のところはわかりませんが……」

「かもしれぬな」

　宗瑞がうなずく。

「真に恐れる敵は茶々丸さまではなく、他にいるのではないか……そんな気がするのです。確かに狩野道一は手強い相手ではありますが、動かすことのできる兵の数もそれほど多くはなく、先程も申し上げたように戦上手とも思われません。いくら謀がうまいと言っても、それだけで他の豪族たちがついてくるはずもありません」

「だからこそ、茶々丸さまが生きているという噂が流れているのではないのか？」

「狩野道一の後ろ盾になっているのは、生きているのか死んでいるのかわからない茶々丸さまではなく、相模の三浦一族ではないか、という気がしてならないのです」

「まさか、三浦が？」

　それはあり得ぬ、と宗瑞が首を振る。

　相模は扇谷上杉氏が守護を務める国で、西の大森氏と東の三浦氏という二大勢力が扇谷上杉氏を支えている。伊豆の守護は山内上杉氏で、扇谷上杉氏と山内上杉氏は同族でありながら、古くから犬猿の仲で、暇さえあれば戦ばかりしている。伊豆の豪族たちは戦のたびに駆り出されて、扇谷上杉方の豪族たちと干戈を交えた。狩野氏と三浦氏も、そういう関係である。敵同士なのだ。

「敵の敵は味方、とも申しまする」

「わしが憎いあまり、古くからの仇敵と手を握ったというのか。それが確かならば、狩野道一め、血迷ったな」

　宗瑞が渋い顔で舌打ちする。

九

　家族に会うのも久し振りだ。

　田鶴は目許を潤ませ、声を震わせながら宗瑞が無事に帰城した喜びを告げる。決して気の弱い女ではないが、十三歳も年齢の離れた若い妻である。宗瑞の留守中、さぞ心細い思いをしたに違いない。宗瑞の顔を見た途端、緊張の糸が切れて涙腺が緩(ゆる)んだのであろう。

「さあ、あなたたちも父上にご挨拶をなさい」

　田鶴が袖で目許を拭いながら、子供たちを促す。

　嫡男の千代丸(ちよまる)は八歳、次男の次郎丸(じろうまる)は七歳、三男の三郎丸(さぶろうまる)は五歳、四男の四郎丸(しろうまる)は二歳である。千代丸と次郎丸は二番目の妻・真砂(まさご)の子で、田鶴とは血が繋がっていない。三人の兄弟は行儀よく正座しているが、四郎丸だけは人差し指をしゃぶりながら乳母の膝にちょこんと坐っている。

「父上、無事の帰国、祝着にございまする」

千代丸がはきはきと挨拶する。田鶴に丸暗記させられたのだと宗瑞にはわかるが、それでも嬉しい。続いて次郎丸と三郎丸も挨拶するが、千代丸のようにうまく言えず、何度も間違えながらたどたどしく挨拶する。

「学問には励んでおるか？」

「はい！」

大きな声で真っ先に返事をしたのは三郎丸だ。

三郎丸は、最近になってようやく、この時代の文章や手習いの教科書である『庭訓往来（ていきんおうらい）』や『尺素往来（せきそおうらい）』といった往来物を使って学問を始めた。まだ大して進んでいないが、張り切って学問に取り組んでいることは確かだ。

「次郎丸は、どうだ？」

「少しずつですが……」

恥ずかしそうに答える。

「よい子じゃ、よい子じゃ」

宗瑞は目を細めて誉めてやる。

「千代丸」

「はい」

「どこまで進んだ?」

千代丸はとうに往来物を学び終え、今は『論語』に取り組んでいる。

都に出発するときに、

「わしが戻るときには、最後まで素読できるようにしておきなさい」

と命じてあった。

「それが……」

まだ半分ほどです、と千代丸が小さな声で答えると、宗瑞の表情が険しくなる。

宗瑞は他の子供たちを下がらせた。

座敷には、宗瑞、田鶴、千代丸の三人だけになる。

「半分しか進んでいないというのは、どういうことだ？　怠けていたのか」

「いいえ、決して怠けたりはしておりません」

「ならば、なぜ、半分しか進んでおらぬのか」

「……」

宗瑞の声に怒りが滲(にじ)んでいるのを感じ取り、萎縮した千代丸が硬い表情でうなだれてしまう。

「お待ち下さいませ。千代丸は怠けてなどおりませんでした。しっかり武芸や学問に励んでおりました。しかし、お腹を壊したり、熱を出したりして思うように先に進むことができなかったのです」

田鶴が庇う。

「それは言い訳というものだ。千代丸は、わしの跡取りだ。いずれ、この城を守る立場になる。時には命懸けで戦に出なければならぬこともあろう。そのようなときに、腹が痛い、熱が出たなどという言い訳が通ると思うか？　人の上に立つ者は自分に言い訳などしてはならぬのだ。千代丸」

宗瑞がじっと千代丸を見つめる。

「わしの言いたいことがわかるか？」

「は、はい……」

千代丸の目に涙が溢れ、膝の上に置いた拳の上にぽたりぽたりと滴り落ちる。

「厳しいことばかり言うと思うであろう。次郎丸や三郎丸のことは誉めるのに、なぜ、自分は誉めてもらえないのかと腹が立つかもしれぬ。だが、それは当たり前なのだ。わしの後を継いで、この城の主となるのだからな。次郎丸や三郎丸は家臣としておまえに仕えることになる。おまえとは立場が違う。それ故、どれほど辛かろうが歯を食い縛って耐えなければならぬ。決して自分に言い訳などしてはならぬのだ」

「申し訳ございませぬ。これからは、もっともっと学問に励みまする」

声を詰まらせ、肩を落として、千代丸が消沈した様子で詫びる。

「うむ。そうするがいい」

できるだけ早く『論語』を素読できるようにせよ、と命じると、宗瑞は千代丸を下がらせた。後には宗瑞と田鶴の二人が残る。

「気に入らぬか」

「殿は厳しすぎまする。千代丸はまだ八つです。学問させるのが悪いとは申しませんが、あまり厳しいことばかり言うと、学問が嫌いになってしまうのではないかと心配です。まだ遊びたい盛りの年頃なのに、学問にも武芸の鍛錬にもしっかり励んでおります。どうして叱らなければならないのでしょうか。誉めてあげればよろしいのに」

「言いたいことはわかる」

「ならば……」

「一緒にきてくれ」

宗瑞が腰を上げ、廊下に出て行く。不審そうな顔で田鶴がついていく。

韮山城の本曲輪は三階建てで、三階部分を物見台として使っている。天ヶ岳の頂上付近に本曲輪があるから、そこの三階からだと韮山全域を見渡すことができる。

「わしは、ここからの眺めが好きなのだ」

「はい。よく一人でここに登り、物思いに耽(ふけ)っておられますね」

「田や畑が見えるであろう。豆粒のようにしか見えぬが、そこで汗水垂らして働いている者たちがいる。この光景は昔から変わらぬ。だが、わしがここにいることでひとつだけ変わったことがある。わかるか？」

「年貢が安くなったので、民の暮らしが楽になったと聞いております」

「うむ。今まで農民たちはどれほど精を出して働いても暮らしが楽になることはなかった。収穫した作物を領主がすべて奪い取ってしまったからだ。それ故、子供も年寄りもいつも飢えていた。おかしいとは思わぬか？　人というのは、自分や家族のためだと思えばこそ必死に働くものではないのか。そうでなければ何の楽しみがある？」

「今は働くことに喜びを感じているでしょう」

「汗を流して必死に働けば報われる。暮らしが豊かになり、蓄えも増える。冬を越せるかどうか心配することもなく、家族が飢えることもない。そういう当たり前のことが今までは当たり前ではなかった。わしがやって来るまで伊豆の民は牛馬と変わらなかった。いや、牛馬ほどにも大切にされていなかった。みじめな暮らしを強いられていたのだ。それが少しずつ変わってきた。しかし、その暮らしは皆で守っていかなければならぬのだ。気を許せば、すぐに元のみじめな暮らしに戻ってしまう」

「はい」

田鶴が真剣な表情でうなずく。

「わしは伊豆のすべてを支配しているわけではない。堀越と韮山など、伊豆の北側をいくらか治めているだけで、南にいる豪族たちはわしの指図に従おうとせぬ。わしを滅ぼそうと悪巧(わるだく)みをしている」

「戦になるのですか?」

「わしは戦など望んでおらぬが、相手はそうではない。戦をせざるを得ぬであろう。人はいつかは死ぬと決まっている。わしも死ぬ。それがいつなのかわからぬが、戦に出れば、いつ死んでもおかしくない。わしが死ねば、敵はここに押し寄せてくる」

「……」

「もちろん、そうならぬように必死に戦うが、先のことなど誰にもわからぬ。今川の御屋形さまがどのような境遇におられたか存じておろう。先代の御屋形さまが戦で討ち死にされたとき、まだ幼かったため家督を巡る争いが起こり、危うく命を落としかけたのだ」

「殿のおかげで助かったのだと聞きました」

「たまたま、うまくいったに過ぎぬ。御屋形さまは運がよかった。それだけのことよ。わしが言いたいのは、大名家などといっても主の身に何かあれば、たちまち足許が崩れてしまうということだ。それほど脆(もろ)いのだ。それ故、自分たちの身は自分たちで守れるようにしなければならぬ」

「そのために千代丸を厳しく躾(しつ)けておられるのですか?」

「勘違いしてはならぬぞ。伊勢の家を守りたいわけではない。伊豆の民を守りたいのだ。

わしが伊豆を支配しているやり方を千代丸にも受け継いでもらいたい。それを千代丸の子にも受け継いでもらいたい。子々孫々、伊豆の民が楽に暮らしていけるようにしてほしいのだ。おまえの言うように千代丸はまだ幼い。ほんの八つに過ぎぬ。わしが八つであった頃は、荏原郷で遊んでばかりいた。学問など大嫌いだった。それなのに、なぜ、千代丸には厳しく当たるのかと言えば、わしの後を継ぐと決まっているからだ。わしがどういう考えで厳しく躾けようとしているか、今の千代丸に話してもわかるまい。だが、学問を積んでいけば、いずれ、わしの言いたいことがわかるようになる。それを急がねばならぬのだ。あと何年かして元服する頃には、わしの考えを受け継ぎ、いつでもわしの代わりに伊豆を支配できるようになってもらいたいのだ。これからも心を鬼にして千代丸を躾けていく。不憫（ふびん）だと思わぬではないが、そうするしかないのだ」

「せっかく大名の子になったというのに、千代丸は誰よりも辛い道を歩んでいかなければならないのですね」

田鶴が袂（たもと）で目許を押さえる。

「大名になりたいと願ったのは私利私欲のためではない。わしが支配すれば、そこに住む者たちが今よりも幸せになると信じたからだ。それ故、贅沢などするつもりはない。酒食に溺れたりもせぬ。家臣たちにも領民を大切にせよ、ときつく戒めている。人間は弱いものだ。大きな力を手に入れれば、その力を使いたくなる。自分の喜びや楽しみのために使いたくなる。威張って、わがままを言いたくなる。千代丸とて、そうであろう。だからこそ、今から躾けるのだ。わしの後を継いでから、己の喜びのために領民を苦しめたりせぬように、しっかりと躾けなければならぬのだ。領民のために生きることが大名の務めなのだと骨身に沁みるまで躾けなければならぬのだ」

宗瑞は両腕を大きく広げ、

「ここから見える広い土地を平和に治め、誰もが安穏に暮らしていけるようにするには何よりも領主がしっかりした考えを持っていなければならぬ。己の欲に心が惑うようでは国が乱れる」

「お考えはよくわかりますが……」

「八つの子供に、そのような難しい話をしてもわかるはずがない。なぜ、自分ばかり厳しいことを言われるのかと、千代丸も、さぞ辛かろう。いつもそばにいられれば、厳しいことばかり言うのではなく、わしが自ら学問の手ほどきをして、時には優しい言葉をかけてやることもできよう。しかし、今はゆっくり城に腰を落ち着けていられるときではない。それ故、時に励まし、時に叱咤し、千代丸が挫けぬように見守ってやってほしいのだ。この通りだ」

宗瑞が田鶴に向かって頭を下げる。

「まあ、何をなさるのですか」

「わしが頼んでいるのは、口で言うほど簡単なことではないとわかっている。親子とは言え、血が繋がっているわけではない。千代丸と次郎丸に接するときは、おまえも気を遣うであろう。おまえに任せきりにするようなことをするべきでないと承知しているのだが……」

「そのようなことに気を回すことはございませぬ。殿は城の外で命懸けで戦っているのです。家族のために、家臣のために、領民たちのために……。わたしも殿に負けぬように城の中で戦います。殿に余計な心配をかけぬように子供たちを立派に育てるのが、わたしの戦いです。千代丸が挫けぬように支えとなってやるのが、わたしの戦いです」

「頼むぞ」

「はい」

十

明応三年（一四九四）六月、宗瑞は韮山城の大広間に主立った家臣たちを集めた。弟の弥次郎、従弟の大道寺弓太郎、義弟の葛山紀之介を始め、荏原郷以来、ずっと宗瑞に従っている多目権平衛、山中才四郎、荒川又次郎、在竹正之助、門都普、それに興国寺城を支配するようになってから仕えた松田信之介、諏訪半蔵、橋本七兵衛、富永彦三郎らだ。

「ふうむ、容易ならぬことよなあ」

弥次郎が難しい顔で腕組みをする。

「この時期に他国に兵を出すことなどできるはずがない。自分の足許すら固まっていないのに……」

弓太郎が顔を顰める。

「しかし、それでは角が立つのではないでしょうか。今川の御屋形さまにも、扇谷上杉の御屋形さまにも大きな借りがあるわけですから」

信之介が慎重な物言いをする。

「どうしても兵を出さねばならぬのであれば、兄者には残ってもらい、おれと弓太郎が行こう。あまり多くの兵を連れて行くことはできぬが、とりあえず、兄者の顔は立つ」

弥次郎が言うと、

「そうだな。それしかあるまいな」

弓太郎がうなずく。

才四郎や正之助らも、それがよいかもしれぬな、城を空にはできぬしなあ、と同調する。

「それは、よろしくないお考えですな」

紀之介が口を開く。

「何がよくないというのだ？」

むっとした顔で弓太郎が訊く。

「これは殿の信義が問われているのですぞ。先方とて伊豆が治まっていないことくらい承知しているはず。それを承知で手紙を送ってきたわけですから、向こうもかなり困っているのでしょう。中途半端なやり方をしてお茶を濁せば、伊勢宗瑞は頼りにならぬという悪い評判が立ちかねませぬ。武士たる者、何よりも名前を惜しまねばなりませぬ」

「そのようなこと、言われなくてもわかっておる」

弓太郎が声を荒らげる。

「……」

皆が上座の宗瑞を見遣（みや）る。いくら家臣たちが話し合いを続けたところで、宗瑞の考えがわからないのでは何の結論も出ないのだ。その宗瑞はと言えば、背筋をピンと伸ばして顎を引き、口を固く引き結んで目を瞑（つむ）っている。

宗瑞の前には三方（さんぽう）がふたつ置かれ、それぞれに書状が載せられている。一通は今川氏親からの書状で、もう一通は扇谷上杉氏の当主・定正（さだまさ）からの書状である。どちらも宗瑞に対する援軍要請だ。

氏親からは、遠江（とおとうみ）に兵を出すので、その軍配を預かってほしいという依頼である。遠江を巡っては古くから今川氏と斯波（しば）氏が争っており、氏親の父・義忠が命を落としたのも遠江に出陣中のことである。遠江を手に入れることは今川氏の悲願というだけでなく、氏親にとっては亡父の遺志を受け継ぐという意味合いもあるのだ。

今川の家督を継いでから、氏親は何度となく遠江に兵を出そうとしたが、母の保子が許さなかった。

まずは駿河を安定させることに専念するように諭し、それに宗瑞も賛同したので、氏親としても従わざるを得なかった。

だが、家督を継いで七年、元服して五年が経ち、氏親も二十四歳になった。重臣たちの言葉に耳を傾け、保子の忠告に従い、道理にかなった政を行ったので駿河は平穏に治まっている。そうなれば、氏親の目が遠江に向くのは必然であった。

それでも保子は遠江への出兵に賛成しなかった。

義忠の戦死という悪夢が脳裏から消えず、氏親も同じ目に遭うのではないか、と恐れたからだ。

しかし、斯波氏から遠江を奪い返すことが今川氏の悲願である以上、いつまでも保子一人が反対するわけにはいかない。保子は条件をつけた。それが宗瑞に軍配を預けることだったのである。宗瑞の戦上手は今川の重臣たちも認めているから、保子の提案に反対する者はいなかった。氏親は早速、宗瑞に手紙を認め、夏には兵を出すつもりだから、どうか手を貸してほしい、と依頼したのである。

他ならぬ氏親と保子の頼みだから、本来であれば、ふたつ返事で承知したいのが宗瑞の気持ちだったし、その依頼を断ることができないほどの大きな恩義を二人から受けている。

そもそも、伊豆を手に入れた今でも、氏親の家臣という立場なのだから、氏親の依頼を断れるはずもないのだ。

氏親からの依頼について話し合うだけであれば、これほど家臣たちの意見が食い違ったり、宗瑞が目を瞑って黙り込んだりするはずもない。話し合いが難しくなっているのは定正からの手紙のせいである。近々、山内上杉方の諸城を攻めるつもりでいるから、ぜひ、出陣して力を貸してほしい、という内容であった。力を貸してほしい、と言いながらも、宗瑞が伊豆を手に入れたのは自分のおかげなのだから、今度はこっちの頼みを聞くのは当然ではないか、出陣を拒むことなどあり得ない、という定正の傲慢さが文面に滲み出ている。

山内上杉氏が守護を務める伊豆を宗瑞が奪うことができたのは、「伊豆討ち入り」に際して、細川政元の要請に応じて定正が兵を出し、山内上杉氏の軍勢が動けないように牽制してくれたおかげであることは間違いない。宗瑞も感謝しているし、伊豆奪還を目論む山内上杉氏に対抗するために、これからも定正と協調する必要があることも承知している。

「……」

家臣たちがじっと宗瑞の顔を見つめていると、やがて、宗瑞が目を開ける。

「わしが兵を率いていく」

「東ですか、それとも、西ですか?」

弓太郎が訊く。東は扇谷上杉氏、西は今川氏を指している。

「どちらにも行く。いや、行かなければならぬ」

宗瑞が迷いのない口調で言う。

「でも、それは無理だろう。兄者の体はひとつしかないんだから」

弥次郎が言う。

「まず遠江に行く。敵を速やかに片付けて、それから武蔵に行く。兵も休ませねばならぬし、武蔵に行くのは、できるだけ遅い方がいいな」

「そうまでして遠い武蔵などに行かなければならないのですか？　今回は見送って、次の機会に行くことにすればどうですか」

弓太郎が小首を傾げる。

「そうはいかぬ。遠江にも行かねばならぬが武蔵にも行かねばならぬのだ……」

宗瑞が苦い顔で溜息をつく。

扇谷上杉氏と山内上杉氏の不仲は根深い。

同族でありながら、かれこれ数十年にわたって、互いに相手を滅ぼしてやろうと戦い続けている。

一代の英雄・太田道灌の死後、両氏の戦いは激化し、長享元年（一四八七）以降、「長享の乱」と呼ばれる争乱の時代に突入する。

不毛な戦いがだらだらと続き、互いに消耗して数年後には戦いも下火になったが、今また再び戦いの炎が燃え上がろうとしているのには宗瑞も関係している。

山内上杉氏が守護を務める伊豆を宗瑞が奪ったことで山内上杉氏の力が削(そ)がれ、その宗瑞が自分の側に立つことで自らの勢力は増した……そう定正は胸算用し、今度こそ相手の息の根を止めてやろうと決意した。扇谷上杉氏が守護を務める相模にも山内上杉氏に味方する豪族は少なくない。まずは、それらの豪族どもを討伐し、最後には山内上杉氏の本拠である鉢形(はちがた)城を攻め落とそうというのが定正の計画なのだ。その計画は宗瑞の参戦を前提としているから、この出陣要請を断れば定正は激怒するに違いなく、扇谷上杉氏との関係が悪化することを覚悟しなければならない。

これから先、山内上杉氏に対抗していく上で、扇谷上杉氏の支援は欠かすことができないから、宗瑞としては定正の機嫌を損ねるようなことは避けねばならない。

「なるほど……」

宗瑞の説明を聞いて、家臣たちがうなずく。好き嫌いの問題ではなく、今後、宗瑞が伊豆を支配していくためには定正からの出陣要請に応じなければならないと納得したのだ。

「それだけではない」

相模は扇谷上杉氏が守護を務める国で、西側を小田原城の大森氏頼(うじより)が、東側を新井(あらい)城の三浦時高(ときたか)が支配している。二人は定正の重臣であり、特に大森氏頼は、太田道灌亡き後の扇谷上杉氏を一人で支えているほどの傑物だ。

伊豆南部の豪族たちを扇動して宗瑞に敵対している狩野道一は、宗瑞を倒すために三浦時高に助力を仰いでいるという噂がある。山内上杉方として長年にわたって大森氏や三浦氏と戦ってきたにもかかわらず、宗瑞が憎いあまり、三浦氏に頭を下げたのだ。

宗瑞が定正の出陣要請に応じようとするのは、定正との関係を深めれば、宗瑞と三浦時高も味方同士ということになるから、時高としても狩野道一に肩入れしにくくなるだろうという読みがある。

伊豆の混乱が続いているというのに他国に兵を出す余裕などない……そう家臣たちは考えたが、宗瑞の考えはそうではない。武蔵に兵を進めて定正に力を貸すことが三浦時高を牽制することになり、狩野道一の力を弱めることになる、という見通しを持っている。

家臣たちも宗瑞の説明に納得し、早速、出陣の支度を始めることになった。氏親と定正には宗瑞自身が出陣に応じる手紙を書くことにした。

「門都普と紀之介は残ってくれ」

宗瑞は二人を呼び止めた。他の者たちが大広間を出て行き、三人だけになると、

「茶々丸さまのことだが……」

と、宗瑞が切り出す。

紀之介だけでなく、今は門都普にも茶々丸が生きているという噂について探らせている。

茶々丸が死んでいれば、三浦時高の援助を止めることで狩野道一を立ち枯れさせることができるが、茶々丸が生きていれば、たとえ時高の援助がなくなっても、狩野道一は茶々丸という神輿を担いで宗瑞に敵対を続けるに違いなかった。茶々丸が生きているかどうかは伊豆の先行きを左右する重大事であるにもかかわらず、噂ばかりが一人歩きして本当はどうなのか何もわからず、雲をつかむような状態なのである。

「やはり、わからぬのです」

紀之介が首を振る。

「しかし……」

「生きていると思うのだな？」

「はい」

茶々丸が生きているかどうかを探るうちに、紀之介はその生存を確信するようになっている。

しかし、証拠がないのである。

どこにいるのかもわからないし、茶々丸に会ったという者も見付からない。まるで茶々丸がわざと姿を隠しているようだ、と紀之介が納得できない様子で言う。

茶々丸が生きているのなら、多くの者の前に姿を見せ、宗瑞を討つことを豪族たちに命ずるはずであった。それが宗瑞に従おうとしない南伊豆の豪族たちを鼓舞することになり、宗瑞を苦しい立場に追い込むことになる。

「おまえは、どうだ？」

宗瑞が門都普に訊く。

「よくわからない。生きていると口にする者は多いが、直に会ったという者がいない。ただ……」

「何だ？」

「一人だけ、茶々丸に会ったという者がいた」

「え」

紀之介が驚いたように門都普を見る。

「本当ですか？」

「但し、頭巾（ずきん）を被（かぶ）っていたから顔を見ていないし、何も話さなかったから声も聞かなかったそうだ。それでは茶々丸本人に会ったのかどうか確かではない」

「それでは茶々丸さまかどうかわからんな」

宗瑞が首を振る。

「自分一人では歩くこともできなかったそうだ」

「何？」

宗瑞と紀之介が顔を見合わせる。

もし茶々丸が生きているとしても、崖から海に落ちたときに大怪我をしたはずだというのが二人の考えなのである。門都普の説明は、それに一致する。

「生きているのかもしれぬな……」

宗瑞が溜息をつく。茶々丸との戦いが続くかもしれないと考えると気が重かった。

十一

八月、宗瑞は二百の兵を率いて韮山城を出た。氏親の要請に応えて今川軍の軍配を預かり、遠江に攻め込むためだ。弥次郎と弓太郎に留守を任せた。門都普を残したのは茶々丸の消息を探らせるためだ。紀之介を伴ったのは、兵法に明るく、戦がうまいことを承知してのことで、きっと自分の役に立ってくれるだろうと期待したからだし、大きな戦を経験することで武将としての器に更に磨きをかけてやろうという考えもあった。紀之介に欠けているのは実戦経験だけだとわかっていたからだ。

「殿は不思議な立場におられますね」

馬首を並べて進みながら、紀之介が言う。

「何のことだ？」

「今は遠江を攻めるために今川家の家臣として西に向かっておられますが、扇谷上杉に力を貸すときには伊豆の大名として東に向かうことになる。誰かの家臣でありながら、一国一城の主でもある。不思議ではありませんか？」

「わしにとっては別に不思議なことではない。自然な成り行きに身を任せているうちに、そうなっただけのことだ」

「もうひとつ不思議なことがございます。口にするのは何となく憚られることですが……」

「言うがいい。遠慮など、おまえには似合わぬ」

「ならば申します……」

幕府の役人だった男が身ひとつで駿河に下ってきて十二郷を支配する興国寺城の主となった。それだけでもすごいことなのに、今は伊豆を手に入れた。まだ伊豆全域が支配下に入っているわけではないが、それでも興国寺城にいた頃よりも、ずっと広い土地と領民を支配している。何も知らぬ者が宗瑞の行動を見れば、次々と領土を広げていく強欲な男に違いないと考えるだろうが、実際の宗瑞は信じられぬほどに無欲な男である。

もちろん、宗瑞が己の信念に従って領地を広げていることは知っているが、大きな権力を持ち、多くの領民を支配し、その気になれば、莫大な富を好きなように使うこともできるのに、なぜ、少しも信念がぶれないのか、それが不思議でならない、と紀之介は言う。

「なぜ、それほど強い心を持つことができるのか……。わたしには真似できませぬ」

「おだてるな。わしは聖人君子ではない。おまえが言うほど偉い人間でもないぞ。好きなように生きているだけだ」

「しかし、多くのことを我慢なさっているではありませんか」

「我慢などしておらぬ」

「われらと同じものを食べているではありませんか。いくらでも贅沢ができるのに」

「好きでもないものを我慢して食べているわけではない。米の飯を食い、御膳には汁と菜が並ぶ。三日に一度は鳥や魚を口にする。何の不満がある？」

「遊びもなさいませんな。歌舞音曲の類はお好きではないし、蹴鞠などもなさいません」

「その代わり、狩りは好きだぞ。馬を攻めるのも好きだな。弓矢の稽古も好きだし、子供の頃から水練も好きだ。何より、政に携わるのが好きだな。こうして数え上げていくと好きなことばかりしている。嫌なことなど何もしていないぞ」

「女遊びもなさらぬではありませんか。側女すら置こうとなさいません。古来、英雄色を好む、と申しますが……」

「まさか女嫌いなどと疑っているのではあるまいな。わしには田鶴がいるではないか。おまえの姉だ。田鶴ほどに美しく優しい女は他におるまい。わしのために三郎丸と四郎丸を産んでくれたし、血の繋がっておらぬ千代丸と次郎丸も分け隔てなく慈しみ育ててくれている。これ以上、何を望むのだ？」

「殿にはかないませぬな。この先、どうあがいても殿のようになれるとは思えませぬ」

「それでよいのだ」

宗瑞がうなずく。

「わしの真似などすることはない。好きでこうなったのではない。この世の地獄を味わって、気が付いたら、こんな人間になっていた。人生をやり直すことができたとしたら、こんな辛い道をもう一度歩みたいとは思わぬ」

駿府では氏親が出陣準備を調えて宗瑞の到着を待っていた。

「叔父上、よろしくお願いいたします」

氏親は頰を紅潮させて宗瑞に頭を下げる。亡父の遺志を継ぎ、ついに遠江に兵を出すことに気分が高揚しているのであろう。

「何ほどのことができるかわかりませぬが、御屋形さまのために命懸けで戦いましょう」

宗瑞が氏親から軍配を預かる。

今川軍と、宗瑞が率いてきた伊勢軍、合わせて二千の大軍が遠江に雪崩れ込んだ。総大将は氏親だが、全軍の指揮を執るのは宗瑞である。

宗瑞が心懸けたのは、戦に時間をかけないことと今川軍の強さを敵方に思い知らせることのふたつだった。一度や二度の戦で遠江を手に入れられるとは宗瑞も氏親も思っていない。これから先、何度となく行われるであろう遠江侵攻作戦の一回目に過ぎない。あまり多くを望んではならない、下手に欲張るとしっぺ返しを食らうことになる、と宗瑞は氏親を戒めた。

国境を越えた今川軍は、斯波氏に味方する原氏を攻めた。他の城や砦には見向きもせず、まっしぐらに原氏の居城である高藤城を目指し、敵方が籠城支度をする前に城を囲んだ。立て籠もる敵は三百人ほどに過ぎない。すべてが武士ではなく、女子供と年寄りが百人ほど交じっている。

二千の今川軍とは比べようもないとはいえ、城の背後には険阻な崖が聳え、城の左右は沼地で、攻めるとすれば正面からということになる。攻めるのは難しく、守るのは易しいという城で、力攻めすれば今川軍も多くの犠牲を覚悟しなければならないであろう。

「どうするつもりですか、叔父上？」

氏親が心配そうに訊く。

城攻めに時間がかかると、斯波氏が援軍を送ってくるとわかっているのだ。

「まずは城をしっかり囲んで、城兵が逃げ出さぬようにしましょう。その上で使者を送って降伏するように伝えます」

「……」

氏親が不審そうな顔で黙り込む。城を囲むといっても三方は崖と沼地だから、城の正面を見張ればいいだけのことである。堅固な城に閉じ籠もっていれば、いずれ援軍がやって来るとわかっているのだから無理して城から逃げ出そうとしたり、ましてや、降伏勧告に応じるとも思えなかった。

しかし、軍配を預けた以上、宗瑞の指図に従わなければならぬと考え、氏親は兵たちに野営の準備を命じた。城方に何か動きがあればすぐにわかるように城の周囲に見張りの兵を立てた。

その後、宗瑞の指示通り、使者を送った。

言うまでもないが、こういう場合、使者の安全を保証するのが戦場における作法である。使者の身が危険にさらされるようでは、双方の意思疎通が不可能になってしまうからだ。もし使者を斬るようなことがあれば、それは一切の交渉を拒絶するという強い意思の表れであり、たとえ皆殺しにされようとも最後まで戦い続けるという覚悟を意味する。

高藤城の原氏は、それをやった。

氏親の使者を斬り、その首を縄で縛り、城門の外にぶら下げたのである。その周りで敵兵が今川軍を揶揄するように囃し立てる。当然ながら今川兵は腹を立てる。氏親とて例外ではない。顔を真っ赤にして怒りを露わにする。

「使者を斬るとは、何と無礼な連中だ！　許せぬ。叔父上、かくなる上は直ちに攻めましょう」

「それでは敵の思う壺ですぞ」

「しかし……」

「怒りに駆られて、われらが力攻めするのを待っているのです。真正面から攻めれば、敵の矢を浴びて多くの兵を失うことになりましょう。この程度の小城を落とすために大切な兵を死なせてはなりませぬ。自分の命と同じように兵の命を惜しまなければ、よき大将とは言えませぬぞ」

「では、どうするのです？」

「何もしないのです」

「え」

「何もしないことが良策ということもあります」

「……」

氏親が不満そうな顔で黙り込む。

しかし、宗瑞に逆らってまで城攻めをすることもできず、野営の準備を進め、城をしっかり見張るように兵たちに命じた。

敵兵は、城門の上から、

「今川の腰抜け侍どもめ。悔しかったらかかってこい。この首を取り返しに来るがいい」

などと盛んに今川兵を挑発したが、一向に誘いに乗ってこないので、諦めて引っ込んでしまった。

「この城をどう見る？」

氏親との話し合いの後、宗瑞は紀之介を伴って周辺の土地を見渡すことのできる丘に登った。

「何とも攻めにくい城です。向こうは正面だけをしっかり守っていればいいわけですから、どれほどの大軍で攻めたとしても、そう簡単に落とすことはできますまい。古来、こういう城を落とすには水の手を切って、城が立ち枯れるのを待つのがよいとされています。それほど大きな城ではなく、兵糧の蓄えもそう多くはないでしょうから、まあ、早ければひと月、長くてもふた月というところでしょうか」

「そんなには待てぬな。数日で斯波の兵がやって来るだろう」

「ならば……」

紀之介が宗瑞を見て、にやりと笑う。

「今夜にでも攻めますか？」

「こいつ、わしの策を見抜いたか」

思わず宗瑞も笑う。

「腰を据えて城を囲む支度をするのを敵に見せつけ、その上で、決して受け入れられないとわかっている降伏の使者を送る。斬られた使者は哀れですが、こちらとしては、かえって、ありがたい。使者の首がさらされても動こうとしないわれらを敵は侮り、きっと油断しているに違いない。もちろん、城門に見張りを置いて、われらの動きを探るでしょうが、こちらは城門などに用はない」

「ならば、どこから攻める？」

「言うまでもないことです。ここからは決して来るまいと安心している場所から行くべきです。わたしなら背後の崖から兵を忍び込ませます。闇夜に紛れて縄を伝って降りていくのは容易なことではないでしょうが、時間をかけて慎重にやればできぬこともないでしょう。大勢を降りさせることは無理でも、城に忍び込ませるのは数人でいいはず。城のあちらこちらに放火して騒ぎを起こし、その隙に城門の閂（かんぬき）を外せば、こちらの勝ちです」

「何もかもお見通しか。こう簡単に見抜かれるようでは、わしもまだまだ甘いな」

「そんなことはありません。わたしだからこそ殿のお考えを見抜くことができたのです。わたしや殿のように兵法に長じた者は、そうそうおりませぬ」

「よく言うわ」

　宗瑞が苦笑する。あまりにもあっけらかんと紀之介が己の才を誇るので笑うしかない。

「ならば、おまえに任せよう」

「ありがたき幸せ」


　その夜、高藤城の背後の崖を今川と伊勢の兵が長い縄を伝って忍び降りた。手を滑らせ

て落下する者もいたが、それでも十人ほどが無事に城に入り込むことに成功した。城の各所に火を放ち、

「敵だぞ！　敵が忍び込んだぞ」

と叫びながら走り回った。

城兵が混乱して右往左往している隙に城門を守っている兵を倒し、城門を開けて味方を引き入れた。

それで勝負がついた。

城兵は武器を捨てて降伏するしかなかった。

女子供、年寄りなど百人ほどを城外に出すと、残った城兵二百人を宗瑞はことごとく斬らせた。

氏親もまさか城兵を皆殺しにするとは思っておらず、驚いた顔で、

「ここまでする必要があるのですか？」

と訊いた。

「使者を斬るような者たちを容赦してはなりませぬ。確かに残忍なやり方だと承知していますが、遠江を奪い返すという今川の決意を知らしめるためには、これくらいのことをしなければならぬのです。そうでなければ、遠江の豪族たちは今川を侮るでしょう。今川に敵対するには皆殺しにされる覚悟がいる……そう恐れさせなければ駄目なのです」

「これからも同じことがあるということですか?」

「そうです」

宗瑞がうなずく。

「血なまぐさいことが何度となく起こるでしょう。今回は女子供、それに年寄りは助けましたが、いつか、そういう者たちも殺さなければならないときが来るに違いない。その覚悟がないのであれば、遠江を取り戻すことなど諦めた方がいいのです。どうですか、覚悟がありますか?」

「女子供まで……」

氏親が真っ青な顔で絶句する。二百人の敵兵が処刑される場に氏親は立ち会っていたが、五十人くらいの敵兵が首を落とされるのを見たとき、気分が悪くなって宿舎に引き揚げた。そこで胃の中のものをすべて吐き出し、しばらく横になったまま起き上がることができなかった。氏親に代わって、宗瑞がすべての処刑を見届けた。顔色ひとつ変えず、まったくの無表情で眉も動かさなかった。

やがて、氏親はごくりと生唾(なまつば)を飲み込むと、

「も、もちろん、覚悟はあります」

「ならば、いずれ御屋形さまは遠江を手に入れることができましょう」

宗瑞は、にこりともせずにうなずいた。

十二

高藤城を攻略した宗瑞は駿河に引き揚げることを氏親に勧めた。

「なぜ、それほど急いで兵を退かねばならぬのですか?」

氏親は不満そうな顔をした。

更に遠江の奥深くに侵攻し、他にも城を落とすことができそうだったからだ。

「御屋形さまは原氏との戦いに勝利し、高藤城を手に入れました。その勝利を大切にしなければなりませぬ……」

緒戦に勝ち、今川の強さを遠江の者たちに示し、遠江を手に入れる足場となる城を落とした。十分すぎるほどの戦果である。この戦果に満足して、今回は矛を収めるのが賢明だ。欲をかいて遠江に長居すると、斯波氏と決戦せざるを得ない羽目になる。決戦を想定して出陣してきたわけではないし、万が一、敵地で戦って敗れることになれば、いや、たとえ敗れなくても苦戦に陥ることになれば、去就を決めかねて日和見している遠江の豪族たちが四方から群がり出てきて今川軍に襲いかかるに違いない。退路を断たれて、宗瑞も氏親も遠江の地に屍をさらすことになる。そんなことにならぬように、御屋形さまはさっさと駿府に引き揚げた方がよいのです、それとも、何が何でも戦をなさりたいでしょうか

……そう宗瑞が問うと、

「叔父上の申す通りです。得心いたしました。駿府に帰ることにします」

氏親が納得してうなずいた。

それに宗瑞には遠江に長居できない理由がある。扇谷上杉氏の要請に応えて東に兵を出すことだ。

氏親への説明に嘘はないが、宗瑞がその気になれば、斯波氏の大軍が押し寄せてくる前に、もうひとつかふたつの城を手に入れることは難しくはない。

だが、小城を余計に手に入れるより、扇谷上杉氏との約束を守る方が大切だと宗瑞は判断したのだ。

高藤城に二百人の守備兵を残し、宗瑞と氏親は直ちに駿河に戻った。慰労の祝宴を催したいので、数日、駿府に滞在してほしいという氏親の申し出を宗瑞は断った。武蔵に出兵することは聞かされていたから、氏親も無理に引き留めようとはしなかった。保子に挨拶すると、宗瑞は韮山城に急いだ。

韮山城では弥次郎が中心になって戦支度が進められていた。

「勝ち戦に御屋形さまもお喜びだろうな、兄者」

弥次郎が言う。遠江における戦いについては、すでに手紙で知らされていた。

「手始めにしては、そう悪くなかった。これからも何度となく遠江に兵を出すことになるだろうから、少しずつ支配地を広げていけばいい。御屋形さまは道理を心得た賢い御方だ。

いずれ遠江を手に入れることになるだろうな。ところで、わしの留守中、狩野の動きはどうだった？」

「何もない」

弥次郎は首を振り、そうだよな、と弓太郎に顔を向ける。

「こちらの動きを警戒もしているだろうし、扇谷上杉氏の頼みで兵を出す支度をしているから、三浦氏が後押しを控えているのかもしれない」

「おいおい、遠慮がちな物言いをすることはないだろう。大見（おおみ）衆と話ができたことを言えよ。おまえの手柄なんだから」

「おお、大見衆とか」

宗瑞がぽんと膝を叩く。

留守中の守りは弥次郎と弓太郎に任せておいたが、今回はただ守るだけでなく、いまだ宗瑞に従おうとしない伊豆の豪族たちの切り崩しも任せた。

一口に従わないといっても、狩野道一のように露骨に敵意をむき出しにして、宗瑞の支配を認めようとしない豪族ばかりではなく、地縁や血縁などのしがらみに縛られて狩野道一に与（くみ）している豪族もいるし、どちらにも味方せず、事の成り行きを静観して勝ち馬に乗ろうとしている豪族もいる。宗瑞に対する感情にはかなりの温度差があるのだ。

実際、南伊豆の土豪たちのうち、駿河湾に面した海岸沿いに領地を持つ土豪たち、例えば、田子の山本氏、雲見の高橋氏、妻良の村田氏などは狩野氏と縁が薄いこともあり、宗瑞に好意的な姿勢を見せている。但し、狩野氏を討つために兵を差し出そうとまでは言わないから、本当の意味で宗瑞を伊豆の支配者として認めているわけではない。

まだまだ不完全とは言え、とりあえず韮山城が完成したので、この時期、宗瑞は韮山の南、修善寺に城を築き始めている。

狩野氏の領地は修善寺の南にあり、狩野城は天城山の手前にあるから、修善寺に城を築けば、狩野氏に大きな圧力を加えることができる。

狩野氏と対峙する前線基地という意味合いがあるだけでなく、宗瑞は狩野氏を討伐した後のことも見据えて修善寺に城を造ることを決めた。修善寺は四方に街道が伸びる交通の要衝なので、軍事的な観点からだけでなく、商業的な観点からも、この地を押さえることが必要だったのだ。後に、この城は柏久保城と呼ばれることになる。

もっとも、城を造っただけで狩野氏を屈服させられるとは宗瑞も思っていない。狩野氏の勢力を削ぎ、宗瑞に味方する豪族を増やしていく必要がある。

宗瑞が最も重視しているのが修善寺の南東、狩野氏の領地の真東・田方郡大見郷に領地を持つ豪族たちである。ここには多くの小豪族がひしめいており、彼らを束ねているのが佐藤藤左衛門、梅原六郎左衛門、佐藤七郎左衛門の三人で、俗に「大見三人衆」と呼ばれている。鎌倉時代から大見郷に土着しているという古い家柄の豪族たちで、長きにわたって山内上杉氏に忠節を誓ってきた。

もっとも、家柄が古いといっても狩野氏には遠く及ばないし、家柄や伝統を鼻にかけて新参者を見下すという頭の固さもない。狩野氏に比べると、はるかに現実的であり、実利的なのである。山内上杉氏に従ってきたとはいえ、喜んで従ったわけではなく、むしろ、度重なる出兵命令や重い年貢負担に嫌気が差していたのが本当のところだ。山内上杉氏に逆らうだけの力がなかったから従ってきただけのことである。

そこに伊勢宗瑞という男が現れた。

今川の力を借りて堀越公方を武力で倒し、そのまま居座って韮山に城まで築いた。山内上杉氏と敵対している扇谷上杉氏と誼(よしみ)を結び、着々と南伊豆に触手を伸ばそうとしている……これに狩野道一は猛反発し、宗瑞に対する抵抗勢力を結集したが、大見三人衆はすぐには狩野道一の誘いに応じなかった。宗瑞に味方するのが得か、狩野道一に味方するのが得か、じっくり見極めようとしているのだ。宗瑞の支配地では年貢が安いという噂は大見郷にも聞こえている。農民の暮らしが楽になり、農民たちは宗瑞を神の如くに敬っているという。

だからといって、豪族たちの暮らしが苦しくなったかといえば、そんなこともなく、農民たちが熱心に田畑を開墾するから一反あたりの年貢は減っても全体としての年貢は増えているし、夫役(ぶやく)が減っているから、豪族たちの負担も減って以前より暮らしやすくなったという。宗瑞が北伊豆を支配し始めた当初、その地の豪族たちは渋々従属しているという感じだったが、今では心から宗瑞に従う姿勢を見せているという。

「宗瑞というのは、なかなかの男らしい」

「暮らしが楽になるのは、ありがたい」

「狩野などに偉そうな顔をされるのも癪に障る」

「宗瑞がどんな男なのか本当のところはわからぬ。猫を被っているだけかもしれぬて」

「確かに。足許が固まった途端、年貢を重くするかもしれぬのう」

「それは、たまらん」

「今少し様子を見るのがよかろうな」

「さよう、それがよかろう」

「慌てることはない。いずれ宗瑞に味方するにしても、できるだけ、こっちを高く売らねば損じゃ」

「それには狩野にがんばってもらわねばならぬな」

「狩野の討伐に手こずれば泣きついてくるであろう。そうすれば大きな恩を売ることができる」

「それを待つのが賢そうじゃのう」

大見三人衆がそんな話し合いをしているところに弓太郎の使いがやって来たのだ。使者を丁重に扱ったものの、宗瑞に味方するともしないともはっきりしたことは何も言わず、のらりくらりと曖昧な言い方をして使者を帰した。

（今のところは、それでよいのだ）

宗瑞も、そう簡単に中伊豆の有力豪族である大見三人衆が味方してくれるとは思っていない。お互いに腹を探り合っている状態なのだ。大見三人衆が中立を保ち、宗瑞との話し合いを拒まないという姿勢を示してくれただけでありがたかった。

弥次郎と弓太郎から話を聞くと、宗瑞は二人を下がらせ、門都普を呼んだ。遠江に同行させず、韮山に残したのは茶々丸が生きているという噂の真偽を確かめさせるためだ。

「どうだ？」

「まだ何もわからぬ」

門都普が首を振る。

「わからぬか……」

宗瑞が渋い顔で腕組みする。

「生きているとすれば、わざと人目につかぬように姿を隠しているのだろうな」

「狩野の城に匿（かくま）われているのではないのか？」

「何とも言えないが、そうだとしても、まったく外には出てこない」

「茶々丸さまらしくないな」

「うむ。城の奥に引き籠もっているなどというのは、およそ、あの男らしくない。馬鹿騒ぎでもしているというのなら話もわかるが、そういうこともない」

「生きていると思うか？」

「何とも言えぬ。焦る気持ちはわかるが、あまり気にしない方がいい。生きているのなら、いつかは姿を見せるだろう。引き続き調べてみる」

「そうしてくれ」

宗瑞がうなずく。

十三

扇谷上杉氏の当主・定正からは、出陣を促す使者が何度も来た。

宗瑞ももったいをつけて出陣を遅らせているわけではないが、遠江から戻ったばかりなので、すぐには動きようがなかった。遠江には二百の兵しか連れて行かなかったが、それは氏親の家臣として軍配を振るうためだったからで、宗瑞が一人で出かけたとしても氏親は感謝してくれたはずだ。

だが、今度は、そうはいかない。

定正は、宗瑞を伊豆の支配者として認め、その上で出陣を要請してきたのである。当然ながら、宗瑞が多くの兵を引き連れて来ることを期待している。宗瑞としても、百や二百の兵を連れて行くのでは定正に甘く見られるかもしれないと考え、最初が肝心だから無理してでも多くの兵を連れて行こうと決め、五百の兵を連れて行くことにした。

実際、かなり無理をしている。五百人もの兵を連れて行けば、韮山城の守りが手薄になる。その隙を衝いて狩野道一が攻め込んできたら、ひとたまりもない。そんな危険を冒してまで宗瑞は見栄を張ろうとした。定正に対してだけでなく、広く世間に対しても、その気になれば、いつでも五百くらいの兵を動かすことができるのだ、と知らしめようとしたのである。

今まで、それほど多くの兵を率いて出陣したことがない。

しかも、一度も足を踏み入れたことのない相模や武蔵に赴くのだから宗瑞の苦労は並大抵ではない。武器や馬、それに五百人分の食糧を用意するだけでも大変だ。質素倹約に努めてきたから金銀は豊富にあるが、必要なものを買い集めるのに時間がかかる。都であれば、金さえ出せば、どんなものでもすぐに手に入るが、伊豆のような田舎ではそうはいかないのである。

それでも九月の初めには支度が調った。

ところが、出発の直前になって思いがけない知らせが飛び込んできた。

小田原城主・大森氏頼が死んだというのだ。

直ちに軍を動かすのは危険だと考え、宗瑞は正確な情報を探ろうとした。

大森氏頼は、扇谷上杉氏の大黒柱と言われるほどの重鎮で、小田原城にいて相模西部を支配しながら周辺国に睨みを利かせていた。

それほどの大物が死んだとなれば、大森氏内部にも激震が走るであろうし、すんなり後継者が決まらなければ争いが起こる可能性もある。義忠が戦死した後、今川の家督を巡る争いが激化し、危うく内乱になりそうな状況に陥ったのを宗瑞は目の当たりにしている。もし相模の情勢が不安定になるようであれば、しばらく出陣を控えるのが賢明だと考えた。定正の要請で武蔵に兵を出すに当たっては、大森氏頼と三浦時高が道中の安全を保証する約束になっているが、氏頼が死んだのでは、その約束も当てにはならない。

道中の安全が保証されないのなら兵を出せない……そういう事情を説明させるために宗瑞は定正に使者を送り、同時に、門都普に命じて相模の情勢を探らせた。この時期、門都普は己の手足のように召し使う者たちを数多く抱えており、それらの者たちを使って情報収集や偵察活動を行っている。

数日後、門都普が韮山城に戻って来た。

「病で亡くなったらしい」

「そうか、病か」

わずかながら宗瑞は安堵した。誰かに殺されたとか、義忠のように戦死したとか、普通でない死に方をしたのであれば家中も動揺するだろうが、病であれば、ある程度の覚悟もでき、後継問題にも道筋がついているのではないか、と考えた。

しかも、氏頼は八十近い高齢だったのである。

普通であれば、とうに隠居して、政の表舞台から身を退いているはずであった。

にもかかわらず、死の直前まで氏頼が実権を手放さなかったのは安心して隠居できるような状況ではなかったからだ。

氏頼には、実頼（さねより）、藤頼（ふじより）という二人の息子がいた。

実頼には先立たれたので、家督を継ぐのは藤頼しかいない。もう五十近いから、この時代とすれば、老人といってもいい年齢である。

世間では藤頼は愚物だと評されている。藤頼が愚物だから、いつまでも氏頼は隠居できないのだと言われた。たとえ藤頼が愚かだとしても、家臣たちが藤頼を支えれば安心できそうなものだが、それでも安心できない事情がある。

氏頼自身、すんなり大森氏の当主となったわけではなく、実の兄弟や叔父、甥たちと激しく争い、ようやく内紛を鎮めたのは六十を過ぎてからである。自分に敵対した者たちを氏頼は厳しく罰せず、和解して取り込み、家臣として重用するというやり方をしたから、表向きは平穏に治まっているように見えても、氏頼という重しがなくなれば、いつまた不平不満が爆発しないとも限らない。だから、氏頼はいつまでも隠居できなかったのだ。

その氏頼が死んだ。

果たして大森氏はどうなるのか……強い関心を持って、宗瑞は小田原の動きを見守った。

が……。

宗瑞が危惧したような事態にはならなかった。

すんなりと藤頼が後継者の地位に就いた。反対する者もおらず、大森の家中には何の乱れもない。

もっとも、それには事情があった。

門都普が教えてくれた。

「扇谷上杉の御屋形さまが小田原を脅したらしい」

というのである。

定正は、並々ならぬ決意で兵を挙げた。今度こそ山内上杉氏の息の根を止めるつもりだから、宗瑞にも執拗に出陣を促したのだ。

万が一、氏頼の後継者問題で西相模が乱れることになれば、山内上杉氏を討つどころの話ではなくなる。逆に相模に攻め込まれることすら考えられる。

定正はそれを恐れ、

「氏頼の後を継ぐのは藤頼の他にはおらぬ。それに異を唱える者は、わしが許さぬ」

という明確な意思表示を行った。

藤頼に敵対する者は扇谷上杉氏が相手になるぞ、という露骨な恫喝である。これで家中が鎮まった。

　定正は改めて宗瑞に使者を送ってきて、

「早く出陣してほしい」

　と要請した。山内上杉軍が鎌倉に向かって進撃しつつあるという切羽詰まった状況で、定正としては大森氏と伊勢氏の軍勢が合流するのを首を長くして待っているのだ。

　定正の使者がやって来た直後、今度は小田原の大森藤頼から使者が来た。

「共に扇谷上杉の御屋形さまのために戦う者同士、これからは親しく誼を結びたい。ついては伊勢殿は相模の地理に不案内であろうから、わたしが道案内をしたい」

　というのであった。

　つまり、藤頼と宗瑞の軍勢が小田原で合流して、一緒に武蔵に向かおうという提案なのである。

「ほう……」

　使者の口上を聞き、藤頼からの手紙を読んで、宗瑞は小首を傾げた。

「ありがたい話ではないか」

「まったくだ。大森と親しく交わることができれば、伊豆平定にも役に立つ。何より、大森の軍勢と一緒ならば、安心して武蔵に向かうことができる」

　弥次郎と弓太郎は藤頼の好意を素直に喜んだ。

宗瑞が浮かない顔をしているので、

「何か気になるのか、兄者？」

弥次郎が訊く。

「おまえたちの言うようにありがたい話だと思う。扇谷上杉だけでなく、大森までもが、わしを伊豆の主として認めてくれるというのだからな。扇谷上杉がそうするのはわかる。わしに恩を売って、その見返りに兵を出させようというのだ。しかし、大森には何の得がある？　なぜ、これほど親切にしてくれるのだ？」

「先代が亡くなったばかりだから、まだ足許が固まっていないのだろう。だから、少しでも味方を増やしたいんじゃないのかな」

弥次郎が言う。

「わしを味方にしたところで大して役には立たぬ」

「だからといって、まさか兄者を騙し討ちにするとも思えないが……」

「どうするつもりですか？　出陣を見送るのですか？」

弓太郎が訊く。

「いや、行かねばならぬ。扇谷上杉の御屋形さまを怒らせるわけにはいかぬ。それに大森の後を継いだ男がどれほどの器量か見極めることもできる。これから先、手を結んで助け合っていける男なのか、それとも……」

「何だい？」

「それとも敵として滅ぼさなければならぬ男なのか……そういうことだ」

十四

九月二十一日の早朝、宗瑞は五百の兵を率いて韮山城を出た。昼過ぎには小田原に着いた。大広間に通され、藤頼に会った。

「初めてお目にかかりまする。伊勢宗瑞にございます」

「わしが藤頼じゃ。よう来られた」

「……」

宗瑞は表情を変えずに、じっと上座の藤頼を見る。

小太りで、締まりのない顔をしている。赤ら顔なのは酒のせいであろうし、肌に艶がなく、顔色が悪いのは、生活が不規則なせいか、食生活に問題があるのか、運動不足なのか、それとも、荒淫（こういん）のせいなのか、あるいは、そのすべてが当てはまるせいかもしれないと思った。それほど不健康そうな印象なのだ。年齢は四十九だが、その年齢よりも、ずっと老けて見える。

（小鹿範満（おしかのりみつ）に似ている）

容貌が似ているわけではない。身にまとっている気怠（けだる）い雰囲気がどことなく似通っているのだ。

（やはり、噂通りの愚物）

宗瑞は、そう見切った。

そうだとすれば、いずれ内紛が起こり、西相模は乱れるのではないか、という気がする。

藤頼は食い物や蹴鞠、連歌のことなどを楽しそうに話題にする。これから戦に赴こうとする宗瑞にとっては、どうでもいい話ばかりだ。

（これで戦に行けるのか？　物見遊山にでも行くつもりなのではないのか）

次第に宗瑞が怪訝な表情になる。宗瑞とすれば、すぐにでも小田原を発ち、今日のうちに少しでも距離を稼いでおきたいという考えなのだ。

ところが、藤頼は甲冑すら身に着けていない。

宗瑞の表情の変化を察知したわけでもあるまいが、

「そうじゃ、わしの名代を紹介せねばならぬな」

「名代でございますか？」

「わしに代わって、大森の兵を率いていく者よ」

藤頼が近習に何事か命ずると、近習が大広間を出て行き、すぐに二人の武士を伴って戻って来る。

「わしの甥に当たる者たちでな。こちらが定頼、そちらが三浦義同じゃ」

「定頼でござる」

「三浦義同でござる。今は出家して道寸(どうすん)と号しておりまする」

二人が丁寧に頭を下げる。

「伊勢宗瑞でござる」

宗瑞も深く頭を下げる。

（この二人は、ただ者ではない）

顔を見ただけで、宗瑞は見抜いた。精悍(せいかん)で引き締まった顔で、油断のならない目をしている。どちらも一筋縄ではいかない悪人面(あくにんづら)と言っていい。

定頼は、藤頼の兄・実頼の嫡男である。大森氏の嫡流(ちゃくりゅう)であり、本来であれば、定頼が家督を継ぐのが筋であった。

しかし、実頼が亡くなったとき、氏頼が藤頼を後継者に定めたので、今は藤頼に仕える身である。

年齢は四十である。

三浦義同は、氏頼の娘が三浦高救(たかひら)に嫁いで産んだ子である。

高救は定正の異母兄に当たる。母の身分が低かったため、扇谷上杉氏は弟の定正が継ぎ、高救は三浦時高の養子となって東相模の名家・三浦氏を継いだ。

八年前、定正が家宰(かさい)の太田道灌を暗殺したとき、道灌と親しかった高救は激怒し、三浦氏の家督を嫡男の義同に譲り、自分は扇谷上杉氏に戻って定正から家督を奪おうと企んだ。この動きを察知した定正は、隠居していた時高と手を組み、高救と義同を三浦氏から追放した。二人は小田原に逃げ、氏頼に助けを求めたが、扇谷上杉氏の内部分裂を恐れた氏頼は首を縦に振らなかった。怒った高救は小田原を去り、義同だけが残った。このとき、氏頼の指図に従う証として義同は出家し、道寸と号するようになった。今は四十四歳である。

三人の年齢はそれほど離れていないが、定頼と道寸は氏頼の孫で、藤頼は息子だから、藤頼からすれば二人は甥になる。

「お二人が名代として兵を率いて行かれるわけですか？」

宗瑞が訊く。

「指揮を執るのは定頼に任せる。道寸は定頼の相談相手のようなもの。すでに出家の身なのでな。そう言えば、伊勢殿も沙門であられたな。これは失礼なことを口にしてしまった。許されよ」

「気になさいますな」

「殿、そろそろ出発するのがよかろうと存じます」

定頼がにこりともせずに言う。

「もう行くのか？　伊勢殿はお疲れであろう。出発は明日にしたらどうだ。宴でも催して伊勢殿をもてなしたいと思っていたのだが……」

「扇谷上杉の御屋形さまから矢のような催促でございますれば、できるだけ早く出発するべきかと存じますが……。伊勢殿、どう思われますか？」

定頼が宗瑞に顔を向ける。

「わたしも、そうするのがよかろうと思います」

「ならば、出発するとしましょう。よろしいでしょうか？」

定頼が藤頼に訊くが、それは許しを請うているというより、すでに決まったことを告げているだけというふてぶてしさが感じられる言い方だった。

大森定頼と三浦道寸が率いる軍勢は、ざっと二千、宗瑞の四倍である。小田原城に残っている守備兵力も一千以上はいたから、大森氏の動員兵力は優に三千を超えている。今川氏と対等に渡り合えるほどの軍事力を保持しているのだ。そんな強大な相手と国境を接していることに宗瑞は背筋が寒くなる思いがする。今は宗瑞も扇谷上杉氏と良好な関係を維持しているから、すぐに大森氏が伊豆に攻め込んでくるようなことはないだろうが先のことなどわからない世の中である。一刻も早く伊豆を統一して守りを固めなければならないと己に言い聞かせる。

「わたしも道寸も、前々から宗瑞殿にお目にかかりたいと思っていたのです」

馬首を並べて進む定頼が宗瑞を見る。

「のう、道寸？」

「さよう、さよう」

少し後ろからついてきていた道寸が宗瑞の右手に馬を並べる。宗瑞は、定頼と道寸に左右から挟まれる格好になる。

「なぜ、わたしに？」

「一夜にして伊豆を手に入れたではありませんか。大したものだ」

定頼が感心したように言う。

「堀越御所を夜襲して公方さまを追い払った手腕も見事だが、何よりもすごいのは周到に根回ししてあったことですな。今川の力を借り、扇谷上杉の御屋形さまを味方にした。しかし、どれほど見事な策を立てて、有力者を味方にしたとしても、だからといって必ず成功すると決まっているわけではない。失敗すれば命がない。自分だけではない。家族も無事では済まぬ。そんなことを考え出すと、なかなか踏ん切りがつかぬのではないかという気がするし、あれこれ迷っているうちに機を逸(いっ)してしまいそうだ。宗瑞殿、迷いはなかったのですか？」

道寸が訊く。

「もちろん、迷いました。どれほど眠れぬ夜を過ごしたことか……」

宗瑞が答える。

「おお、やはり、そうでしたか。鬼神ではないのだから迷うのが当たり前というもの。失敗したときのことが心配だったのですな？　どのようにして迷いを断ち切ったのですか」

定頼が身を乗り出すようにして訊く。

「命は、ひとつしかありませぬ。それ故、大切にしなければなりませんが、永遠に生きる者はおりませぬ故、命はいつか消えると決まっています。ならば、命の使い道を考えねばならぬと思いました。どれほどうまい策を考えたつもりでも、それがうまくいくかどうかは、やってみなければわからぬこと。要は、命を懸けてもやらねばならぬことかどうか、それだけを考えればよいのではないか、と気付きました」

「つまり、伊豆に攻め込んで、たとえ失敗して命をなくしたとしても悔いることはない……そう考えたわけですな？」

道寸が訊く。

「そういうことです」

宗瑞がうなずく。

「さすがだ！」

定頼が右手で自分の太股をぴしゃりと叩く。

「聞いたか、道寸。やはり、何事かをなした人の言葉には重みがある。それくらいの覚悟がなければ国主になどなれぬということだ」

「確かに。宗瑞殿は英雄でござる」

道寸が真剣な面持ちで大きくうなずく。

この日は平塚(ひらつか)に宿営した。

小田原から五里(約二〇キロ)進んだだけである。騎馬武者だけならばもっと距離を稼ぐこともできるが、ほとんどの兵は歩いてついてくるから、それほど急ぐことができないのだ。

次の日は早朝に平塚を出発し、昼頃には鎌倉の近くに達した。休憩して、もっと先に進むものだと思っていたら、

「今日は、ここに泊まりましょう」

と、定頼が言い出したから宗瑞は驚いた。

「なぜ、ここに？　兵たちもさほど疲れている様子ではないし、まだ日も高い。扇谷上杉の御屋形さまもお待ちかねですから、少しでも先を急ぐべきかと存ずるが……」

「山内上杉の軍勢が鎌倉を目指しているという話も聞いておりますので、とりあえず、ここに腰を据えて、周辺の様子を探りたいと思うのです。場合によっては、ここで敵を迎え撃つことになるかもしれませぬ」

定頼が言うと、道寸も、それはもっともだ、と同意する。定頼の言うことにも一理あるし、宗瑞一人が反対するわけにもいかなかった。

「そうは言っても、必ずしも敵が押し寄せてくると決まったわけでもない。道寸に鎌倉を案内してもらうとよいでしょう」

と、定頼は鎌倉見物を宗瑞に勧める。

今日は進軍しないと決まれば、宗瑞も手持ち無沙汰である。肩の力を抜いて鎌倉を見物することにした。子供の頃から『太平記』や『義経記(ぎけいき)』を愛読していた宗瑞にとって、鎌倉というのは一度は訪ねてみたい憧れの町だったのである。これが宗瑞にとって初めての鎌倉訪問になった。

深夜、物々しい気配を察して、宗瑞が目を覚ます。

そこに、定頼と道寸がやって来た。二人とも甲冑を身に着けている。

「何事ですか？　もしや敵が……」

「そうではありません」

定頼が首を振る。

「われらは、ここで宗瑞殿と別れねばなりませぬ。それを伝えに来たのです」

「二手に分かれて武蔵に進むということですか？」

「いいえ、武蔵に行くのは宗瑞殿だけです」

道寸が言う。

「どういうことですか？」

「詳しい事情を説明する余裕がない。お許し下され。宗瑞殿には感謝しております」

道寸が頭を下げる。

「なぜ、わたしに感謝など？」

「あと何日かすれば、どういうことかわかっていただけるでしょう。この御恩は忘れませぬぞ」

「御恩？」

「道寸、急がねば」

定頼が道寸を促す。

「宗瑞殿の武運を祈っております」

道寸が頭を下げる。

二人は慌ただしく立ち去る。

（どういうことだ？）

宗瑞にはわけがわからない。

眠気も飛んでしまい、もう横になる気もしなかったので座禅を組んだ。心を落ち着かせたいときに座禅を組むのが宗瑞の習慣である。

夜が明けてから外に出てみると、もう大森軍は消えていた。

定頼と道寸がどこに行ったのか見当もつかなかったが、ここに長居をしても仕方がないので宗瑞は武蔵に向かうことにした。

十五

宗瑞は鎌倉から北に向かい、九月二十八日、久米川(くめがわ)で扇谷上杉氏の当主・定正に会った。ちょうど山内上杉軍と対峙しているところだった。

定正は五十二歳で、この時代においては老人といっていい年齢だが、物腰にどっしりした落ち着きがなく、どことなく軽い感じのする男だった。

定正は不機嫌だった。宗瑞に腹を立てたわけではない。大軍を送ると約束しながら、その約束を破った大森氏の不義理に腹を立てていたのだ。

(御屋形さまは、定頼殿と道寸殿がどこに行ったのかご存じらしい)

と、宗瑞は察した。

しかし、定正は詳しい説明をしようとせず、

「ふんっ、大森など頼らずとも戦はできる。せっかく伊豆から伊勢殿が来てくれたのだ。わしらだけで敵を蹴散らしてやろうではないか」

近臣に命じて絵図面を持ってこさせた。周辺の地形が簡略に描かれ、そこに双方の布陣が記されている。定正の軍勢が三千、そこに宗瑞が加わったから三千五百である。敵軍は、

ざっと三千。大森軍が加わっていれば、定正は敵軍の倍近い五千五百という軍勢で戦いを始めることができたわけである。定正が不機嫌なのも無理はなかった。

「伊勢殿ならば、どう攻める？」

定正が訊く。

「……」

宗瑞は定正の横にいる人物にちらりと視線を向ける。頭を剃り、墨染(すみぞ)めの衣をまとっている。

星雅(せいが)である。俗名を斎藤新左衛門安元(さいとうしんざえもんやすもと)という。太田道灌の軍配者だった男だ。足利学校で学んだ伝説的な軍配者で、道灌が戦で無類の強さを誇り、その生涯で一度も敵に敗れたことがないのは星雅のおかげだと言われている。道灌の死後、定正に仕えている。年齢は五十五。

宗瑞が星雅に目を向けたのは、当代随一の軍配者である星雅を差し置いて意見を口にすることを憚ったのである。

「ぜひ、お聞かせ願いたい」

口許に笑みを浮かべて、星雅が言う。

「されば」

宗瑞が一礼して意見を述べ始める。定正が敵と戦っている間に宗瑞が大きく迂回して敵の背後に回り、敵に不意打ちを食らわせるという作戦だ。平凡ではあるが、うまくいけば敵に大打撃を与えることができる。

「なるほど……」

定正はうなずきながら、どう思うか、と星雅に訊く。

「よき策であると存じます。どうせならば、殿が敵と戦ったとき、頃合いを見計らって退けばどうでしょうか？　そうすれば、敵は勝ったと思い込んで深追いしてくるでしょう」

「そこに伊勢殿の軍勢が不意打ちを食らわせるわけだな？」

定正がにやりと笑う。

「御意(ぎょい)」

星雅が頭(こうべ)を垂れる。

「敵によき軍配者がいれば、すぐに罠だと気が付いて深追いを避けるでしょうが、それならそれで構いませぬ。こちらには何の損もありませぬ故」

「よき策じゃ！」

定正が興奮気味に拳を振り上げる。

「伊勢殿と星雅の策は実に見事よ。わしが密かに思い描いていた策と少しも変わらぬ。よし、これは成功する。間違いなくうまくいくぞ」

「ありがたき幸せにございまする」

星雅が平伏する。慌てて宗瑞も星雅に倣う。

定正の前を辞すると、

「茶でも一服いかがですかな」

星雅が宗瑞を誘う。

「喜んで」

「では、こちらへ」

星雅が自分の宿舎に宗瑞を案内する。

湯を沸かし、茶を淹れると、

「何年振りになりますか……」

星雅が小首を傾げる。

「かれこれ十八年ほどになりましょう」

「十八年……。はるか昔のことですなあ。しかし、不思議なことに宗瑞殿のことはよく覚えております。あの頃は、まだ伊勢新九郎と名乗っておられた。おいくつでしたかな？」

「二十一でした」

「その若さで駿河の騒ぎを一気に鎮めたのだから大したものだ。あのときは、一歩間違えば戦が起こっていた。よほどの人物だと見込んだが、その目に狂いはなかったようですな。

小鹿範満殿を討って龍王丸さまが家督を継ぐ道筋をつけ、今では宗瑞殿ご自身が伊豆の大名になっておられる。また会うことができると思っていなかったが、こうして相見えることができて実に嬉しい」

「星雅さまに再びお目にかかることができて、この上ない喜びでございます。しかしながら、いくらか驚きを感じているのも本当の気持ちです」

「御屋形さまに仕えているからですかな？」

「はい」

宗瑞がうなずく。

そもそも星雅は太田道灌の軍配者だったのだ。道灌が定正に暗殺された後、定正に仕えている。世間からは節操がない、と評判が悪い。道灌に殉じることができぬのであれば、せめて扇谷上杉に見切りをつけ、禄を返上して退散するくらいのことをしたらどうか、というわけである。

「わたしは軍配者として道灌に仕えました。道灌が死んだからといって、わたしが軍配者であることに変わりはない。軍配者というのは、己の業を誰よりも高く買ってくれる者に仕えるものなのです。それ故、今の御屋形さまに仕えております」

「よくわかりませぬ」

「それは宗瑞殿が軍配者というものをわかっておられぬからだ……」

星雅が次のような説明をする。

軍配者をひとことで言えば、

「戦の全般に関して君主に助言する専門家」

ということになるであろう。

戦をする日時、出陣する方角、戦をするのにふさわしい場所などを占いによって決め、戦をする日の天候を予知し、どのような作戦で敵と戦うかを決める。戦いが行われている間は君主のそばを動かずに兵の進退を助言し、戦が終わると論功行賞や首実検の作法を助言する。つまり、戦争に関するすべての場面に軍配者が関わるのである。

軍配者の仕事で最も重要なのは、戦をする日時や方角を占うことと、作戦の立案という、ふたつである。占術と兵法だ。

占術に関する側面を見れば陰陽師や修験者の如き者であるといえるし、兵法に関する側面を見れば軍師・参謀の如き者であるといえよう。このふたつの能力を併せ持つ者が軍配者なのである。

一流の軍配者になることが、いかに難しいかという証に「軍配者に世襲なし」という事実がある。

軍配者は一代限りなのだ。軍事的な才能を継承することが容易でないからである。戦争のすべてを指図する軍配者が無能であれば国が滅びる。こと軍配者に関しては血筋や家柄など何の意味もなく、あくまでも能力本位なのである。世襲ではないから主家に対する忠誠心が乏しく、しかも、自分一代でできる限り稼ごうとするから、条件次第で次々に主を替えるようなことを平気でする。そのせいで大名家の家譜に名前が載らないことも多く、軍配者の名前が歴史の表舞台に出ることは少ない。

「なるほど、それが軍配者というものですか」

宗瑞が納得したようにうなずく。

「道灌が御屋形さまの謀で殺される前、わたしは道灌に謀叛を勧めました」

「謀叛を？」

「道灌は偉くなりすぎたのです。御屋形さまよりも偉くなってしまった。御屋形さまは、それを黙って許すような御方ではない。必ずや道灌を亡き者にするだろうと思いました。それ故、命を狙われる前に謀叛して、扇谷上杉氏を倒してしまえばどうかと勧めたのです。が……」

「道灌殿は断ったのですね」

「ええ。それからしばらくして御屋形さまに殺されました」

「つまり、星雅さまは軍配者として、できるだけのことはした……そうおっしゃりたいわけですか」

「まあ、そういうことです。軍配者の忠義は、普通の武士の忠義とは違うのです」

星雅が平然と言い放つ。

「……」

宗瑞が茶を飲み干す。

それを見て、星雅がもう一杯茶を淹れてくれる。

「宗瑞殿は運のよい御方ですな」

「そうでしょうか」

「何もわかっておられぬようだ。伊豆の大名になったとはいえ、宗瑞殿に従っているのは韮山周辺の豪族たちだけで、南伊豆の豪族たちは隙あらば宗瑞殿を倒そうと企んでいる。違いますか？」

「その通りです」

「その中心にいるのは狩野道一ですな？」

「はい」

「しかし、狩野如きに豪族どもを束ねて宗瑞殿に立ち向かうだけの力はない。まあ、公方さまが生きているという噂もあるようですが、所詮は噂に過ぎぬ。では、なぜ、狩野ががんばれるのか？」

「東相模の三浦氏が後押ししているという噂を耳にしました」

「信じますか？」

「よくわかりませぬ」

星雅が伊豆の情勢に詳しいことに驚きつつ、宗瑞は首を振る。

「しかし、長きにわたって山内上杉氏に尽くしてきた狩野氏が、扇谷上杉氏を支える三浦氏に後押しされるというのは何となく腑に落ちない気がします。そもそも東相模の三浦氏が伊豆の豪族を助けて何の得があるのか……」

「後押ししているのが大森氏であれば、さほど不思議でない、と？」

「確かに。もし大森氏が狩野を後押しするようなことになれば、韮山は北と南から挟み撃ちにされてしまいます」

「そうなれば伊勢殿は伊豆から追い出されてしまう。その後、伊豆の主になるのは誰か？まさか狩野ではない」

「大森ですか」

「そうなっては困るから、大森ではなく三浦が狩野の後押しをしている」

「あ」

宗瑞が声を発する。

からくりが見えたのだ。

つまり、狩野氏を後押ししているのは三浦氏の考えではなく、定正の命令なのだ。

宗瑞の「伊豆討ち入り」を手助けした定正だが、宗瑞の力が大きくなりすぎることを望んではいないのであろう。今川氏との結びつきが強すぎるからだ。

　伊豆を制した宗瑞が欲を出して相模に進出することになっては困る。それ故、適度に伊豆が混乱しているのが定正には望ましいわけだ。西相模の大森氏に狩野氏を後押しさせれば、大森氏が欲をかいて伊豆を奪おうとするかもしれないが、遠い東相模の三浦氏であれば、その心配はない。

「深謀遠慮(しんぼうえんりょ)とは、こういうことを言うのですな。驚きました。御屋形さまは大した御方だ」

「……」

　星雅がにこにこ笑っている。それを見て、

（あ）

　また宗瑞は声を上げそうになる。

　まさか定正がこのような複雑な陰謀を巡らせることができるはずがない。星雅なのだ。すべては星雅の立案した策なのに違いない。

「畏(おそ)れ入りました」

「気が付きましたかな？」

「はい」

「なぜ、自分から秘密を洩らすようなことをしたと思われる？」

「さあ……」

　宗瑞が小首を傾げる。

「もう終わったことだからでござるよ」

「終わった？」

「これから先、三浦が狩野を後押しすることはない。まったく宗瑞殿は運のよい御方よ」

　ははは っ、と星雅が愉快そうに笑う。

「どういうことなのでしょうか？」

「小田原から鎌倉まで、宗瑞殿は大森定頼と三浦道寸の軍勢と一緒でしたな。ところが、鎌倉に着くと大森勢はどこかに消えてしまった。どこに消えたと思われる？　いや、その前に、なぜ、宗瑞殿と一緒に小田原を出発したのかわかっておられるかな？」

「何か理由があったのですか？」

「もちろんです。宗瑞殿と一緒であれば、誰もが大森勢も武蔵に行くと考える。違いますかな？」

「それは、そうでしょう」

「だが、本当は違うところに行くつもりだった。相手を油断させるために武蔵に行くと思わせた」

「どこに行ったのですか？」

「定頼と道寸は、新井城の三浦時高を夜襲したのですよ。あたかも宗瑞殿が堀越御所を夜襲したのと同じように。もしかすると、やり方を真似たのかもしれませんな」

「え」

心から驚いたという表情で、宗瑞が大きな声を発する。

大森定頼と三浦道寸の率いる二千の軍勢が目指したのは定正のいる久米川ではなく、三浦半島の南にある新井城だったのだ。三浦時高を警戒させぬよう、宗瑞の軍勢と行動を共にしたのである。

深夜、鎌倉から一気に新井城を衝き、何の警戒もしていない三浦時高を襲った。この奇襲はまんまと成功し、九月二十三日早朝、三浦時高は道寸の手にかかって殺された。

これを知って定正は激怒したが、山内上杉軍と対峙しているのでは動きようもない。その隙に道寸は着々と自分の立場を固めることができる。

「これからどうなるのですか？」

「さあ……」

星雅が小首を傾げる。

「しかし、宗瑞殿にとって悪いことは何もない。道寸は自分のことで手一杯で伊豆に関わる余裕などないでしょう。御屋形さまは道寸にも定頼にも腹を立てているから、自然と宗瑞殿に頼ることになる。明日の戦に勝てば、ますます深く信頼し、伊豆を宗瑞殿に任せても大丈夫だと安心するはずです。どうですか、悪い話ではないでしょう?」

「よくわかりませぬ」

宗瑞が首を振る。

「わたしもいろいろ策を練ったつもりでいたが、まさか、定頼と道寸がこんな大それたことをするとは想像していませんでした。何度も言うようですが、宗瑞殿は運がいい」

「新井城を夜襲することを藤頼殿はご存じだったのでしょうか?」

宗瑞は小田原城で会った藤頼を思い出した。小鹿範満のように凡庸で何の取り柄もなさそうな男だと決めつけてしまったが、宗瑞にそう思い込ませるために芝居をしていたのだとしたら、大変な策士だと見直さなければならないと考えた。

「武蔵に行くはずだった大森氏の軍勢が、まさか藤頼殿が何も知らされぬまま新井城を襲ったとは思えませぬが、どこまで本当のことを知らされていたかはわかりませぬな。定頼殿は食えぬ男です。藤頼殿とはまるで違う。そう思いませんか?」

「そうかもしれませぬ」

「藤頼殿は己の首を絞めることをしたのかもしれませぬな。道寸が三浦氏の主になれば、道寸と親しい定頼殿の立場も強くなる。それは藤頼殿の立場が危うくなるということです」

十六

　翌朝、夜明けと共に扇谷上杉軍が攻撃を開始した。

　これに山内上杉軍が応じ、たちまち激しい戦いが演じられる。初めのうちは数に勝る扇谷上杉軍が優勢だったが、一刻（二時間）ほど経つ頃には旗色が悪くなり、じりじりと後退を始めた。

　ついには堰を切ったように扇谷上杉軍が一斉に退却する。それを見た山内上杉軍の総帥・顕定は、

「敵は崩れたぞ。今じゃ、追え、追え！　止めを刺すのだ」

と声を限りに叫んだ。

　山内上杉軍は全軍が一丸となって扇谷上杉軍を追撃する。

（話がうますぎる。罠ではないか）

　などと疑う者は誰もいなかった。

　いや、ただ一人、顕定の軍配者・牧水軒だけは、

（どうも怪しい……。こんなに軍が伸びきってしまって、横から伏兵の突撃を食らったらひとたまりもないぞ）

と警戒した。

が……。

それを口に出すことをためらった。

主（あるじ）の顕定はわがままな独裁者で、しかも、戦名人だとうぬぼれているから、自分の決めたことに反対されることを極端に嫌う。これまでに何人もの軍配者が顕定の怒りを買って暇を出された。山内上杉氏で軍配者として生きて行くには、余計な口出しをせず、顕定に問われたときだけ自分の考えを述べるように控え目にしなければならない。助言者に過ぎないという立場をわきまえ、顕定の機嫌を損ねないようにすることが何よりも肝心なのだ。それが軍配者本来の姿でないことは牧水軒も承知しているが、そうしなければ暇を出されるのだから仕方がない。

そもそも、牧水軒は、

（こんな戦をするべきではない）

と考えていた。

牧水軒の見立てでは、定正も顕定も武将としての才能は大したことがない。せいぜい並程度の凡庸な武将である。凡将同士が戦えば、大抵は数の多い方が勝つ。あとは軍配者の能力次第といっていい。

今回は、扇谷上杉軍の方が兵力で上回っており、しかも、星雅がいる。

牧水軒は己の力量をわきまえている。牧水軒も足利学校で学んだ筋目のいい軍配者で、在学中の成績も悪くなかった。だからこそ、山内上杉氏という力のある大名家で軍配者を務めている。

しかし、足利学校が輩出した歴代の軍配者の中で最も優れていると賞賛される星雅と互角に渡り合えるとは夢にも思っていない。

兵力でも、軍配者の力量でも劣っているとなれば、どう転んでも勝てるはずがない。そんな戦をするべきではない、というのが牧水軒の考えだった。出兵に当たって、顕定から何の相談もされなかったので、それを口にする機会もなかったが、その考えは今でも変わっていない。

追撃を始めて四半刻（しはんとき）（三十分）後、後方で騒ぎが起こった。

（ああ、やっぱり……）

牧水軒が溜息をつく。

扇谷上杉軍の敗走は罠だったのだ。どこかに兵を隠しておき、頃合いを見計らって、山内上杉軍の脇腹を衝くという策だったのに違いない。兵法を学んだ者であれば誰でも知っているような、ごく初歩的な作戦である。

だからといって実行するのが簡単だというわけではない。敗走する兵たちは、それが罠だとは知らされていないから、時として罠が罠でなくなり、統制を失って自滅することもある。伏兵が不意を衝く時機を逸すれば、それが奇襲にならず、かえって返り討ちにされる危険もある。策としては単純だし、成功すれば効果も絶大だが、しくじれば取り返しのつかない損害を被(こうむ)ることになる。

恐らく、扇谷上杉軍の敗走を偽装し、それを指揮しているのは星雅に違いないから、そこにつけいる隙はない。山内上杉軍が勝ちを得る唯一の希望は、伏兵を指揮し、奇襲を仕掛けてきた者が下手な戦をしてくれることである。

しかし、時間が経つにつれ、牧水軒の希望は無残に打ち砕かれた。山内上杉軍は奇襲を受けて分断され、兵たちが散り散りになっている。奇襲してきた敵軍はそれほど数が多いわけではないが、よほど用兵が巧みなのか、山内上杉軍が態勢を立て直す余裕を与えてくれないのである。

（まずい）

奇襲軍は、山内上杉軍に後方から圧力をかけ始めている。前方を見遣ると、逃げていたはずの扇谷上杉軍が反転する構えを見せている。

挟み撃ちにするつもりだな、と牧水軒は察する。

このまま包囲されてしまえば、顕定も牧水軒も殺されてしまう。そうでなければ降伏して捕らえられるであろう。それは山内上杉氏の滅亡を意味する。

このときばかりは牧水軒も顕定に馬を寄せ、

「殿、ここは退くしかありませぬ。このままでは逃げ道がなくなりますぞ」

と本音を口にした。顕定の顔色を窺っている余裕などなかったからだ。

「どうすればいい？　ここで陣形を整えて、一か八か敵に突撃して血路を切り開くか」

珍しく顕定が自信なさげな顔で訊く。

「いいえ、そんなことはどうでもいい。ひたすら逃げるのです」

「何だと？」

顕定は眉間に小皺を寄せ、露骨に嫌な顔をする。

「時間が経てば経つほど逃げるのが難しくなります。兵など置き捨てるのです。大切なのは御屋形さまのお命のみ。兵を失っても、いくらでも代わりを集めることができますが、御屋形さまの身に何かあれば御家が滅びます」

「それほど、わしは追い詰められているのか？」

顕定が愕然とする。

「死にたくなければ、今すぐに逃げることです」

「わかった」

ごくりと生唾を飲み込みながら、顕定がうなずく。自分がどれほどの窮地に立たされているか理解したのであろう。

顕定は少数の兵と牧水軒だけを引き連れ、他はすべて置き去りにして逃げた。その結果、山内上杉軍は崩壊し、扇谷上杉軍によって討ち取られた者や捕らえられた者の数は数百に達した。

顕定は多くの兵を失ったが、おかげで命だけは助かった。弱気になり、牧水軒に頼った。ようやく牧水軒は腕を振るう機会を与えられたのである。

しかし、それは決して楽しいわけでもなく、簡単なことでもなかった。統制を失って、蜘蛛（くも）の子を散らすように逃げた兵たちを収容するという作業である。扇谷上杉軍の追撃をかわしながら行わなければならないのだから大変だ。

そうは言っても、兵をまとめて、軍団として再編成しなければ、扇谷上杉軍が嵩（かさ）に懸かって攻め込んでくるに違いないから急がねばならない。

牧水軒は、ここで初めて軍配者としての有能さを顕定や世間に知らしめる機会を得たといっていい。この難しい仕事を見事にこなし、高見原（たかみはら）まで退いて、何とか軍団としての体裁を整えたのである。

九月二十九日に大敗を喫しながら、その三日後の十月二日には荒川（あらかわ）を挟んで扇谷上杉軍と対峙したのだから、牧水軒の手腕は並大抵ではない。

もっとも、三千の兵は半分の一千五百に減っていた。対する扇谷上杉軍は三千五百である。まともに戦っては、とても勝ち目がない。

「どうすればよい。何か策はあるか？」

顕定が牧水軒に意見を求める。久米川の敗北が顕定を弱気にさせている。

「戦をせぬことです」

牧水軒が答える。

「大兵に策なし、と申します。敵の倍以上の兵を持っているときは小細工など弄せず、真正面から攻めれば、まず負けることはないという意味です。それを裏返せば、敵の半分以下の兵しか持たぬときは戦ってはならぬということです。なぜなら、勝てるはずがないからです」

「敵が攻めてきたら戦うしかないではないか」

顕定が不満そうな顔をする。

「川がありまする。われらを川が守ってくれるのです……」

古来、軍団が渡河するときは防御力が弱くなり、渡河している途中で敵に攻められると思わぬ不覚を取ることがある、と言われる。いかに敵に勝る兵力があっても、敵の眼前で渡河を試みるのは無謀すぎる行為なのである。

牧水軒とすれば、それを踏まえた上で陣を構えたことに自負がある。もし両軍の間に荒川が存在していなければ、山内上杉軍は扇谷上杉軍に高見原で止めを刺されていたはずであった。

「ならば……」

牧水軒の説明を聞きながら、何事か思案していた顕定は、ならば荒川を利用して敵を罠にかけることもできるのではないか、われらを騙した仕返しをしてやればよい、と興奮気味に言う。

「そ、それは……」

「できぬか？」

「今は敵に勝つことを考えるより、御身を守ることを第一に考えるべきかと存じます」

「馬鹿め」

顕定が顔を顰めて舌打ちする。

「むざむざと尻尾を巻いて逃げたりすれば、敵は武蔵に居座ってしまうではないか。勝てとは言わぬが、せめて敵に一撃を食らわせて、ここから追い払うくらいのことをしなければならぬ」

「戦えば負けまする」

「それを何とかするのが軍配者ではないか」

「敵には星雅という稀代の軍配者がおります。手強い相手でございまするぞ」

「星雅のことはわかっておる。星雅が仕えているのが定正という阿呆だということもわかっておる。わしは定正に劣っているか？」

「そのようなことはございませぬ」

「わしが定正に劣っているのでなければ、おまえが星雅よりも劣っていることになるではないか。悔しくはないのか？　星雅の名前に怯えて、この場からすごすご逃げ出そうというのか」

「……」

牧水軒の顔から血の気が引く。

やがて、

「時間をいただけましょうか。策を立てるには時間が必要でございます」

「よかろう」

顕定がうなずく。

それから二日後……。

目の下に隈を作り、頬がげっそり痩けた牧水軒が顕定の前に現れた。不眠不休で思案を重ね、ようやくひとつの秘策を捻り出したのだ。

十七

「宗瑞殿、敵の動きをどう見る？」

荒川を見下ろすことのできる土手の上に立ち、星雅が宗瑞に訊く。そこからだと川向こうに布陣している山内上杉軍の様子を窺うことができる。

「逃げ支度をしているように見えますな」

宗瑞が答える。

山内上杉軍の陣地では兵どもが忙しなく動き回り、あちこちで炊煙が立ち上っている。陣を払って撤収する準備を進め、退却しながら食えるように弁当の用意をしているように見える。

「そう思わせようとしているようにも見えますな」

「われらを騙そうとしているということですか？」

「戦とは駆け引きでござる。騙し合いなのです。本気で逃げようとする者は相手に追われぬように小細工をする。つまり、相手がしていることの逆を考えれば、相手の本心が透けて見える」

「敵は逃げ支度をしている。その逆と言えば……。実は逃げるつもりはない。われらを誘き寄せようとしている……そうおっしゃりたいのですか？」

「本当に逃げるつもりなら、こんなに明るくなってから支度することはない。夜のうちに静かに逃げ支度をし、わずかの兵だけを残しておいて、明るくなったら、今にも戦をするぞと見せかける。こちらが警戒しているうちに、主をできるだけ遠くに逃がすために」

「なるほど……」

宗瑞がうなずく。

稀代の軍配者・星雅の言葉には重みがあり、星雅に言われると、

（そうかもしれぬ）

　と納得してしまう。

「もちろん、そんなごまかしをする余裕もないほど浮き足立ってしまい、大慌てで逃げ出そうとしているということも考えられますな。実際、これまでも山内上杉の御屋形さまは、そういう戦をなさってきた。御屋形さまがご自身で指図なさっておられるのであれば、あれこれ考える必要はないのかもしれぬ。だが……」

「何ですか？」

「山内上杉には牧水軒という軍配者がおります」

「牧水軒？　足利学校を出た軍配者ですか」

「さよう」

　星雅がうなずく。

「優れた軍配者だが、山内上杉では大した仕事も与えられず、冷遇されていると聞いている。並の軍配者であれば、さっさと暇乞（いとまご）いして他家に移るところだろうが、牧水軒は、いつか出番が来ると信じて山内上杉に留まっているのでしょう。山内上杉の御屋形さまが相手であれば、何も恐ろしくはない。いつでも勝ってみせる。しかし、牧水軒を侮ることはできぬ。これまでに何度か山内上杉に止めを刺す好機をつかみそうになったが、土壇場で思い止まったのは、牧水軒の仕組んだ罠ではないかと疑ったからなのです」

「今もそう思っておられるわけですね？」

「戦とは不思議なものですなあ。こうして敵の動きを見ていても、指図しているのが御屋形さまならば、臆病風に吹かれて大慌てで逃げようとしているようにしか見えませぬ。しかし、指図しているのが牧水軒だとすれば、われらを罠に誘い込むために芝居をしているように見える。同じ景色を見ているのに、考え方を変えると、その景色がまったく違うものになってしまう……」

「どうなさるのですか？」

「こういうことは今までにもあったのです。そういうとき、わたしは自重して攻撃を控えました。罠かもしれぬという疑いを拭いきれなかったからです」

「では、今回も？」

「いいえ」

星雅が溜息をつきながら首を振る。

「半刻（一時間）後に川を渡って敵を攻めます」

「え」

宗瑞が驚く。

「しかし、あれは敵の罠かもしれぬとおっしゃったではありませんか」

「御屋形さまが決めたことですから」

「……」

星雅の無念そうな顔を見て、宗瑞は事情を察した。

久米川の戦いにおける勝利で、定正は舞い上がったのに違いない。敗走する山内上杉軍を追撃し、荒川を挟んで対峙するに至った。味方は三千五百、敵は一千五百、数で圧倒している上に、味方の士気は高く、敵は意気消沈している。山内上杉軍を粉砕する千載一遇(せんざいいちぐう)の好機……そう定正が考えるのも無理はない。定正ならずとも、これほどの好機をみすみす見逃すことはできないであろう。

星雅の話を聞かなければ、宗瑞もそう考えたであろう。敵前渡河が危険だということは承知しているが、その程度の危険を冒すだけの価値はあると思える。荒川さえ渡ってしまえば、九分九厘、こちらの勝ちなのだ。

問題は敵の軍配者・牧水軒である。

牧水軒を星雅は異様に警戒している。

だからこそ、これほどの好機に恵まれても躊躇しているのだ。

牧水軒と手合わせしたことがないから、どれほどの軍配者なのか宗瑞にはわからないが、星雅が並外れた軍配者であることには何の疑いも持っていないから、星雅の判断が正しいような気がする。

「考え直していただくことはできぬのですか？」

「何度となく止めようとしましたが……。もう無理のようです」

星雅が重苦しい溜息をつく。

「罠だと決まったわけではありません。本当に逃げようとしているだけかもしれません。そうであれば、味方の勝ちは間違いないではありませんか」

少しは慰めになればと思って、宗瑞が言う。

するとと、星雅は、

「それは違いますぞ」

と、宗瑞に厳しい目を向ける。

「運を天に任せるようなことをしてはならぬのです。一度か二度はうまくいくかもしれませぬが、幸運が何度も続くと期待してはならぬのです。そんなやり方をしていれば、いつかは命を落とすことになる。戦というのは、必ずしも勝たなくてもよいのです。肝心なのは負けぬことです。負けぬ限り、いくらでもやり直しが利くからです」

「勝たなくてもよい……。肝心なのは負けぬこと……」

宗瑞が星雅の言葉を繰り返す。今までそんなことを考えたことがない。戦をするのであれば、必ず勝たねばならぬと思い込んでいた。

「亡くなった太田道灌は不敗の名将と呼ばれていました。確かに道灌は戦に負けたことがない。しかしながら、常に勝っていたわけではありません。風向きが悪いと判断すれば、それまでに得たものを惜しげもなく捨てて、即座に兵を退く潔さがありました。道灌が不敗の名将だったのは本当ですが、百戦百勝の名将と呼ぶのは間違っています。百戦して五十勝というところでしょう。あとの五十戦は負けなかっただけのことです。しかし、それでいいのです。百戦して五十勝でも、世人は百戦百勝と言い、敵ですらそれを信じ、道灌には決して勝てぬと思い込む。道灌が亡くなる前の一年ほどは、ほとんど戦らしい戦をしませんでした。その必要がなかったからです。百戦百勝の名将に勝てるはずがないと思い込み、道灌が兵を進めると敵が勝手に逃げ出したのですよ。御屋形さまが道灌を手討ちにするなどという愚かなことをしなければ、山内上杉など、とうの昔に滅んでいたことでしょう」

いくらか興奮しているのか、星雅は頰を赤く染めながら語る。道灌を懐かしみ、道灌を殺した定正に対して何となく冷たい物言いである。

「われらは久米川で勝った。山内上杉はみじめに敗れたのです。三千の兵が半分に減ったのは、武蔵の豪族たちが山内上杉を見限って自分たちの土地に帰ったからでしょう。もう戦などする必要はない。われらが兵を進めれば、その土地の豪族たちはわれらを新たな主として迎え入れるでしょう。労せずして武蔵の半分が手に入る。もちろん、山内上杉も黙ってはいないでしょう。必死に兵を集めて、半年後くらいには決戦を挑んでくるに違いない。それを迎え撃てばよい。三浦や大森にも参戦を促せば、われらは一万の兵を集めることができる。落ちぶれた山内上杉は、せいぜい、五千くらいのものでしょう。どう転んでも負けようはないのです」

「そこまで先を見据えておられるのですか」

宗瑞が驚く。

久米川の勝利で武蔵の半分が手に入り、半年後には山内上杉氏を滅ぼして武蔵全域が手に入る……その見通しが正しければ、危険な敵前渡河を敢行する必要などまったくない。

「それを御屋形さまに申し上げてはいかがですか」

「もちろん、申し上げた。何度となく申し上げた。が……聞き入れて下さらぬ」

星雅が暗い顔になる。

「なぜですか?」

「待てぬとおっしゃる。わずか半年……それが御屋形さまには、途轍もなく長い歳月に思われるらしい。是が非でも、今日、この場で決着を付けると言って聞かぬのです。御屋形さまご自身が軍配を振るわれるので、もはや、わたしの出番はない」

「そんな……」

「運を頼るのは好きではない。今まで、そんなことをしたこともない。しかし、今日ばかりは運に頼りたい。何事もなく今日という一日が過ぎるのを祈らずにはおられませぬ」

星雅がまた重苦しい溜息をつく。

十八

「行け！」

定正は川縁に立つと、高く掲げた軍配を振る。

それを合図に先鋒を務める五百の兵が荒川を渡り始める。

自分が名将であることを少しも疑ってはいないものの、

「敵の罠かもしれませぬぞ」

と、星雅がしつこく言うものだから、

（念のために用心しよう）

と考え、まず五百を渡らせて、山内上杉軍の反応を探ろうとしたのである。

万が一、敵が罠を仕掛けていれば、みすみす五百の兵を失うことになりかねないが、それでも定正の手許には三千の兵が残る。敵の二倍の兵力である。

何事もなければ、五百の兵に向こう岸で防御陣形を取らせ、第二陣として一千の兵を渡河させる。

その後に第三陣として一千の兵を渡河させるが、そこに宗瑞の五百も含まれている。

二千五百の兵が渡河を終えたら、最後に定正自身も一千の兵を率いて渡河する。それだけ用心すれば、よもや不覚を取ることなどないはずだった。短慮で腰の軽い定正がそこまで念入りに用心することなど今までにないことだった。

「うまく行きそうではないか」

定正が肩越しに振り返って、にやりと笑う。

そこに星雅と宗瑞が肩を並べている。

星雅が黙りこくっているのは、

「わしが軍配を振っているときに余計なことを言ってはならぬぞ」

と、定正に釘を刺されているからである。

第一陣五百が無事に荒川を渡り終わった。

その途端、山内上杉軍が襲いかかる。

防御陣形を取る前に戦いが始まったので、たちまち味方は混乱する。それを見て、

「急げ、急げ！」

定正が第二陣の渡河を急がせる。

第一陣と山内上杉軍が揉み合っているところに、第二陣が続々と上陸を始める。これによって、一気に扇谷上杉軍が有利になる。

山内上杉軍がじりじりと後退する。顕定の存在を示す旗が河岸から離れていく。

「おのれ、顕定め！　また逃げる気だな。許さぬぞ。誰が逃がすものか」

そう叫ぶと定正が馬に飛び乗り、馬を荒川に入れようとする。一千の兵を率いて最後に

渡河するはずだったのに、興奮のあまり今すぐに川を渡ろうというのだ。

「御屋形さま、お待ち下さいませ！」

星雅が駆け寄って手綱をつかみ、馬を止めようとする。

「ええい、何をするか」

「どうか落ち着いて下さいませ。まだ御屋形さまが渡るには早すぎまする。もうしばらく、ここに残るべきかと存じます」

「馬鹿者！　そんなことをしているうちに顕定に逃げられてしまうではないか。すでに一千五百の味方が川を渡った。何を心配することがある。用心深いにも程があるぞ、星雅。おまえは残った兵を引き連れて、ゆるゆると川を渡るがよいわ。わしは先に行って、顕定を討ち取る」

それっ、と馬に鞭（むち）を入れると、定正は荒川に乗り入れる。

「御屋形さまをお守りいたします」

第三陣として渡河することになっている宗瑞が星雅に声をかけ、配下の兵を率いて荒川に向かう。

「頼みまするぞ」

星雅が宗瑞の背中に呼びかける。星雅自身は定正に代わって、最後の一千人を指揮しなければならないから身動きが取れないのだ。

十九

（呆れた御方よ）

　定正を追って荒川に馬を乗り入れながら、宗瑞が顔を顰める。

　全軍の総大将という立場にあるにもかかわらず、よほど気が急いているらしく、定正はわずか数人の近習を引き連れただけで対岸に向かっている。恐ろしく腰が軽く、しかも、無防備である。

　対岸には人気がない。当初の予定では、先に渡河した味方が防御陣形を取り、全軍が荒川を渡り終えるのを待つはずであった。

　ところが、防御陣形を取る前に攻撃されて乱戦になった。第一陣と第二陣、合わせて一千五百が山内上杉軍を後退させ、ついには敵の総大将・顕定を敗走させた。それを追撃しているため、対岸に味方がいないのだ。その追撃に加わるために定正は大急ぎで渡河しようとしている。

　つまり、定正は味方の軍勢に取り囲まれた安全な場所に身を置くはずだったのに、敵を追って先行する味方と、これから荒川を渡ろうとする味方の間にぽっかりと生じた空白地帯に身を置いたことになる。

　定正が対岸に達したとき、突如として二十人ほどの敵兵が現れた。草むらに身を潜め、

息を殺していたのだ。それを見て、

（あ）

と、宗瑞は叫びそうになる。

恐らく、岸辺で見守っている星雅も愕然としているはずであった。

宗瑞にも兵法の心得がある。

一瞬にして何が起こったのかを悟った。牧水軒が仕掛けた捨て身の罠に、まんまと定正が引っ掛かったのだ。

星雅自身が話したように、これまで星雅はどれほど有利な場面であっても、何らかの危険を察知すると用心深く兵を退いた。

今回もそうだ。

荒川を挟んで山内上杉軍と対峙した時点で、それでなくても敵前渡河は危険なのに、牧水軒が罠を仕掛けてきたらそれを避けようがない、せっかく久米川で手にした勝利が無駄になってしまう、と星雅は考えた。

当然ながら、牧水軒は、星雅がそう考えるであろうことを見抜いていた。

山内上杉軍にとって最も困るのは、定正が自重することだ。久米川で敗れたことで兵力が半減しているから、ここで決戦を挑むのは常識的に考えれば無謀すぎるが、何もしないで引き揚げれば、武蔵の豪族たちは顕定を見限って定正に靡き、顕定は武蔵を失うことになりかねない。何としてでも、ここで一矢を報いて山内上杉軍の強さを豪族たちに知らしめる必要があった。

しかし、まともにぶつかったのでは、とても勝ち目がない。一千五百対三千五百では勝負にならないのだ。そこで牧水軒は不眠不休で決死の奇策を捻り出した。それは顕定と山内上杉軍を囮にするという大胆な作戦だった。

まず、わざとらしく退却準備をしているように見せかける。

老練な星雅が引っ掛かるはずはないが、短気で思慮の浅い定正ならば、きっと追撃を主張すると読んだ。久米川の勝利で定正は強気になっているに違いないからだ。

もっとも、愚かではあっても、自分の命を危険にさらすことなどできない臆病者だから慎重に荒川を渡ろうとするはずだ。先に大部隊を渡河させ、安全を確保してから定正自身が荒川を渡ろうとするであろう。牧水軒が星雅の立場にいれば、二千くらいの兵を渡河させてから定正を渡河させようとする。そうなってから決戦を挑んでも勝ち目はない。

だから最初の罠を仕掛ける必要がある。

扇谷上杉軍の先鋒をわざと渡河させ、そこに戦いを仕掛ける。肝心なのは互角に戦うことである。

うっかり勝ってしまえば、対岸にいる定正は自重して渡河を中止するに違いないからだ。互角に揉み合いながら頃合いを見計らって、顕定が戦場を離脱し、退却を始める。顕定は扇谷上杉軍を引きずるようにじりじりと退却を続け、彼らを荒川から遠ざける。

　つまり、久米川で星雅にやられたことを今度は牧水軒がやろうというのである。

　星雅がやったのは山内上杉軍を挟み撃ちにして殲滅することだったが、牧水軒の狙いはそうではない。扇谷上杉軍を挟撃するような兵力がないからだ。

　牧水軒の狙いは、ただひとつ。

　定正の首であった。

　兵力において圧倒的な劣勢に立たされており、しかも、星雅という稀代の軍配者が相手では、どうあがいても勝てる戦ではない。万にひとつ、勝機があるとすれば、総大将である定正の命を奪うことであった。

　牧水軒の作戦が成功するかどうかは定正の性格にかかっているといっていい。

　これまでの定正の戦い方を分析すると、味方が不利なときは自軍の奥に身を置いて指揮を星雅に委ねるが、逆に味方が優勢になると、身を乗り出すように本陣を前方に進め、最後には星雅から指揮権を奪ってしまう。お膳立てを星雅に任せ、勝利の果実は自らの手でもぎ取るというやり方をするのだ。

　先に渡河した部隊が山内上杉軍と戦いを始め、顕定が尻尾を巻いて逃げ出すのを見れば、せっかちで短気な定正は、きっと星雅の制止を振り切って荒川を渡ろうとするに違いない、大勢の兵たちに守られて悠々と荒川を渡るのではなく、兵たちを置き去りにする勢いで猛然と荒川を渡ろうとするはずだ……それが牧水軒の読みであり、少数の兵を率いて定正が無防備になる一瞬の隙を衝こうという作戦なのだ。

牧水軒自身、この作戦が成功する可能性はかなり低いと思っている。言葉通り、万にひとつ、成功するかどうか、という程度の勝算しかない。

しかも、顕定の命まで危険にさらしている。作戦が失敗すれば、ここで山内上杉氏は滅亡する。そんな危ない橋を渡らざるを得ないほど追い込まれているということであり、他に選択肢はない。

二十

牧水軒に率いられた敵兵の姿を見たとき、敵の作戦のすべてを見抜いたわけではなかったが、顕定を囮にして定正を誘き寄せ、定正の命を奪おうとしていることは宗瑞にもわかった。

「御屋形さま、お戻り下さいませ！」

宗瑞が叫ぶ。

すでに川縁に上がっていた定正も敵兵を見て大いに慌てた。わずか二十人ほどの敵とはいえ、定正自身が引き連れているのは数人である。

「その方ら、ここで防ぐのじゃ」

そう命じると、定正は馬を川に入れる。近習たちが敵を防いでいる間に宗瑞たちのところに戻ろうというのだ。

「逃がすな、射よ、射よ！」

牧水軒が大音声（だいおんじょう）を発する。ここで定正を逃がしたのでは、すべてが水の泡だ。山内上杉氏の命運が懸かっているのだから必死にならざるを得ない。

敵兵が矢を射る。

距離が近いから、それほど的外れな矢はない。

定正の近くに矢が落ちる。

体にも矢が刺さるが鎧（よろい）を身に着けているので、定正自身に被害はない。

「臆病者！」

牧水軒が叫ぶ。

ここで定正を討ち取らなければ山内上杉氏は滅びるのだ。

しかし、定正は遠ざかっていく。

あとわずかで宗瑞の軍勢に飲み込まれてしまうだろう。そうなれば終わりだ。

「卑怯者！　腰抜けめ、恥を知れ！」

牧水軒が叫ぶと、定正が振り返り、

「何を言うか！」

と顔を真っ赤にして怒鳴り返す。

そのとき、一本の矢が定正の喉に突き刺さった。

定正は、うげっ、と声を洩らすと、馬の首に倒れ込む。落馬しなかったのは、たまたま倒れたところに馬の首があったので、たてがみにしがみついたからである。

「やったぞ。射よ、射よ！」

牧水軒は、興奮気味に飛び跳ねながら兵たちを叱咤する。放たれた矢が次々に定正の背中に突き刺さる。定正はぴくりとも動かない。ハリネズミのように全身に矢が刺さりながらも、定正は馬に跨がったまま味方の方に進む。定正が指示しているのではなく、馬が勝手に動いているのだ。

まさに定正の体が荒川に落下しようとしたとき、

「御屋形さま、しっかりなさいませ」

宗瑞の手が定正の体を支えた。

兵どもを対岸に向かわせ、宗瑞だけは定正の馬を連れて味方の方に戻る。川縁に星雅が心配そうな顔で待っている。宗瑞が河原に馬を乗り上げると、

「御屋形さま！」

と、星雅が駆け寄ってくる。

しかし、定正はぴくりとも動かない。

ハッとして星雅が宗瑞を見上げる。

宗瑞が黙って首を振る。

「……」

星雅の表情が凍りつく。

この日、明応三年（一四九四）十月五日、扇谷上杉氏の当主・定正が急死した。享年五十二である。

定正の死を知った瞬間、星雅が考えたのは、その死を隠すことであった。総大将が死んだとなれば、味方は浮き足立ち、軍勢は総崩れになる恐れがあるからだ。

星雅は、あたかも定正が生きているかのように装って定正を本陣に運び入れた。すぐさま顕定を追撃している先鋒に使者を発して、引き揚げるように命じる。定正の死を敵に知られる前に、兵をまとめて本拠地である河越(かわごえ)城に引き揚げるつもりなのだ。

が……。

先鋒が戻ってくる前に定正の死が洩れた。

全軍に動揺が広がる。

荒川を渡って味方のところに戻ろうとした先鋒は山内上杉軍に逆襲され、おびただしい死傷者を出した。もたもたしていると敵地で自壊しかねないと判断した星雅は、直ちに陣を払うことを決意した。その時点で三千五百の兵は三千に減っていた。逃亡兵が続出しているため、時間が経つにつれて、その数は減っていく。

「宗瑞殿、ご覧の通りだ。無様な負け戦を見せてしまった。お恥ずかしい限りです」

「御屋形さまが星雅さまの忠告に耳を傾ければこんなことにならなかったはずです」

「そうではありません」

星雅が首を振る。

「こうなるとわかっていれば、たとえ手討ちにされようと、わたしは御屋形さまを引き留めたはずです。心のどこかで、今度も大丈夫ではないか、それほど心配することはないのではないか、という甘い考えがあった。だから、御屋形さまに押しきられてしまったのです。それは軍配者としての、わたしのしくじりに他なりません。取り返しのつかないしくじりです」

「これから、どうなさるのですか？」

「まずは河越城に戻ります。しかし、この有様では半分も連れ帰ることができるかどうか……。宗瑞殿には申し訳ないが、この場から独力で伊豆に帰ってもらわねばなりませぬ。相模に入ってしまえば、その先はあまり危ないこともなかろうと存じますが、御屋形さまの死が広く知られる前にできるだけ早く戻られるのがよいでしょう。はるばる伊豆から加勢に来ていただき、久米川では大勝利を得たにもかかわらず、まさか、こんなことになろうとは……。何の恩賞も差し上げられず申し訳ない」

星雅が深々と頭を下げる。

「気になさいますな。時には、人の力の及ばぬことも戦では起こるものです」

「そう言ってもらえるとありがたいが……」

「ここでお別れでございますな。どうかご無事で」

「宗瑞殿もな」

星雅と宗瑞は荒川の畔で別れ、星雅は河越城に、宗瑞は韮山城に向かった。

二十一

宗瑞が目を開ける。

韮山城内に持仏堂があり、心の中から雑念を追い払いたいときや一人になりたいとき、ここに籠もって座禅を組む。座禅を組むと、心が真っ白に洗われるので、常に新鮮な頭で考え事に耽ることができる。

もうすぐ十一月から十二月になろうというときで、早朝には吐息が白いほど冷え込むことがある。

しかし、宗瑞は墨染めの薄い法衣を身にまとっただけの姿である。ひとつのことに気持ちが集中して精神が研ぎ澄まされているときには、あまり寒さを感じないものらしい。

武蔵から戻って、ひと月半ほどが経っている。定正の死が世間に知られる前に、昼夜兼行の強行軍の旅で、宗瑞は武蔵から伊豆に戻った。そのおかげで五百の兵をほとんど無傷で連れ帰ることができた。韮山城に帰って間もなく、荒川の畔から河越城に向かった扇谷上杉軍が山内上杉軍の待ち伏せ攻撃を受けて敗れたことが風の便りに聞こえてきた。

宗瑞は、武蔵に連れて行った兵たちを休ませながらも、戦支度を怠(おこた)りなく続けた。

久米川でも荒川でも、宗瑞は戦いに負けていない。

総大将の定正が討ち取られたことで豪族たちが浮き足立ってしまったので、星雅が引き揚げを決めた。星雅とは荒川で別れたから、宗瑞自身は一度も敗れてはいないのだ。

しかし、遠い武蔵の地で起こった戦いの詳細など伊豆の者にわかるはずがない。それを宗瑞と敵対する狩野道一が利用し、

「宗瑞も負けたのだ」

と喧伝(けんでん)して、

「今こそ宗瑞を攻めるときぞ。負け戦で宗瑞は弱っているはずだ」

と豪族たちを煽(あお)り立てる恐れもある。

それを警戒し、いつ敵が攻めてきても迎え撃つことができるように戦支度を進めたのである。その用心深さが功を奏したのか、伊豆では大きな混乱は起こらなかった。

宗瑞が持仏堂に籠もったのは、星雅から手紙が届いたからである。様々な噂が武蔵から聞こえてはくるものの、あまりにも多くの噂があり、しかも、相反する内容の噂もあるの

で、何が本当で何が嘘なのか判断できず宗瑞も困惑していた。星雅の手紙が噂の真偽を判別する手掛かりになるのではないかと期待した。

その手紙には、まず宗瑞が武蔵まで兵を率いて加勢に来てくれたことに対しての謝意が述べられ、星雅が河越城に戻ってからの出来事が簡潔に記されていた。

定正の後継者の地位には、定正の甥で、養嗣子になっていた朝良が就いたとある。その事実だけが記され、それ以外に朝良に関する記述が何もないというところに、朝良に対する星雅の感情が滲んでいる気がした。朝良はまだ二十二歳の若者で、これまでさして目立った働きをしていない。久米川にも出陣せず、河越城に残って留守を守っていたから宗瑞は顔も知らない。

定正と同盟を結んでいた第二代の古河公方・足利政氏が扇谷上杉氏を見限り、新たに山内上杉氏と同盟を結んだことも記されていた。定正の死後、わずかひと月で政氏が同盟を破棄したのは、それほど扇谷上杉氏の勢力低下が激しいということであろうし、政氏が朝良の器量をまったく評価していないということでもあろう。

扇谷上杉氏が置かれている深刻な状況をさらりと書いて、手紙の最後に、朝良に暇乞いすることになるかもしれないと星雅は書いている。

そもそも、両上杉と並び称されてはいるものの、実際には山内上杉氏の方が支配する国もずっと多く、兵の数も多く、はるかに強大であった。

にもかかわらず、世間の目には互角と見られていたのは、太田道灌と星雅の力であり、道灌亡き後は、星雅一人の力だったと言っていい。

　そのうちに扇谷上杉氏は本当に実力を蓄え、ついには久米川で山内上杉軍を撃破して、あと一撃を加えれば息の根を止めることができるところまで来た。

　それが定正の死によって、呆気なく立場が逆転し、今や扇谷上杉氏の方が滅亡の危機に瀕している。

　これまで扇谷上杉氏を支えてきたのは星雅なのだから、たとえ定正から朝良に代替わりしたとしても、星雅さえ健在であれば扇谷上杉氏は安泰ではないか……そう考えたいところだが、実際は、そうはならない。

　定正の見栄のせいであった。

　扇谷上杉氏が星雅の力で躍進したことを世間は知らないのである。なぜなら、星雅の功績をすべて定正が奪ったからだ。星雅自身、人目に立つのを避け、決して出しゃばろうとせず黒子（くろご）に徹したから、世間の目には定正こそが名将であると映じていた。だから、定正の死が支配下にある豪族たちを動揺させたのだ。

　それでも朝良が星雅を重んじ、星雅の言葉に耳を傾けて武備を固めれば、時間はかかるにしても、いずれ力を盛り返すであろうが、星雅が扇谷上杉氏を去るとなれば話は別だ。

　朝良が星雅を切り捨てたのか、それとも星雅が朝良を見限ったのか、それは宗瑞にはわからないが、二人の間に何らかの不協和音が生じたのは間違いないだろうと想像できる。朝良が星雅なしに今の難局を乗り切ることができるのか、重大な局面で対応を誤れば、

（扇谷上杉は滅びるのではないか）

という懸念すら抱いてしまう。

しかしながら、星雅の手紙を読んで宗瑞が持仏堂に籠もったのは、扇谷上杉氏の先行きを案じたからではない。ひとつの思いつきが黒雲のように宗瑞の胸に湧いてきたからである。あまりにも途方もない思いつきだったので、心を静めてじっくり思案したかったのだ。

（伊豆だけでなく、相模と武蔵もわしが支配するべきではないのか）

そう考えたのだ。

途方もない夢と言うしかない。

もっとも、伏線はあった。

いきなり思いついたわけではないが、宗瑞自身、馬鹿馬鹿しいと思っていただけのことである。

伊豆から相模を経て武蔵に向かうとき、そして、武蔵から伊豆に戻ってくるとき、宗瑞の目に映ったのは、痩せ衰えて暗い目をした農民たちの姿であった。宗瑞が初めて城主となったとき、すなわち、興国寺城の主となって十二郷を支配することになったとき、領地に住む農民たちも同じように痩せて暗い表情をしていた。伊豆の農民たちも同じである。

興国寺城から堀越御所に伺候するとき、街道沿いの田畑で働く農民たちは一様に暗い目をしていた。愚かな領主に支配されて、骨の髄まで搾取されると、どの土地に住む農民たちも同じような暗い目になるのだと宗瑞は悟った。武蔵に向かう道々、相模や武蔵の農民たちも不幸なのだと知った。

だからといって、そのときに相模や武蔵を支配することなど夢にも考えなかった。

宗瑞は身の程をわきまえている。扇谷上杉氏や山内上杉氏というのは、その頂すら見えないほどの巨峰であり、それに比べれば宗瑞など豆粒のようなものであった。そう思っていた。

が……。

強大な軍事力と政治力を誇る定正は、実際に会ってみれば、呆れるほどに凡庸な愚物に過ぎなかった。その愚物の見栄やわがままのせいで、支配下にある農民たちは年貢を搾り取られ、食うや食わずの生活を強いられている。関東の覇権を定正と争った山内上杉氏の当主・顕定が定正より優れているわけでないことは、顕定の支配地である武蔵の農民たちの暮らしを見ればわかった。

つまり、定正にしろ顕定にしろ、愚物同士が私利私欲のために争いを続けて農民たちを苦しめているに過ぎず、しかも、どちらが関東の覇権を握ったとしても農民たちの暮らしは、まったく楽にはならない……それが実情なのであった。

宗瑞は傲岸な男ではないが、領主としての自分の政は決して間違っていないという自負がある。

興国寺城にしろ、韮山城にしろ、その支配地では農民たちが餓死することなどあり得ない。他国に比べて格段に年貢が安いし、不作の年には倉に蓄えてある米を放出して農民たちに貸し付ける。だから、農民たちが飢えることはないし、前途に絶望して逃散する農民もいない。

興国寺城にいるときも韮山城にいるときも暇があれば領地を見回るように心懸けているが、宗瑞に出会った農民たちは路傍に膝をついて、

「韮山さまの支配がいつまでも続きますように」

と頭を垂れる。それがお世辞だとは宗瑞には思えないのだ。

四方を見回すと食うや食わずの不幸な農民たちが満ち溢れているが、宗瑞の支配地で暮らす農民たちは人並みの暮らしができている。それは宗瑞の支配地が広がれば、より多くの者たちが今よりも幸せに暮らすことができるということに他ならない。

そこまでわかっていたとしても、星雅が扇谷上杉氏の軍配者として留まれば、宗瑞が相模や武蔵の支配を夢想することもなかったであろう。

しかし、星雅がいなければ恐れることはない。

山内上杉氏には牧水軒という軍配者がいるが、宗瑞は恐れてはいない。真に恐れるべき

は星雅のみである。その星雅が扇谷上杉氏を見限るのであれば、宗瑞がつけいる隙もありそうではないか。

（まずは大森氏、次が三浦氏か……）

相模と武蔵を狙うと言っても、伊豆と国境を接する相模をどうするか考えなければならない。相模には東に三浦氏、西に大森氏という強豪がいる。韮山からも近い小田原を本拠とする大森氏を倒し、西相模を奪うことが当面の目標になる。

とは言え、足許の伊豆支配すら盤石ではないのに相模進出など、それこそ夢のまた夢に過ぎない。

しかしながら、

（今すぐというのではない。狩野道一を滅ぼして伊豆をひとつにまとめ、それから小田原を狙えばよいのだ……）

宗瑞の夢想は、もはや夢想ではなくなっている。いかにして小田原を奪うか、その段取りを考え始めている。それは極めて現実的な計画であった。

第二部　小田原

一

六年前、今川氏親から興国寺城を預かり、十二郷を支配することになったとき、宗瑞は理想の国を築くための壮大な実験を始めた。

それまでどんな領主もやらなかったことをしようとしたのだ。農民の立場になって、農民が人間らしく暮らせるようにしたのである。

そのために、まず、年貢を安くした。

農民が食っていけるようにしなければ生産性が向上しないからだ。

次に手を付けたのは農民を増やすことだ。

この時代、「逃散」が多い。

生活が苦しくなった農民が田畑を捨てて逃げることだ。逃げたからといって楽な土地があるわけではない。飢えて行き倒れになったり、乞食になったり、悪人に捕らえられて奴隷にされたり、逃散農民の末路は哀れである。

放棄された田畑は荒れる。

当然ながら、領主の懐に入る年貢が減るから、その分を残った農民に上乗せするというやり方が普通に行われる。七公三民という税率が当たり前で、ひどい領主だと八公二民などという、もはや税とも言えないような苛酷な重税を課した。そんな時代に四公六民という税率を導入したのだから、ある意味、これは革命的な出来事だった。

「興国寺さまの土地では年貢が安いらしい」

そんな噂を聞いて、周辺国から宗瑞の領地に逃げて来る農民も少なくなかった。

伊豆からも多くの農民が逃げてきた。堀越公方の支配も苛酷だったからである。

韮山城を築き、本格的に伊豆の支配に取り組み始めたとき、宗瑞が最初に手を付けたのは人別調べと検地である。松田信之介が中心になって行った。

どれくらいの農民が領地に住んでおり、農作物を収穫できる田畑がどれくらいあるかを正確に把握しなければ適正な年貢を課すことができないからだ。

山内上杉氏や堀越公方が作成した記録も残っていたが、作成されたのがずっと前なので、宗瑞はまったく信用しておらず、自分の手できちんと調べ直そうとしたのである。

想像はしていたが、やはり、記録とは大きく食い違っていた。逃散農民が増えているせいで農村人口は減っていたし、耕作者がいなくなって荒れるに任され、収穫を期待できなくなった田畑も増えていた。

年貢率を引き下げた上に、検地の結果を踏まえて、耕作可能な田畑だけに年貢を課すことにしたので、堀越公方が支配していた頃に比べると、年貢は大きく減ることになった。その分、伊豆の農民の暮らしは楽になるが、宗瑞の収入は減る。

「どうだ、信之介？」

それだけの年貢でやっていけるか、と宗瑞が問う。

「これまでの蓄えがありますから、二年くらいであれば何とか……」

信之介が難しい顔で言う。

宗瑞自身、常に質素倹約を心懸け、それを家臣たちにも奨励しているから、伊勢氏の財政には余裕がある。いざというときのための蓄えが豊富なのである。それを当てにしてよいのであれば、伊豆の年貢が減ったとしても二年くらいならば持ちこたえられるという意味だ。

「二年あれば何とかできよう。まずは、人を増やすことだな」

農村人口を増やし、荒れた田畑に手を入れて収穫を増やす。更に新田開発を推進する。これは興国寺城の領地で試みて成功したやり方である。興国寺城でも、最初の年は年貢が大きく減ったが、翌年から年貢が増え始め、三年も経つと宗瑞の持ち出しがなくなって余裕が生まれた。

肝心なのは、農民を増やすことだ。

農民の逃散に悩んでいるのは、どこの国の領主も同じで、不足する農民を増やすために領主が取ることのできる手段はふたつある。

ひとつは他国に攻め込んで、農民をさらってくることである。

だが、相手国も黙っているはずがないから、自分たちも大きな損害を被ることを覚悟しなければならない。戦費も必要だ。

もうひとつは奴隷市で買うことだ。

数年来、扇谷上杉氏と山内上杉氏が武蔵や相模を舞台にして合戦を繰り返しており、合戦の後には相手国からさらってきた農民を売買する市が開かれる。その代金を次の合戦の戦費に充てるのだ。

興国寺城の主となってから宗瑞は盛んに奴隷市で人を買った。

奴隷市で人気があり、値段が高いのは力のありそうな壮年の男である。よい働き手になるからだ。

次が見目のよい若い女で、年寄りや子供は売れ残ることが多い。

宗瑞のやり方が変わっていたのは、壮年の男を買うと、一緒に売りに出されている家族もひとまとめに買ったことだ。年寄りも子供も買った。

「商いを知らぬ素人よ。役立たずの年寄りや子供を買って、どうするつもりなのか。余計な食い扶持が増えるだけではないか」

と他の買い手から呆れられたが、宗瑞は平気な顔だった。

（家族が切り離されてしまったのでは働く気持ちになれるはずがない。家族が一緒だからこそ、馴染みのない土地に連れて行かれても頑張れるのだ）

というのが宗瑞の信念だったからだ。

奴隷市で買った者たちを領地に連れ帰ると、家や土地、食べ物を与え、

「この土地が気に入らなければ、いつでも故郷に帰るがいい」

と言った。中には、

「先祖の墓がある土地を捨てることはできませぬ」

と立ち去る者もいないではなかったが、そういう者は、ごくわずかで、ほとんどの者たちは宗瑞の支配下で暮らすことを望んだ。

たとえ故郷に帰っても、また戦乱に巻き込まれて奴隷にされる恐れがある、そんな危険を冒すよりも、年貢が安く、戦のない土地で家族と一緒に暮らす方が幸せだ、と考えるからである。

そのやり方を韮山城主になってからも続けた。

奴隷市で人を買い、逃散農民を受け入れ、戦火を避けて故郷から逃れてきた農民も保護

する……その方針を貫いたことで、堀越公方が支配しているときには伊豆の農村人口は毎年少しずつ減っていたのに、宗瑞が支配するようになって少しずつ増え始めた。

二

風間五平という男がいる。

二十一歳の若者だ。西相模・風間村の農民である。

風間村の近くで山内上杉氏と扇谷上杉氏が戦いを始め、その巻き添えになって村を焼かれた。多くの村人が殺され、五平の一家は離散した。五平は身ひとつで伊豆に逃げ込んだ。韮山城に行けば、飯を食わせてもらえるし、土地ももらえるという噂を聞いたからだ。この地獄のような世の中に、そんなうまい話などあるはずがないと疑っていたが、風間村に残ったところで殺されるか、奴隷として売られるかのどちらかだと腹を括って韮山城に足を向けたのだ。

驚いたことに噂は事実だった。飯を食わせてもらっただけでなく、土地を与えられ、銭をもらい、米も貸し付けてもらえた。何よりも驚いたのは、

「収穫があるまで年貢を納めなくてよい」

と言われたことだ。

(これは夢か)

何度も頬をつねった。どうにも信じられなかった。

在城しているとき、暇があると領地を見回るのが宗瑞の日課である。供として連れ歩くのは門都普（もんとふ）だけだ。

ある日、五平が野良（のら）仕事をしているとき、宗瑞が通りかかった。五平は手を休め、地面に蹲（うずくま）って平伏した。

「よいよい、そのように堅苦しくせずともよいぞ。面（おもて）を上げよ」

「……」

五平は黙っている。領主に口を利くとか、その顔を仰ぎ見るとか、そんな大それたことをしたことがない。

「わしは伊勢宗瑞という。存じておるか？」

「はい」

「おまえの名前を教えてくれぬか」

「五平と申します」

「どこから来た」

「相模でございます」

「相模のどのあたりだ？」

「風間村です。小田原（おだわら）から二里（約八キロ）ほど西にあります」

「ほう、小田原の近くか」

宗瑞は草むらに腰を下ろすと、懐から竹の皮の包みを取り出す。中には握り飯が三つ入っている。これを一緒に食わぬか、と五平にひとつ差し出す。

五平が恐る恐る受け取ると、自分もひとつ、門都普にもひとつ与える。

「そのような格好では握り飯を食えまい。遠慮はいらぬ。わしと並んで食え」

「し、しかし……」

「あまり遠慮ばかりされると、わしも握り飯を食えぬではないか」

「あ」

五平が驚いて宗瑞を見る。

宗瑞がにこにこして見つめている。その後ろから門都普が仏頂面で五平を睨む。

「いただきます」

五平が体を縮めて握り飯を食べ始める。

宗瑞もむしゃむしゃ食べながら、

「何か困っていることはないか？」

と訊く。

「とんでもない。飯も食えるし……。しかも、稗や粟ではなく、麦や米が食えるし、戦に巻き込まれることもない。まるで極楽のようなところです」

「極楽だと？」

宗瑞の目が厳しくなる。

「本当に、そう思うのか？」

「風間村では食うや食わずで、毎晩、明日は生きていけるだろうかと心配しながら寝ました。朝になって目が覚めると、ああ、まだ生きていたと安心するものの、今日一日、何事もなく生きていけるだろうかと心配しました。わしは独り者ですが、兄貴たちには子供もいて、子供たちはいつも腹を空かせて泣いていました。女房が子供を産むと、夜中にこっそり森に埋めに行きました。女房も食ってないんで乳が出ないんです。どうせ生まれたところで、いいことなんか何もありませんから……」

夢中になって話し続け、ふと宗瑞が黙りこくっていることに気が付いて、五平が宗瑞に顔を向ける。

（え）

思わず声を上げそうになる。

宗瑞が涙を流していたのだ。

「ど、どうなさったので……？」

声が上擦（うわず）る。

「よいか、五平。ここは極楽などではない。ごく当たり前の土地に過ぎぬ。今まであまりにもひどい暮らしばかりしてきたから、ここが極楽に思えるだけのことだ。もし韮山が極楽ならば、この世には、韮山よりもよい土地などないということになる。そうではない。おまえたちの暮らしは、まだまだ貧しい。毎日、飢える心配をせずに飯を食うことができて、せっかく授かった赤ん坊を間引くことなく大切に育てる……それが当たり前なのだ。そんなことに満足するな。戦に巻き込まれて家を焼かれ、家族を殺されたり、故郷を捨てる……それが当たり前ではないだけのことだ。わしにできるのは、おまえたちに人として当たり前の暮らしをさせてやることだけで、もっとよい暮らしにできるかどうかは、おまえたちの働き次第なのだ」

「なぜ、それほど、わしらのことを案じて下さるのですか?」

「自分の欲のために生きるのではなく、誰かの役に立つように生きようと決めたからだ。昔、そう誓いを立て、今でも、その誓いを守っている。それだけのことだ。仕事の邪魔をしてしまったな。励んでくれよ」

握り飯を食い終わると宗瑞は腰を上げる。

(不思議な御方だ)

宗瑞の後ろ姿を見送りながら、五平の胸には何とも言い表しようのない感動が生まれている。

その数日後……。

野良仕事を終えて家に帰った五平が粥を煮ていると、

「入るぞ」

戸が開き、門都普が土間に入ってきた。

「わしを覚えているか？」

「韮山さまと一緒にいらした方でございます」

「うむ。上がっていいか？」

「どうぞ、どうぞ」

門都普は囲炉裏端に腰を下ろすと、

「わしの手伝いをする気はないか？」

と切り出した。

「手伝いとは……。何をすればよろしいのですか」

「小田原の動きを知りたい」

以前は、門都普が自分一人で様々な情報を宗瑞のために集めていたが、宗瑞の身代が大きくなるに従って、とても一人では手が足りなくなり、今では何十人もの配下を従えている。彼らは門都普の指図に従って、いろいろな土地に旅をして情報を集めては韮山城に持ち帰っている。

今現在、宗瑞が最も関心を持っているのは、狩野道一に糾合されて宗瑞に敵対している伊豆南部の諸豪族の動きと、伊豆と国境を接する西相模の状況、すなわち、西相模で最大の勢力を誇る大森氏の動静であった。

相模を探るには相模生まれの者がふさわしいし、宗瑞が欲しているのは小田原を本拠とする大森氏に関する情報だから、小田原近くの風間村で生まれ育った五平は適任なのだ。

「そう言われましても……」

五平が困惑する。小田原城や大森氏と言われても、まるっきり雲の上の話でピンとこないのだ。ただの百姓に過ぎないから、間諜の仕事ができるとは思えなかった。それを口にすると、

「ならば訊くが、先日、おまえが会った宗瑞さまは雲の上の御方だと思うか？　おまえと肩を並べて握り飯を食い、おまえの言葉に涙を流した宗瑞さまが堀越公方を滅ぼし、今では伊豆を支配しているのだ。いずれは小田原に攻め込み、小田原さまとなるかもしれぬ御方だぞ。わしは宗瑞さまよりも偉い御方に出会ったことがない。都で将軍や管領に会ったこともあるが、大したことはなかった。宗瑞さまの方がずっと偉い」

「しかし、遠くから城を見たことがあるだけで、城の中で何が起こっているのか、そんなことをどうやって調べればいいのかわかりませぬ」

「難しく考えることはない。小田原城下に出向いて、そこに暮らす者たちや商いをしている者たちの噂話に耳を傾ければよいのだ。どんな話を聞いたか、わしに知らせてくれれば

よい」

「それが宗瑞さまの役に立つのですか？」

「そうだ。とても役に立つ」

「わかりました」

自分が役に立てるかどうかわからないが、宗瑞さまから受けた恩義に報いるためにやってみる、と五平がうなずく。

五平が留守をする間、五平に与えられている田畑は村の者たちが共同で管理するし、無事に帰還すれば褒美も与える、と門都普は約束した。

早速、五平は支度を調えて相模に向かった。

身ひとつで風間村から韮山に逃げて来たし、今でも一人暮らしだから身軽なのだ。

兵火で焼き払われた風間村だが、合戦騒ぎが収まった後、助かった村人たちが戻り、掘っ立て小屋を建てて野良仕事をしていた。五平の家族も、母の八重（やえ）と弟の六蔵（ろくぞう）が村に戻っていた。

「五平！」

「兄者（あんじゃ）！」

八重と六蔵は五平の顔を見て驚き、嬉し涙を流した。五平も泣いた。

その夜、久し振りに再会した家族三人、囲炉裏を囲んで尽きぬ話で時を費やした。敵兵に追われて、家族は命からがら村を逃げ出したが、幸い、六蔵と八重は次の日にたまたま巡り会い、何とか助け合って生き延びた。父や他の兄弟の行方はわからないままで、五平のことも諦めていたという。

大森氏の軍勢が敵軍を追い払ったので、他の村人たちと力を合わせて家を建てたり、田畑に手を入れたりしているものの、そんなひどい状況にもかかわらず、年貢は例年と同じように納めなければならぬと大森氏の代官から通告されており、村長を始め、どうすればよいか皆で悩んでいるのだという。

「そうか。大変な目に遭ったんだな……」

昔と変わらず、いや、合戦騒ぎに巻き込まれて家財道具を失い、村人の数が減ったにもかかわらず、風間村に課される年貢が例年通りなのであれば、一人当たりの年貢負担が大きくなっただけ、村人の暮らしは以前よりも苦しくなっているはずであった。どれほど苛酷な暮らしを強いられているかは、痩せ衰えて骨と皮ばかりになり、前途の希望を持てずに暗い目をしている八重と六蔵の姿を見るだけでも明らかだ。

「兄者は、どうしていたんだ？　何だか元気そうに見えるが……」

韮山では空腹に苦しむこともなく、毎日きちんと飯が食えるから、五平は顔色もよく、肌にも張りがある。風間村にいた頃より体重も増えている。

五平は、韮山から背負ってきた荷物を黙って二人の前に置く。

「開けていいのか?」

「うむ」

五平がうなずくと、六蔵が荷をほどく。米、味噌、塩、干し魚、干し肉が入っている。

「……」

それを見て、八重と六蔵が両目を大きく見開く。

「それだけじゃない」

懐をごそごそとまさぐって皮袋を取り出す。紐をほどいて逆さにすると、板敷きの上に銭がこぼれ落ちる。

「……」

しばらくの間、誰も口を開かない。

六蔵と八重は驚きのあまり言葉を失っているのだ。

やがて、八重の目に涙が溢れる。

「おまえ、いったい、何をしたんだ?」

「盗賊か?」

六蔵も訊く。盗賊にでもならなければ、米や銭を手に入れられるはずがないと思っている。

「盗んだわけではない。もらったんだ」

「嘘をつくな。誰がくれるって言うんだ？」

「韮山さまだ」

「韮山さま？」

「そうだ。わしは伊豆に逃げた」

伊勢宗瑞が慈悲深い領主だという噂を聞いていたからだ。噂を信じたわけではないが、他に行く当てもなく、途方にくれて韮山に逃げたのだと五平は打ち明けた。

「信じられないだろうが噂は本当だった。わしは住む家と食い物、それに田畑を与えられた。しかも、来年の収穫まで年貢を納めなくてもよいと言われた……」

宗瑞にも会い、いかに立派な領主さまであるかを思い知らされたので、宗瑞のために間諜として働いてくれと頼まれて引き受けたのだ、と説明する。

そういう事情を詳しく話すと、

「兄者、頼む。わしも韮山さまのために働かせてくれ。この通りだ」

六蔵が板敷きに手をついて頭を下げる。

「そう簡単に言うな。野良仕事をするのとは、わけが違う。城下に出向いて噂話を聞き集めてくるだけとはいえ、韮山さまのために働いていることを大森方に知られたら命がないのだぞ」

「ここで野良仕事に励んだところで半分死んでいるようなものではないか。年貢として根こそぎ収穫を奪われ、わしらには食うものもない。いずれ飢えて死ぬことになる。それくらいなら村を捨てて、兄者と一緒に韮山に行きたい。のう、母者？」

「六蔵の言う通りだ。この村に残っても、ろくに食うこともできぬ。来年のことどころか、年を越せるかどうかもわからねえ。おまえたち二人だけで韮山に逃げろ。わしのことはいい。足手まといになりたくないから」

「母者……」

五平の目にも涙が溢れる。

ひとしきり泣いて、袖で涙を拭うと、

「わかった。六蔵、わしの手伝いをしろ。韮山に戻ったら、おまえと母者のことを門都普さまにお願いしてみる」

「もんとふ？」

「宗瑞さまにはいつでもお目にかかれるわけではない。小田原で聞き知ったことは門都普さまにお知らせすることになっているのだ」

五平と六蔵は野良仕事の合間にたびたび小田原に出かけるようになった。行方のわからない家族を探すという名目があったから、二人の行動を怪しむ者はいなかった。

ある程度、情報がまとまると五平は六蔵を連れて韮山に赴いた。門都普に会い、小田原で集めた情報を伝えるためだ。

「よくやった。これからも頼むぞ」

門都普は五平の仕事に満足し、褒美として銭のいっぱい詰まった皮袋をくれた。

「お願いがございます……」

五平は六蔵にも手伝いをさせてほしいと頼んだ。

「いいだろう」

門都普は簡単に承知してくれた。

ただひと言、

「しくじれば命はないぞ。わかっているのか?」

と訊いた。

「承知しております。覚悟はできています」

六蔵は平伏する。

五平と六蔵は、せっせと情報を集め、月に一度くらい韮山を訪ねるようになった。そのたびに褒美をもらい、韮山で買い求めた米や味噌などを背負って風間村に帰った。

長きにわたって扇谷上杉氏を支えてきた小田原城主・大森氏頼(うじより)の死を最初に知らせたのも五平と六蔵だ。定正(さだまさ)の要請に応じて、武蔵に兵を出す直前だったので宗瑞も慌てた。武蔵に行くには相模を通らなければならない。道中の安全は西相模を支配する大森氏が保証する約束だったが、氏頼が死んだのでは約束も当てにならない。宗瑞は出陣を延期して大森氏の動きを見守ることにした。

支配下の忍びを率いて門都普自身が相模に赴いて情報収集に務めた。その際、五平と六蔵も大きな役割を果たした。

（この兄弟は役に立つ）

と、門都普が一目置くようになったのは、このときからであるといっていい。

氏頼の後を継いで大森氏の家督を継いだのは次男の藤頼である。世間では藤頼は愚物だという評判が定着しており、だから、八十近くの高齢になっても氏頼は隠居できないのだと噂されていた。

そんな愚物がすんなり後継者の地位に収まることができたのは定正の後押しがあったからだ。山内上杉氏との決戦を控えていた定正は、後継者問題がもつれて大森氏の結束が乱れることを恐れた。大森氏の武力を当てにしていたからである。

武蔵に向かう途中、宗瑞は小田原で藤頼に会っている。そのとき、

（やはり、噂通りの愚物）

と、宗瑞は見抜き、いずれ内紛が起こることを予想した。

実際、藤頼は酒色に溺れて政を顧みず、家臣の妻女を召し上げて寵愛するような非道な振る舞いをしたため、それを恨む者が多く、家中に乱れが生じ始めた。それを知らせたのも五平と六蔵である。

亡くなった氏頼には三浦道寸、大森定頼という孫がいる。二人は藤頼の甥だが、藤頼とは対照的な切れ者で、氏頼の死後、道寸は定頼の力を借りて、東相模を支配する三浦氏の家督を力尽くで奪い取った。

そのやり方を間近で見た宗瑞は、

（次は定頼殿が三浦に後押しされて大森の家督を奪おうとするのではないか）

と危惧した。

西相模の乱れは、国境を接する伊豆にも大きな影響を及ぼす。宗瑞は小田原の動きに、それまで以上に目を光らせるようになった。必然的に五平と六蔵の果たす役割も重みを増すようになり、二人が韮山に来るときは、門都普だけでなく宗瑞自身が話を聞くことも多くなった。

この頃になると、風間村の者たちも五平に手を貸すようになっている。

実際、二人がしていることを隠し通すのは不可能だった。たびたび村を出て小田原に行くだけならば、行方知れずの家族を探しているのだと言い訳できる。ごまかしきれないのは、五平、六蔵、八重が健康そうに見えることだった。それまでは食うや食わずの生活だったので、骨と皮ばかりに痩せ衰えていたのに、ふっくらと肥えて血色もよくなってきたのだから誰でもおかしいと思う。

それに八重は、自分たちだけが満足に食べて、村の者たちが飢えているのを黙ってみて

いられるような女ではない。親しい者たちに、

「持っていきなされ。遠慮しなくてもいい」

と食べ物を分け与えた。

五平と六蔵が止めても、

「そんなら、わしも食わねえ」

と言い張る。

そうなると、もはや隠し事などできるものではない。五平は村長に会いに行き、自分たちが何をしているか正直に話した上で、もし自分たちのしていることが気に入らないのであれば、すぐに風間村を出て行くという覚悟を告げた。宗瑞のために情報収集していることが大森氏に知られれば、村にも迷惑がかかると考えたからだ。驚いた村長は自分だけでは判断できず、主立った村人たちを集め、どうしたらよいものかと相談した。すると、

「わしらも手伝いたい」

と皆が言い出した。

五平一家の暮らし向きがよくなったことを村人たちは訝しんでいた。妬むのではなく羨んでいた。宗瑞のために働くことで満足に食っていけるのなら、ぜひ、そうしたいと言うのだ。

年貢が重く、どれほど働いても親にも子にもろくに食わせてやることができない。今で

すら食うや食わずなのに、これから先、更に年貢が重くなりそうな気配がある。戦が始まるかもしれないからだ。

藤頼と定頼の不仲が隠しようもないほど深刻になっている。

そもそものきっかけは定頼が三浦道寸の後押しをしたことである。定頼は藤頼に預けられた二千の兵を武蔵ではなく三浦半島に連れて行き、三浦氏の居城・新井城を攻め落としたのだ。武蔵で待ちぼうけを食わされた定正は激怒し、当然ながら、顔に泥を塗られた藤頼も怒った。何よりも腹を立てたのは新井城を攻めるという重大事を事前に知らされなかったことだ。定頼も小田原に戻った当初こそ、しおらしく反省の色を見せていたが、それは上辺だけの装いに過ぎなかった。道寸が家中の混乱を鎮めると掌を返した。今ではろくに小田原城に伺候することもなくなっているが、それは道寸が三浦氏を掌握したので藤頼に対抗する後ろ盾ができたからだ。

定頼は領地に引き籠もって着々と戦支度を進めている。

時には小田原周辺の村々に出没して、

「年貢を納めよ」

と声高に要求することもある。

農民たちとすれば、藤頼と定頼に年貢を二重取りされることになるのだからたまったものではない。

藤頼もさっさと定頼を討伐すればよさそうなものだが、なかなか決断できずにいる。ひとつには優柔不断で煮え切らない性格のせいだが、もうひとつ大きな理由がある。

道寸は三浦氏の家督を奪うや、それまで三浦氏と繋がりが深かった扇谷上杉氏と手を切り、山内上杉氏に接近している。定頼も道寸に倣って山内上杉氏と密約を結んでいるという噂がある。もし藤頼と戦いになれば、山内上杉氏は三浦氏と共に援軍を送るというものだ。定頼だけを討伐するのであれば、さほど難しくはないが、それをきっかけとして三浦氏や山内上杉氏と戦う羽目になるのは避けたい……それが藤頼の本音なのである。頼りの扇谷上杉氏は、荒川（あらかわ）の戦いで定正が死んでからというもの、すっかり落ち目である。後を継いだ若い朝良（ともよし）は経験不足で、古河（こが）公方・足利政氏（あしかがまさうじ）を始め、扇谷上杉氏を見限って山内上杉氏に鞍替（くらが）えする者が増えている。そんなときに山内上杉氏と事を構えても、朝良が救援に駆けつけてくれるとは期待できなかった。定頼を討伐したいのは山々だが、かえって墓穴を掘ることになりかねないので藤頼は苦慮しているのである。

三

狩野道一との戦いは膠着状態に陥っている。

武蔵から帰国して以来、宗瑞は兵を動かそうとしなかったし、狩野道一の方から攻めて来ることもないからだ。

今川氏親に請われて遠江に、その直後には扇谷定正に請われて武蔵に、というように短期間に東西に遠征したので兵も疲れている。ここは無理をせず、しばらく兵を休ませ、力を溜めようと宗瑞は考えたのである。

内政に専念するつもりで、松田信之介や弟の弥次郎から留守中の報告を聞き、韮山城に腰を落ち着けて様々な雑務をこなした。

軍事行動は控えているものの、狩野道一の勢力を削ぐための政治的な働きかけは怠りなく続けている。伊豆中央の豪族たちは狩野氏を中心として結束が固いが、伊豆南部の海岸沿いの豪族たちは、それほどでもないと分析し、狩野氏と手を切って伊勢氏に味方するように説得工作を続けている。その説得に耳を傾ける豪族が増えているのは、狩野氏を後援していた三浦氏で内紛が起こったためだ。独力で宗瑞に決戦を挑むほどの力は狩野道一にはないのである。

とはいえ三浦道寸が家中をまとめれば、いずれまた狩野氏の後押しを再開する可能性もある。そうなる前に、できるだけ狩野氏に味方する豪族を減らし、折を見て、一気に狩野氏を攻めるつもりでいる。その時期を、

（来年の夏頃か……）

と、宗瑞は考えている。

ひとつ気になるのは茶々丸のことだ。

宗瑞も、どうやら茶々丸は生きているらしいと確信するようになっているが、依然として、その姿を見たという者がいない。狩野道一だけが相手ならば、宗瑞もここまで慎重なやり方はしない。武蔵から帰国したとき、そのまま軍勢を率いて狩野城を攻めてもよかったくらいだ。そうしなかったのは、狩野道一の背後に茶々丸が控えていると厄介なことになると懸念したのである。民を苦しめる横暴な主だったとしても、堀越公方という権威が伊豆の豪族たちに及ぼす影響力を侮ることはできなかった。

宗瑞が持仏堂で座禅を組んでいると、客が来ている、と弥次郎が伝えに来た。

「客だと？　誰だ」

下役にでも伝えさせればいいのに、わざわざ弥次郎が足を運んできたことを怪訝に思いながら、宗瑞が訊く。

「星雅と名乗っている。扇谷上杉氏の軍配者と同じ名前だが、薄汚い形をした沙門だから、まさか同じ者ではないだろう」

「供は？」

「連れていない。一人だ。たぶん、旅の沙門が物乞いに立ち寄っただけだと思うが、気になったので念のために知らせに来た」

それを聞いて、

(星雅さまに違いない)

と、宗瑞はピンときた。跳ねるように立ち上がると、小走りに城門に向かう。

門前に人影がないので、

「わしを訪ねてきた沙門さまがいるはずだが……?」

と門番に訊くと、

「あちらに行かれました」

「そうか」

星雅を探して門番が教えてくれた方に行ってみるが、どこにも姿が見えない。おかしいな、どこへ行ったのだろう、と首を捻(ひね)っていると、

「宗瑞殿」

頭の上から声が聞こえた。

見上げると、星雅が太い枝の上に立っている。かなりの高さである。

「そんなところで何をしておられるのですか。危のうございますぞ」

「今、下りる」

そう言うと、星雅がするすると木の幹を伝い下りてくる。星雅は五十五歳である。この時代の平均寿命の短さを考えれば、とうに老人と言っていい。年齢に見合わぬ身の軽さに宗瑞は舌を巻いた。

その宗瑞の顔を見て、

「子供の頃から木登りが得意でしてな」

と、星雅が笑う。

「わたしも昔は得意でしたが、とてもとても……」

星雅より十六も年下の宗瑞ですら、今となってはそう簡単に木登りなどできない。宗瑞の体力が衰えたわけではなく、星雅が並外れているのだ。

「木の上で何をしておられたのですか？」

「この土地を眺めていたのですよ。韮山は、よい土地ですなあ。この山に城を築いたのも悪くない。ここに堀越御所があったら、宗瑞殿も、そう簡単に攻め落とすことはできなかったでしょう」

「そう思います」

宗瑞がうなずく。

「河越（かわごえ）からお一人でいらしたのですか？」

「御屋形（おやかた）さまからお暇をいただきましてな」

「え」

たった一人で韮山にやって来たからには、恐らく、そういうことなのだろうと想像はしていたものの、実際に星雅の口から聞かされると、やはり、驚かずにはいられなかった。

とりあえず、宗瑞は星雅を城に招き入れようとする。城の外で立ち話をするのも妙だと思ったからだ。たとえ扇谷上杉氏の軍配者でなくなったとはいえ、宗瑞にとって大切な客であることに変わりはない。

「いや、それには及びませぬよ。長居するつもりはないのです。宗瑞殿に言っておきたいことがあって寄っただけのこと」

「お急ぎなのですか?」

「そういうわけでもないが……。宗瑞殿といると楽しいので、きっと韮山から動きたくなくなってしまうのではないかと、それが心配でなあ」

「そうなさって下さいませ。いつまでも韮山にいていただきとう存じます。星雅さまに教えてほしいことがたくさんございます」

「それよ、それ。その優しさにほだされてしまう。宗瑞殿は人たらしよ」

星雅が口許に笑みを浮かべる。

「わたしは宗瑞殿が気になって仕方がない」

「なぜですか?」

「世にも珍しい人だからのう」

「わたしなど、何が珍しいものですか」

「人間というのは変わるものでな。これまでにも数多くのよい人間に出会ってきたが、いつまでもよい人間のままでいるのは、なかなか難しい。変わらぬ人間もいるが、そういう人間は大抵が愚か者で長生きできぬ。そういう世の中なのだ。賢い人間は出世する。偉くなる。そうなると欲が出てくる。大きな力を手に入れると、その力を使って、己の欲を満たそうとする。それが領主であれば、年貢を重くして金銀を集めようとするし、見目のいい女がいれば、それが家臣の妻女であっても奪い取ろうとする」

「それは小田原の藤頼殿のことですか？」

「そうよのう、藤頼殿もそれをしている。しかし、藤頼殿に限ったことではない。皆、そうなのだ。誰もが同じことをする。そうでなかった者を、わたしは知らぬ」

「道灌(どうかん)殿は、そうではなかったでしょう」

「確かに、そんな男ではなかったが、道灌は扇谷上杉氏の家宰(かさい)に過ぎなかった。もし逆心を抱いて、御屋形さまを倒し、自らが関東を支配するようになっていたら、道灌とて人が変わっていたのではないか、という気がしますなあ。そんな姿を目にしなくて済んでよかったと思うことがありまする」

星雅がじっと宗瑞を見つめる。

「人間とはそういうものだ……これまで、ずっとそう思ってきたが、宗瑞殿に出会って、そうでない者もいるのだと知った。大名になれば年貢の取り立てを厳しくするのが当たり前なのに、かえって、年貢を安くしている。山海の珍味を食らったり、美女を集めたりすることもなく、昔と変わらぬ質素な暮らしを続けている。自分だけがそうしているのではなく、家臣たちも同じような質素な暮らしに甘んじ、それでいながら、不満を持つ者もいない。不思議でたまらぬのですよ」

「それほど不思議なことでしょうか」

「相模から伊豆に入って、すぐに気が付いたのは、伊豆で暮らす者たちの顔つきが武蔵や相模の者たちとまるで違っていることでしたなあ。骸骨（がいこつ）のように痩せ衰えた者もおらぬし、物乞いの姿も見かけぬ。堀越公方が治めている頃は、そうではなかった。伊豆の民も、武蔵や相模の民と同じ顔をしていた。宗瑞殿が支配するようになって変わったのです。考えてみれば恐ろしい。支配者の心懸けひとつで、ひとつの国が変わってしまうのだから……。正直に言えば、わたしは宗瑞殿に会うつもりはなかった。韮山を素通りするつもりだったのです。しかし、伊豆の民の顔つきを見て考えが変わった。なぜかと言えば、宗瑞殿が相模を支配するようになれば、相模の民の顔つきも変わるのではないか、と思いついたからですよ。それで、差し出がましいのは承知の上で宗瑞殿に忠告をする気になりました。聞いて下さるかな？」

「もちろんです」

「ふたつのことを言おう。まずひとつ、狩野氏を討伐する前に小田原を攻めること」

「え」

宗瑞が思わず声を発する。

それに構わず星雅が話を続ける。

「もうひとつ、できるだけ早く今川と手を切ること。このふたつのことができれば、いずれ宗瑞殿は伊豆だけでなく、相模や武蔵をも支配するほどの大大名になれるでしょう。もしかすると、もっと多くの国を支配できるかもしれぬ。では、そのふたつのことをしなければ、どうなるか？　このまま伊豆の大名として生き残っていけるかというと、そうではない。恐らくは数年のうちに伊豆を失うことになりましょうな」

「どういうことですか？」

天才的な軍配者である星雅の言葉だけに、宗瑞も軽く聞き流すことができなかった。

「三浦道寸殿が山内上杉氏に寝返ったことはご存じでしょうな？」

「はい」

「いずれ道寸殿は、定頼殿に手を貸すために小田原に兵を向けるでしょう。藤頼殿は負け、定頼殿が大森氏の主となる。その後、何が起こりますかな？」

「伊豆を攻めるとおっしゃるのですか？」

「当たり前でしょう。元々、伊豆は山内上杉氏が守護を務めていた国なのです。堀越公方がいる間は幕府と事を構えぬように、堀越公方に従う姿勢を見せていたものの、宗瑞殿が堀越公方を滅ぼしてしまった今、もはや、幕府に遠慮する必要もない。三浦と大森の兵を先鋒にして、山内上杉軍が攻め込んでくるでしょう。それ故、狩野など相手にしている暇はないのです」

「先程、小田原を攻めるとおっしゃいましたが、それは藤頼殿を助けるという意味なのですか？　藤頼殿に加勢して定頼殿を討て、と」

「そうではありませぬ」

星雅が首を振る。

「負けるとわかっている者に手を貸しても無駄というもの」

「では、定頼殿が大森氏の主となる前に藤頼殿を討てという意味ですか？」

「それも違いますな。定頼殿が大森氏の主となったら、すぐに小田原を攻めるのです」

「しかし、それでは……」

「定頼殿だけでなく、道寸殿まで相手にすることになる……そう言いたいのですな？」

「はい」

「家督を継いでから藤頼殿は愚かなことばかりして、多くの家臣たちに見限られてしまったものの、それでも氏頼殿以来の忠臣たちがいくらか残っているし、兵も弱くはない。道寸殿の力を借りても、定頼殿が勝つのは、そうたやすいことではない。もちろん、最後には定頼殿が勝つでしょうが、厳しい戦いのせいで大森の兵は疲れ切ってしまうでしょう。道寸殿も新井城に帰って兵を休ませなければならない」

「なるほど、その隙に小田原を攻めよ、とおっしゃるのですね？」

「先んずれば敵を制す、と言うではありませんか。先々、定頼殿や道寸殿と戦わなければならぬのははっきりしているし、そのときは山内上杉氏も大軍を送ってくるでしょう。それに呼応して狩野氏も兵を挙げますぞ」

「まさに四面楚歌」

「さよう」

星雅がうなずく。

「小田原を攻めるのは口で言うほどたやすいことではないでしょう。しかし、そうしなければ……」

「こっちが滅ぼされてしまうということですか」

「河越からここに来る途中、道寸殿や定頼殿の様子もできるだけ探ってきましたが、来年の夏前には兵を動かすのではないか、という気がしました」

「あと半年……」

「それだけの時間があれば、宗瑞殿なら、小田原城を奪い取る策を思いつくでしょう」

「星雅さまならば、それができまするか？」

「できるともできぬとも言わないでおきましょう」

星雅はにやりと笑うと、すぐに表情を引き締め、

「ふたつ目の忠告を忘れてはなりませぬぞ。すぐに今川と手を切るのは無理にしても、宗瑞殿の方から今川に頼み事をしないことです。堀越御所を攻めるときに兵を借りたのは、もう過ぎたことでもあるし、仕方ないとしても、これからは同じことをしないことです。小田原を攻めるときは、伊勢氏だけでやることですな。小田原を奪うことができたら、今川領にある興国寺城は今川に返すことです」

「今川と伊勢が不仲になるとお考えなのですか?」

「宗瑞殿が健在なうちは心配ありますまい。だが、人は必ず死ぬと決まっている。人の上に立つ者は、自分が死んだ後のことまで、きちんと考えておかねばならぬものです」

「確かに」

宗瑞がうなずく。

形の上では、宗瑞は今でも氏親の家臣なのである。今川に仕えながら、同時に伊豆の国主でもあるという不思議な立場にいる。今は宗瑞と氏親の絆が強いから取り立てて問題も起こっていないが、どちらかが代替わりしたとき、両家の関係が曖昧なままだと、伊勢氏が今川氏に飲み込まれるという事態が起こるかもしれない。興国寺城の主だった頃には考える必要もなかったが、伊豆を支配するようになって、そんな心配までしなければならなくなっている。

「さて……」

星雅がふーっと息を吐く。

「長居をするつもりはないと言いながら、すっかり長話をしてしまいましたな。そろそろ行かねば」

「どうしても、すぐに行かなければならぬのですか？　せめて、今夜一晩だけでもお泊まり下さいませぬか」

「一晩が二晩になり、二晩が四日五日と延びていき、そのうち、ここに腰を落ち着けてしまいそうでなあ。そうならぬように行かねばなりません。どうか、先程の忠告を忘れぬようにして下されよ」

「定頼殿が大森氏の主となったら小田原を攻めること、これから先は今川の手を借りぬこと……」

「そのふたつを忘れずにいれば、いずれ宗瑞殿は伊豆だけでなく相模をも支配できるはず。二ヶ国の主となれば、次は武蔵、下総（しもうさ）、上総（かずさ）、上野（こうずけ）……と更に支配地を広げていけばいいのです」

「それでは関東を手に入れることになりそうです」

「さよう、それだけの器量人なのだから遠慮せずに関東の主となることを目指せばよいのです。そうすれば多くの民が幸せになれるでしょう」

「なぜ、星雅さまは、わたしに親切にして下さるのですか？　ご自身が一国の主となろうとは思わぬのですか？　わたしなど足許にも及ばぬ優れた軍配者なのですから……」

「軍配者など、主の影に過ぎませぬよ」

「影？」

「主が行くところ、常に影の如くに付き従い、戦に関わるだけでなく、あらゆる相談に乗って助言するのが役目です。しかし、影というものは、所詮、主と同じようにしか動くことができぬものです。よい主に恵まれれば、思う存分、腕を振るうことができるものの、そうでなければ、鬱々として楽しまぬ日を送ることになります。宗瑞殿も荒川の戦いで目の当たりにしたはずです。負けるはずのない戦いで負け、万が一にも死なせてはならぬ主を死なせてしまった……」

「あれは星雅さまのせいではございますまい。すべて御屋形さまが決めてしまったのですから」

「いいえ、その責めは軍配者が負わねばならぬのですよ。本当であれば、たとえ冷遇されることになるとわかっていようとも河越に残って、若い御屋形さまのために力を尽くすべきだとわかっていました。しかし、もう疲れてしまったので暇乞(いとまご)いをしたのです。正直に言いますが、宗瑞殿が羨ましい。戦だけならば、宗瑞殿に引けを取らぬ自信がありますが、戦が強いだけでは宗瑞殿になれぬこともわかっています。わたしにとって、宗瑞殿ははるかな高みで輝いている星のようなものです。かつては道灌がわたしの星でした。だからこそ、わたしも必死に尽くしたのです。あと二十ほども若ければ、地面に額をこすり付けてでも家臣にして下さいませと宗瑞殿にお願いするところでしょうが、生憎と、わたしは老人で、もはや、そのような力は残っておりませぬ……」

星雅が重苦しい溜息をつく。

「せめて、わたしが宗瑞殿の軍配者であれば、必ずしたであろう忠告をする気になりました。お節介だと百も承知で、それでも言わずにいられませんでした。宗瑞殿は、今まで誰もしたことがないことをなさっておられる。誰も見たことのない新しき国を築こうとしておられる。その国がどれほど大きくなっていくのか知りたいのです。伊豆一国だけで終わってほしくはない……」

「これから、どこに行かれるのですか？」

「真っ直ぐ駿府に向かってもよいが、せっかくなので甲府にも行ってみようと思います。このところ武田信縄という男が領地を広げているそうで、甲斐をひとつにするとすれば、その男ではないかと噂されています。どんな男かこの目で見たい。その後、宗瑞殿が目をかけておられる今川殿にもお目にかかりたいと思っています」

「そうですか。しつこいようではありますが、気に入った土地がなければ、いつでも韮山に戻ってきて下さいませんか」

「その言葉、忘れずに覚えておきましょう」

星雅がにこりと笑う。

四

明応四年（一四九五）春、修善寺に築いていた城が完成した。柏久保城である。交通の要衝である修善寺を支配下に置くことで、湯ヶ島を本拠とする狩野氏に圧力をかけることができるという軍事的な意味合いだけでなく、それ以外にも政治的・経済的に大きな意味がある。

柏久保城という足掛かりを手に入れたことで、宗瑞とすれば、

（そろそろ狩野を何とかせねば）

という気持ちになった。

今まで狩野氏への全面攻撃を控えてきたのは、兵力が不足しているということだけが理由ではなく、何よりも周辺の豪族たちの向背を見極めることができないことが大きい。狩野氏には単独で宗瑞に敵対するほどの力はない。宗瑞の支配に反対する諸豪族を糾合し、その中心に収まることで初めて宗瑞に対抗することができる。狩野氏に味方する豪族たちの色分けがわかりにくいので宗瑞としても慎重にならざるを得なかった。

特に大見三人衆の動向に宗瑞は神経を尖らせている。友好的ではあるが、宗瑞に従うことを明言してはいない。狩野氏討伐のために兵を出そうともせず、いくらかの兵糧米を提

供するだけだ。狩野城を攻めたとき、大見三人衆を始めとする、日和見している豪族たちに背後を衝かれたら……そんな事態になることを宗瑞は警戒している。だから、迂闊に動くことができなかった。

しかし、いつまでも悠長なやり方を続けるわけにもいかない。今は小田原も混乱しているが、藤頼と定頼の争いに決着がつき、大森氏という西相模の大勢力が伊豆に目を向けたとき、宗瑞が伊豆支配に手こずっているようであれば、大森氏が介入してくるのは間違いない。そんなことになったら、今でも苦しい状況だというのに、更に苦しくなってしまう。どう動いても危険を伴うし、かといって、何もせずにじっとしていれば状況が悪化するだけだ。

（ならば、動いてみるか）

と、宗瑞は考えた。

去年の秋、武蔵から戻ってから兵を休ませ、内政に専念した。そのおかげで武備は充実し、五百くらいの兵であればいつでも動かすことができる。兵糧や金銀の蓄えもある。戦をする準備は整った。

宗瑞は門都普に命じて狩野氏と周辺豪族たちの動きを詳細に探らせた。

その結果、狩野城の守りが意外と手薄であることがわかった。周辺の豪族たちも戦支度をしている様子はなく、もし戦が起こったとしても、出陣するのに数日はかかりそうだ。

宗瑞が堀越御所を襲撃してから一年半が経ち、宗瑞に敵対する者たちにも当初の緊張感がなくなっていることが察せられた。

修善寺から湯ヶ島まで、狩野川沿いに馬を走らせれば、わずか半刻（一時間）ほどの距離である。その気になれば、いつでも攻めることができる。

宗瑞は一計を巡らせた。

その日、朝から雨がしとしと降っている。

本曲輪の三階を宗瑞は物見台として使っているが、そこに何度も出ては、じっと空を見上げる。宗瑞の視線は西を向いている。雨を降らせている黒雲は西から東へ流れている。この雨がいつまで降り続くか見定めようとした。夕方になって、

（明日の夜明けにはやむだろう）

と見極め、弥次郎と弓太郎、それに紀之介の三人を呼んだ。

「明日の朝、狩野を攻める」

宗瑞が言うと、三人はさして驚きも見せず、

「いよいよか」

と大きくうなずく。柏久保城が完成したことで、いつでも狩野氏を攻める態勢はできた。あとは宗瑞の決断を待つだけだったのだ。

「今度こそ狩野の息の根を止める」

宗瑞は、あらかじめ用意しておいた絵図面を取り出して板敷きに広げる。そこには狩野城周辺の地形が簡略に描かれている。

「城には四百の兵が籠もっている……」

門都普の調べで、相手方の兵力はわかっている。四百のうち、狩野氏の兵は二百足らずで、それ以外の兵は狩野氏に味方する豪族たちからの援軍だ。その二百人を食わせることが狩野氏にとって大きな負担になっていることも宗瑞は承知している。応援にやって来た兵どもにしても、傍から見れば、ただ飯を食らうことができて気楽な身分のように思えるが、実際には城に籠もっていることに飽きてしまい、城内では喧嘩刃傷沙汰（けんかにんじょうざた）が絶えず、不協和音が生じている。四百の兵が一枚岩であれば、そうたやすく打ち破ることはできないだろうが、その不協和音をうまく利用すれば一気に殲滅することも不可能ではない、と宗瑞は言う。

「こっちは、どれくらいの兵で攻めるのですか？」

弓太郎が訊く。

「五百連れて行く……」

夜の闇と雨に紛れて夜半過ぎに韮山城を出る。目的地まで時間がかかってもいいが、肝心なのは決して敵方にこちらの動きを知られないことだ、と宗瑞は言う。

「わしが最初に百五十人を連れて城を出る」

そして、ここに向かう、と宗瑞は絵図面に印を付ける。宗瑞に続いて城を出るのは紀之介で、二百の兵を連れて行く。その次が弥次郎で、五十の兵を連れて行く。最後に弓太郎が百の兵を連れて城を出る。絵図面に印を書き加えながら、どんな策で狩野氏を攻めるつもりなのかを説明する。

「どうだ、わかったか？」

宗瑞が訊く。

「そううまくいくだろうか……」

弥次郎が腕組みして首を捻る。

「どう思う、紀之介？」

宗瑞が水を向ける。

「まともに城を攻めるよりよいかと存じます。城に籠もった敵を攻めるには三倍から四倍の兵がいりますし、大きな損害を被ることも覚悟しなければなりません。殿の策であれば、万が一、うまくいかなかったとしても、こちらに大した被害は出ないでしょうから」

紀之介が答える。

「確かに、そうだな。やってみよう、なあ？」

弓太郎が弥次郎に顔を向ける。

「わかった。やろう」

弥次郎がうなずく。

「では、兵どもに支度をさせよ。弁当は二回分だ」

宗瑞が命ずる。

五

宗瑞が予想したように夜明け前に雨はやんだ。

まだ暗いうちに五百の兵が順次、韮山城を出て行く。無駄口を叩かず静かに歩け、と事前に命じられたので、兵たちは口を閉ざして黙って歩く。雨で地面がぬかるんでおり、馬や兵が進むと泥水が跳ね上がる。

最初に宗瑞が百五十の兵を率いて出発し、次が紀之介の二百人、弥次郎の五十人、最後に弓太郎の百人という順に出発する。弥次郎が城を出るときには、東の空が仄(ほの)かに青白く染まり始めていた。

夜が明けたとき、狩野城からは弥次郎たち五十人が畑にできた収穫物を奪っている姿が見えた。

敵の領地から農民をさらったり、農作物を奪うというのは戦国時代によく行われたことだから、狩野城にいる者たちもさして驚きはしなかったが、城から目と鼻の先で、しかも、わずか五十人足らずでそんなことをするというのは、大胆さを通り越して、侮り以外の何ものでもないと受け取った。

当然ながら、狩野道一は頭に血が上り、

「目にモノを見せてくれようぞ」

と城から二百人の兵を出撃させた。

それを見て、弥次郎たちは大慌てで逃げ始める。

狩野軍は嵩に懸かって追撃する。

城から半里（約二キロ）ほど離れたところで、突如として森の中から弓太郎率いる百人が現れ、狩野軍に襲いかかる。逃げ続けていた弥次郎の五十人も反転して加わり、双方が一歩も退かぬ乱戦になる。兵法に通じた者が狩野軍にいれば、

（これは、おかしい。罠ではないか）

と察し、少しでも早く城に戻ろうとしたであろうが、生憎と、そんな者はいなかった。新手の兵が加わったとはいえ、まだ狩野軍の方が数が多い。それを恃みに、伊勢軍を打ち負かそうとした。

四半刻（三十分）もすると双方に疲労の色が見えてきた。それを待っていたかのように紀之介が二百の兵を率いて、狩野軍の背後に現れる。

完全な挟み撃ちである。

狩野軍は大混乱に陥る。

疲れ切っていたところに新手の敵が現れたことで、兵は動揺して士気も下がる。何とか城に逃げ込もうとするが、紀之介がそれを許さない。狩野軍は目に見えて減っていく。

戦いの様子は、城からもよく見える。

このままでは味方が全滅してしまう、城に立て籠もっていた兵力の半分が全滅するような事態になれば勝敗は決したようなものだ。何としてでも味方を救わなければならぬ……

そう考えて、狩野道一は城に残っていた二百の兵を半分に分け、百人を救援に送ることにした。伊勢軍に勝とうというのではなく、挟み撃ちにされている味方を救うため、味方と城の間に立ち塞がっている紀之介の軍勢を背後から攻めて味方の退路を確保しようというのだ。

狩野道一自身が兵を率いて出撃しようとしたが周囲の者たちが必死に止めた。総大将が城を出て、万が一、不覚を取って討ち取られたりすれば、その瞬間に戦いは終わる。この時代、総大将の生死が勝敗を決することが多いのだ。

「やむを得ぬ」

狩野道一は渋々、城に残ることを承知した。

直ちに百人の救援部隊が城を出る。それで十分というわけではないが城を空にするわけにはいかないので、百人を送り出すのが精一杯だった。

　この時点で伊勢軍は三百五十、狩野軍は三百だから、兵力はほぼ互角と言っていい。伊勢軍に挟み撃ちにされて苦戦していた狩野軍も城から味方がやって来るのを見て息を吹き返した。

　が……。

　百人の狩野軍が紀之介の背後から襲いかかろうとしたとき、側面の森から宗瑞の率いる百五十人が現れた。

　これが宗瑞の練り上げた作戦の仕上げだ。

　弥次郎の五十人を囮にして城から狩野軍を引きずり出し、まず待ち伏せしていた弓太郎の百人が攻撃する。狩野軍を疲れさせたら、背後から紀之介の二百人が不意打ちを仕掛ける。これを見れば、味方を救おうとして城から新たな狩野軍が現れるはずだ。それを宗瑞の軍勢が襲えば、狩野軍は壊滅するであろうし、もし城から救援が来なければ、二百の狩野軍を袋叩きにすればいい。それで狩野軍の戦力を大きく減じることができる。

（何と、何と……）

　宗瑞自身、まさか、ここまで見事に相手が罠にはまるとは思っていなかった。本音を言えば、狩野軍に打撃を与えることができれば、今日のところは、それで十分だろうと考えていた。あまり欲張ると足をすくわれたり、強烈なしっぺ返しを食らったりしかねないからだ。山内上杉氏を崖っ縁まで追い詰めながら、定正が不覚を取ったために、今や扇谷上杉氏が滅亡の瀬戸際に立たされていることが宗瑞にとっては教訓となっている。

（さあ、どうする、狩野道一？）

決して驕ったり、油断したりしているわけではないが、あと半刻（一時間）もすれば三百の狩野軍は全滅である。そうなれば、城には、わずか百人しか残らないことになる。三百の味方を見捨てて自分が生き残る道を選ぶのか、それとも、決死の覚悟で城を出て来るのか、すでに予想以上の戦果を挙げた宗瑞とすれば、狩野道一がどういう選択をしても損はない。

城門が開かれた。それを見て、宗瑞は狩野道一が出撃してくるのだと思った。

が……。

城から出てきたのは数人の兵士たちに担がれた一挺の輿だ。付き従っているのは二十人ほどに過ぎない。狩野道一らしき者の姿は見えない。

宗瑞は目を細め、訝しげに輿を見遣る。

次の瞬間、

（あ）

と声を上げそうになる。

輿に乗っているのは、宗瑞が葬ったはずの第二代堀越公方・足利茶々丸に違いない、と直感したのだ。もっとも、遠目に見ても、茶々丸にかつての面影はない。骸骨のように痩せ、老人のように猫背になり、肩を落とし、今にも輿から落ちそうなほどふらふらしている。まるで生気がない。

しかも、顔の右半分が醜く崩れている。まるで巨大な獣の爪で顔面の肉を削ぎ落とされてしまったかのように見えるのだ。

まるで別人のように容貌が変わってしまったにもかかわらず、宗瑞が、

（あれは茶々丸さまではないか。やはり、生きていたのか……）

と直感したのは、かつての面影を留めている左半面と、ぎらぎらと憎悪の炎が燃えたぎっているふたつの目の光のせいであった。

「公方さまじゃ！」

「公方さまがお出ましになられたぞ！」

伊勢軍に包囲され、まるっきり劣勢に立たされていた狩野軍が息を吹き返す。わずか二十人を率いて現れた茶々丸が狩野軍を甦（よみがえ）らせたのだ。

「兄者、どうするんだ？」

弥次郎が馬を寄せてくる。このまま攻め続けてもいいのか、という問いかけである。壊滅寸前だった狩野軍がやる気を取り戻して反撃に転じたことを弥次郎も感じ取ったのだ。

「うむ……」

珍しく宗瑞が迷う。

まさか茶々丸が出て来るとは想像もしていなかった。生存の噂を聞き、恐らく、生きているのだろうとは思っていたものの、実際に茶々丸を目にすると大きな衝撃を受けた。

城の方から、うわーっという喊声（かんせい）が上がる。

狩野道一が城に残っていたすべての兵を引き連れて打って出たのだ。

それを見た途端、宗瑞は心を決めた。

「退くぞ」

「退くのか？」

弥次郎が問い返す。本当にそれでいいのだな、と念を押したのである。茶々丸の出現で戦況に変化が生じたとはいえ、依然として伊勢軍が狩野軍を圧倒していることに変わりはない。たとえ狩野道一が守備兵を率いて攻めてきたとしても狩野軍の総数は四百であり、伊勢軍は五百なのだ。楽な戦いにはならないだろうが、恐らく、最後には勝てるだろう、と弥次郎が見通しを述べる。

「今日のところは、これでよかろう。兵を惜しまねばならぬ。それが将たる者の心得よ」

己に言い聞かせるようにつぶやくと、宗瑞は弥次郎に改めて退却を命じた。

六

その夜……。

柏久保城の広間に、宗瑞、弥次郎、弓太郎、紀之介、門都普の五人が集まっている。

「大見三人衆が日和見している理由がわかったな」

弥次郎が言う。

「うむ。茶々丸さまのせいだ。狩野道一だけならどうということもないが、背後に堀越公方が控えているとなれば話は別だ。ろくでなしの公方だったとはいえ、公方は公方だ。ありがたがる者も多い」

弓太郎がうなずく。

「くそっ、茶々丸さまが出てこなければ、狩野の息の根を止めることができたのに……。なぜ、今まではっきりしたことがわからなかった？　戦に出て来るとわかっていれば、こっちも打つ手があったものを」

弥次郎が門都普を睨む。

「あのような姿で人前に現れたことはない。頭巾も被らずに素顔をさらすとは、わしも驚いた」

門都普が答える。

「これまで決して人前に出ようとしなかった茶々丸さまが城から出てこなければならないほど狩野は追い詰められた……そうだとすれば、今日の戦は九割方、こっちの勝ちだと思っていいでしょう。狩野の城に茶々丸さまがいることもわかったし、大見三人衆が殿に味方するのをためらっている理由もわかった。今日の戦、いろいろ得るところが多かったように思われます」

紀之介が宗瑞の顔を見る。

話し合いが始まってから、宗瑞は難しい顔をして黙りこくっている。

「わしは……」

ようやく宗瑞が口を開く。

「わしは悔やんでいる」

「紀之介の言う通りだ。今日の戦は、そう悪くなかった。決して失敗ではなかった。別に悔やむことはないだろう」

弥次郎が宗瑞を励ますように言う。

「そうではない。わしは今日の戦を悔やんでいるのではない。堀越御所を夜襲したとき、茶々丸さまを追い、最後には崖の上に追い詰めた。茶々丸さまは馬に乗ったまま自ら海に落ちた。海は荒れていたし、あんな高さから落ちたのでは、とても助かるまいと思い、茶々丸さまは死んだものと決めつけた。しかし、そうではなかった。ひどい姿になり果ててはいたが、それでも生きていた。見かけは変わっても中身が何も変わっていないのは目を見るだけでわかった。だからこそ、兵どもを鼓舞し、虫の息だった狩野城を救うこともできたのだ。わしが悔やむのは、海から落ちた茶々丸さまを探さなかったことだ。本当に死んだかどうか、死体を見つけ出して確かめればよかった。その手間暇を惜しみ、死んだと決めつけてしまったために、今でも伊豆をひとつにすることができぬ。いつまでも戦を続けなければならぬ。多くの兵が命を失い、戦に巻き込まれて百姓どもが迷惑を被る。それもこれも、あの日、わしが手緩いやり方をしたせいなのだ」

話をするうちに、宗瑞の表情は険しさを増していく。

「それほど自分を責めなくてもよろしいのではありませんか？　あの場には殿だけでなく、わたしもおりましたが、わたし自身、茶々丸さまは死んだものと思い込んでいました。誰でもそう思ったに違いありません」

紀之介が言う。

「他の者は、そう思っても構わぬのだ。しかし、わしはそうではない。甘い見通しや期待で納得してはならなかった。あのとき、しつこく茶々丸さまを探し続けていれば、きっと見付けることができたであろうし、そこで止めを刺しておけば、とっくに伊豆をひとつにすることができた。多くの者たちが死なずに済んだのだ。今日の戦で、わしは多くのことを学んだ。その中で最も大切なことは、戦においては、敵に対して鬼になるだけでなく、己に対しても鬼にならなければならないということだ。これから先、わしは二度と同じ過ち(あやま)を繰り返さぬつもりでいる」

同じ頃……。

狩野城の奥座敷で茶々丸と狩野道一が向かい合っている。

茶々丸は脇息(きょうそく)にもたれ、両足を投げ出して坐っている。だらしない格好だが、そうしないと体を起こしていられないのである。

茶々丸はひどく顔色が悪い。苦しげにぜいぜい呼吸している。顔全体に玉の汗が浮かんでいる。

「公方さま、だいぶお加減が悪そうですが横になった方がよろしいのではありませんか?」

狩野道一が心配そうに言う。

「案ずることはない。いつものことだ。ちょっと無理をするだけで、こうなってしまう。熱が出て、体の節々が痛む。臓腑が引きちぎられるような痛みだが、痛みが治まるのを歯を食い縛って待つしかない。横になるより、こうしている方が少しは楽なのだ」

「ならば、よいのですが……」

狩野道一が姿勢を改め、床に両手をつく。

「今日は公方さまのおかげで助かりました。心よりお礼を申し上げまする」

「うむ、そうであったな。伊勢宗瑞が得意とする悪巧(わるだく)みにまんまと引っ掛かり、危うくこの城を落とされるところであったわ」

「まさか二重三重に罠を仕掛けているとは……」

「そういう腹黒い男なのだ。人のよさそうな顔をして御所に出入りし、父や義母の機嫌を取っていたが、その男が今では韮山に城を築き、伊豆の主になったような顔をしている。伊勢宗瑞は盗人(ぬすっと)よ。国を盗もうとする大悪党なのだ」

「許せませぬな」

「奴のおかげで、わしもこんな体になってしまった……。鏡を見せよ」

「は？」

「鏡じゃ」

「はい」

狩野道一は手箱の中から手鏡を取り出して茶々丸に渡す。

「……」

茶々丸は鏡を持ち、そこに映る自分の姿をじっと見つめる。茶々丸の手が微(かす)かに震え始めたかと思うと、その震えが次第に激しくなり、

「化け物！」

と叫んで鏡を放り投げる。

茶々丸が両手で顔を覆って肩を震わせる。

顔を上げた茶々丸の右目からは血の涙が流れている。崖から海に転落したとき、真っ直ぐ海に落ちたのではなく、岩礁に叩きつけられてから海に落ちた。そのときに顔や背中、腰を激しく打った。顔の右半面の肉が抉り取られ、骨や筋肉がむき出しになっているのは、そのせいだ。神経組織も傷つき、瞬きもろくにできないし、涙には血が混じる。口もきちんと閉じることができず、いつも半開きで絶え間なく涎が垂れている。

背骨を骨折した後遺症で猫背になった。腰と大腿骨が折れたせいで歩行が不自由になり、一人では歩くこともできない。外出するときは両脇を二人がかりで支えてもらうか、輿に乗るしかない。

「このような醜い姿で生き長らえねばならぬとは……。なぜ、なぜ、海に落ちたときに死ななかったのか、その方が楽だったではないか……。鏡を見るたびに、わしは悶々と苦しみ続けた。しかし、悟った。わしが生きているのは、伊勢宗瑞に復讐するためだ、あの腹黒い極悪人に報いを受けさせるためなのだ、とな」

興奮したせいか、呼吸が更に苦しそうになる。

「公方さま、少しお休みなさいませ。宗瑞もこれに懲りてしばらくは兵を出したりせぬでしょう」

「油断してはならぬ。宗瑞は何をするかわからぬ。隙あらば、こちらの寝首を掻こうとする卑劣な男なのだ。あと一年……いや、あと半年、耐えるのだ。大森の内紛が鎮まれば、三浦と大森がわしらに手を貸してくれる。武蔵での扇谷上杉との戦が収まれば、山内上杉も大軍を送ってくれよう。そうなれば、宗瑞も終わりよ。息の根を止めてくれる。宗瑞の首を取り、その首を眺めながら酒を飲む……それだけが、わしの望みよ。その望みがかなうまでは死なぬぞ。おのれ、誰が死ぬものか。死なねばならぬときが来たら、宗瑞も道連れにしてくれるわ」

七

五月の初め、五平と六蔵が二人揃って韮山城に現れた。普段は門都普が話を聞き、それを宗瑞に伝えるという形を取るが、このときは三人で会うことを願い出た。宗瑞が直接、話を聞くべきだと判断したのだ。それだけ重要な内容だということである。

宗瑞は承知し、三人を広間に招き入れた。

「五平、六蔵、元気そうだな」

「ははあ」

「よく働いてくれている。感謝しておるぞ。何やら、小田原で動きがあったそうだな?」

宗瑞が門都普に顔を向ける。

「定頼殿が兵を挙げた由にございます」

「何だと？　確かなのか」

驚いたわけではない。遠からず、そうなることを予期していた。とうとう、その日が来たか、という感じである。

小田原の混乱は他人事ではない。国境を接する隣国というだけでなく、誰が大森氏を率いるかによって、伊勢氏の安全が脅かされかねないのだ。

だからこそ、五平や六蔵に小田原の動きを探らせていたのだ。

「まだ大掛かりな決戦は行われていないようですが、小田原周辺で定頼殿の手勢と、藤頼殿の兵が小競り合いを繰り返しているとか……。そうだな？」

「さようでございまする」

五平が頭を垂れて返事をする。

「しかも、定頼殿の軍勢には三浦の兵が混じっているようでございますぞ」

「三浦が？　道寸殿が来ているのか」

宗瑞が五平に訊く。

「申し訳ありません。そこまでは調べがついておりません」

「調べてくれ。大事なことだ」

道寸自身が三浦軍を率いて定頼の加勢にやって来たのか、それとも誰か代理の者が指揮していのか、それによって三浦氏がどれほどの熱意で定頼に手を貸しているのかが判断できるはずであった。

「山内上杉の兵はいるか？」

「それは、いないようですが……」

「そのような曖昧なことでは困る。しかと調べよ」

「は」

五平と六蔵が額を板敷きにこすり付ける。

「もうひとつ、難しいのを承知で頼みたいことがあるのだ」

「何なりと」

「うむ。頼みたいのは……」

小田原でどういう戦が行われているか、双方がどこに布陣し、どれほどの兵を配置しているのか、できるだけ詳しく知りたい、と宗瑞は言う。

「無茶なことを」

思わず門都普が口走る。

「できぬと思うのか？」

「この二人は戦の玄人ではないのですぞ。人の噂話に耳を傾け、それをわたしに伝えるのが役目なのです。たかが噂話と思われるかもしれませぬが、多くの噂話を集めれば、その中に真実を見付けることもできるのです。しかし、今、殿がおっしゃったことは、まったく違う役目ではありませんか……」

どれほどの軍勢がどのように配置されているか、という軍事情報を探るのは斥候の役目であり、五平や六蔵のような軍事の素人がするべきことではない、と門都普は言う。

「しかも……」

と、門都普は続ける。人の噂話に耳を傾けるだけならば、それほど危険な仕事でもないが、陣地に近付いて軍事情報を探るのは危険この上ない。見回りの兵に捕らえられれば、敵方の間諜だと疑われて拷問されて殺されるかもしれない。そんな危険な役目なのだ。

「……」

拷問されて殺されるかもしれない、という門都普の言葉を聞いて、五平と六蔵の顔色が変わる。特に六蔵は顔が真っ青になり、ぶるぶる震え始める。

「そうか、無理か……」

宗瑞が小さな溜息をつく。残念そうだった。

「やります。どうかやらせて下さいませ」

ごくりと生唾を飲み込みながら、五平が言う。声が微かに震えている。本音では恐ろしくてたまらないものの、何とか宗瑞の役に立ちたいという気持ちが滲んでいる。

「兄者！」

六蔵が驚き顔で五平を見る。

「忘れたのか。宗瑞さまが手を差し伸べて下さらねば、わしらはとうに死んでいたのだ。人並み以上の暮らしができているのは誰のおかげだ？」

「そ、それはそうだが……」

そう言われると六蔵も黙らざるを得ない。

「どうしても必要なことなのか？」

門都普が宗瑞に訊く。形の上では家臣だが、いまだに家禄ももらっておらず、気持ちとしては家臣ではなく友人なのだと思っているから、普段はへりくだった物言いを心懸けているものの、腹が立ったり感情的になったりすると言葉遣いがぞんざいになる。

「そうだ」

「急ぐのか？」

「いや、急ぎはせぬ。小田原での戦、恐らくは定頼殿が勝つであろう。定頼殿がどういう戦をするか、わしは知りたいのだ。なぜなら、いずれ定頼殿と戦うことになるだろうと思うからだ」

「そうか。わかった」

門都普がうなずき、五平と六蔵の手を借りるまでもない、おれが調べてこよう、と言う。

「……」

宗瑞がじっと門都普の目を見つめる。その目には、

(それほど必要なことであれば、おれが命懸けで探ってきてやる)

という強い意思が表れている。

門都普が五平と六蔵を連れて下がると、宗瑞は持仏堂に向かう。

心が波立っている。

この頃、小田原のことを考えると血が熱くなってしまうのだ。

狩野道一と、その後ろ盾となっている茶々丸を倒して伊豆を統一する……それを考えても、さして心は熱くならず、むしろ、頭の中は醒めていき、どういう手を打てばいいか、沈着冷静に検討できる。

だが、小田原は、そうはいかない。頭にカーッと血が上ってしまい、どういう手順で攻略すればいいか、などと考えられなくなってしまう。ただ、

(小田原がほしい……)

と疼くような欲望を感じるだけである。

小田原を手に入れるのは西相模を支配するということである。それが実現すれば、当然、東相模に目を向けることになるであろう。それは三浦氏との衝突を意味している。

冷静さを失ってしまうほど宗瑞が胸を高鳴らせているのは相模のことだけを考えている

せいではなく、その向こうにある武蔵のことも夢想しているせいだ。

征服欲などという単純な言葉で片付けられる話ではない。

宗瑞の胸のうちには様々な感情が渦巻いている。

それらの感情のうち、最も大きなものは、やはり、自分が支配すれば、より多くの民の暮らしを楽にしてやることができるという自負であった。

荏原郷にいる頃は、人を救うことなどできる人間ではなかった。自分のことだけで精一杯だった。

都に出て、御所に仕える下級役人になってからも、それは変わらず、最初の妻子を亡くしてからは自分の面倒を見ることすらできなくなった。一度死んだようなものだから、これから先の人生は他人のために生きようと心に誓ったものの、何をしていいかわからなかった。背伸びせず、自分にできることをすればいいのだと宗哲に諭されて、一人の物乞いに一杯の粥を施すことから始めた。それが今も続いている。その頃と変わったのは、今や宗瑞は伊豆の国主という立場にあり、その領地で数千人の民が暮らしているということだ。

しかし、宗瑞の信念は何も揺らいでいない。物乞いに一杯の粥を施したのと同じ気持ちで民を慈しんでいる。だからこそ、自分が支配地を広げれば、より多くの者たちを救うことができると信じることができるのだ。

そうは言っても、宗瑞も悟りきっているわけではない。

伊豆に討ち入るについては、細川政元や清晃から頼まれたという事情もあったし、今川家の後押しもあった。つまり、自分の意思でそうしたというのではなく、流れに身を任せているうちに、いつの間にか茶々丸を攻めざるを得ない立場に追い込まれていたという感じがする。

相模や武蔵は、そうではない。

誰かに頼まれたわけではない。

宗瑞自身が手に入れたいと望んでいるのだ。

自分の考えで支配地を広げたいと願っている。

男として心が昂ぶるのは当然であろう。

「駄目だな」

宗瑞が目を開ける。

座禅を組むことで気持ちを落ち着け、心を空しくしようとするのだが、うまくいかない。

これもまた珍しいことと言っていい。

持仏堂を出て、本曲輪の三階にある物見台に上る。物見台からは韮山全域を見渡すことができるし、東には相模湾、西には駿河湾、北には富士山、北東には箱根の山々を望むことができる。箱根の向こうには小田原がある。

（小田原か……）

相模や武蔵を支配したいと考えたのは、扇谷上杉氏に加勢するため武蔵に遠征したのがきっかけだ。

しかし、あくまでも夢に過ぎず、本気で考えたわけではない。

宗瑞の気持ちに大きな変化が生じたのは星雅がふたつの忠告をしてくれたせいだ。

「狩野道一を滅ぼす前に小田原を攻めること、今川の手を借りぬこと……」

星雅の忠告を口に出してみた。

星雅は、いつ小田原を攻めればよいか、ということも教示してくれた。

すなわち、いずれ定頼と藤頼が大森氏の家督を争って戦いを始めるから、

「定頼殿が藤頼殿を倒して大森氏の主となったら、すぐに小田原を攻めるのです」

と言ったのだ。

星雅が予見した通り、小田原で戦いが始まった。

遠からず決着がつくであろう。来年まで戦いが続くとは宗瑞にも思えない。星雅の忠告に従うのであれば、あと数ヶ月のうちに宗瑞も小田原に兵を出さなければならないということである。

（わずか五百で大森氏を屈服させ、小田原を奪うことができるのか……）

無理をすれば一千近い兵を動かすこともできないではないが、それでは韮山城が空っぽになってしまう。これまで生存が疑われ、人前に姿を見せなかった茶々丸が輿に乗って狩

野城の外に現れたからには、今後は宗瑞と狩野道一の戦いではなく、宗瑞と茶々丸の戦いになる。人望がないとはいえ、堀越公方の威光を侮ることはできない。万が一の場合に備え、どうしても韮山城には五百くらいは残していきたい。

（やはり、五百で何とかしなければならぬ）

動かせる兵は少ない。

しかも、今川の援軍を当てにすることができない。

（これは容易ではないな……）

韮山を見渡しながら、宗瑞が難しげな顔で物思いに耽る。

八

七月中旬、駿府（すんぷ）から使者がやって来た。

氏親からの出兵要請であった。

今年になって甲斐の武田信縄がしばしば駿河に侵攻し、国境付近の村々を襲っている。放置できないほど被害が大きくなってきたので、今度は氏親の方から甲斐に攻め込んで武田信縄に思い知らせてやろうというのである。率いていくのは二千で、兵の数としては十分だが、母の保子（やすこ）が氏親の若さと経験不足を危ぶみ、宗瑞に加勢を依頼してきたのだ。氏親も二十五歳になっており、国主として駿河を平穏に治めているが、母親の目から見れば、まだまだ頼りなく、心配なのであろう。

「承知した、そう御屋形さまに伝えてくれ」

その場で宗瑞は即答し、使者を駿河に帰した。

宗瑞の立場は微妙である。

実効支配しているのは北伊豆だけとはいえ、伊豆の国主として幕府から認められている。

しかし、駿東(すんとう)の興国寺城を預かる身でもある。

つまり、独立した守護大名でありながら、同時に今川の家臣でもあるのだ。そうだとすれば、主である氏親からの出兵要請を断ることなどできるはずがない。要請という形を取ったのは、今川の家督を継ぐときに宗瑞が尽力した恩義を氏親が今でも忘れず、宗瑞に敬意を払っている証(あかし)だが、今川の家臣でいる以上、要請という衣を被った命令なのである。

動員できる一千人のうち五百人を連れて行くことにした。どんなときであれ韮山城の守りには五百の兵を残すという方針を守ったのである。弥次郎と紀之介を伴い、留守を弓太郎と才四郎(さいしろう)、又次郎(またじろう)らに任せることにした。本当であれば、弥次郎か紀之介のどちらかを残すべきであった。家臣団の中では紀之介が第一の戦上手だし、それに次ぐのが弥次郎だからだ。敢(あ)えて戦のうまい二人を伴うことにしたのには理由がある。

小田原の動きであった。

門都普は相模に腰を落ち着け、小田原の近くで定頼と藤頼の骨肉の争いの行方を探り続けており、何か大きな動きがあれば宗瑞に知らせてくる。

このところ門都普からの知らせが届く頻度が上がっている。双方、一進一退の攻防が続いていたが、ここにきて形勢が大きく傾きつつある。三浦道寸に後押しされた定頼が優勢なのだ。山内上杉軍が小田原に迫りつつあるという噂も聞こえており、

（近いうちに決着がつくのではないか）

と、宗瑞は見ている。

宗瑞が甲斐に出陣している間に決着がつくやもしれず、場合によっては、甲斐から相模に入って小田原を奪ってやろうとまで考えている。定頼と藤頼のどちらが勝ち残るにしても、戦いが終わった直後が最も疲弊して力が弱っているに違いないからだ。時間が経てば経つほど体力も回復し、しかも、宿敵を倒して御家騒動が収まれば、今まで以上に強大な支配者になるに違いない。三浦道寸や山内上杉氏に後押しされた定頼が勝つことになれば、いずれ伊豆に触手を伸ばしてくるのは火を見るより明らかだ。

韮山城を出発する直前に開いた軍議で、宗瑞は自分の見通しを重臣たちに伝えた。

小田原情勢が緊迫していることを知らされると、

「それなら甲斐に兵を出している余裕はない。韮山に腰を据え、いつでも相模に攻め込むことができるように支度を調えておくべきではないのか」

弥次郎が言うと、弓太郎や才四郎らも大きくうなずいて同意を示す。

「今川の御屋形さまの命に背けば、今川と手切れになる」

宗瑞が首を振る。

「小田原を攻めるときは今川の助けを借りないと言ったじゃないか。それは手切れとは違うのか？」

「手切れではない。今川とは、これから先も兄弟のように助け合っていかなければならぬと考えている。喧嘩別れするわけではない。こちらから今川に何かを頼むつもりはないが、今川から頼まれれば、できるだけのことをするつもりでいる」

「それは人がよすぎるんじゃないのかな」

弥次郎は納得できないという顔だ。

「御屋形さまは、わしにとってもおまえにとっても血を分けた甥なのだぞ、弥次郎。姉上の産んだ子ではないか」

「それは、わかっているが……」

「甲斐に五百の兵を出すとして、小田原の動き次第では、その五百人で大森を攻めるわけですね？　もう策は考えておられるのですか」

紀之介が訊く。

「まだ何も考えておらぬよ。おまえの頭の中には何か策があるのか？」

「まさか」

紀之介が口の端に笑みを浮かべる。

「わずか五百で小田原を奪うなど、鬼神でもなければできぬことと存じます。わたしには、とても無理そうです」

「たとえ無理でもやらねばならぬ。伊豆を守るには小田原を奪わねばならぬのだ。そのためには鬼神にもなろうではないか」

己に言い聞かせるように険しい表情で宗瑞が言う。

九

甲斐は山国である。四方を険しい山々に囲まれている。

国土の八割が山岳地帯で、田畑に適した耕作地は二割しかない。いくら汗水垂らして働いても、わずかばかりの土地から収穫できる作物で甲斐の人々の胃袋を満たすことはできなかった。一年のうち三月（みつき）は飢えねばならなかった。

作柄のよい年ですら、そんな状態なのに、甲斐は自然災害に見舞われることが多く、洪水、干魃（かんばつ）、虫害などが毎年のように起こった。そんな年は一年の半分は飢えねばならず、ばたばたと人が死んだ。生きていくには食わなければならない。食い物がないのであれば他国から奪うしかない。甲斐と駿河の国境付近にある村々が年中行事のように甲斐の軍勢に襲われたのは、そのせいだ。

甲斐の守護は武田氏である。今の当主は信縄だ。

守護とはいえ、武田氏が甲斐全域を支配しているわけではない。

古来、甲斐の東を郡内、西を国中と呼ぶ。国中には三郡があり、甲府盆地一帯と河内地方に分かれる。信縄が支配しているのは甲府盆地だけで、河内地方は穴山氏、郡内は小山田氏が支配している。

信縄は穴山氏と小山田氏に押され気味で、青息吐息でかろうじて支配地を守っている。支配者としての地位を保持していくには領民を飢えさせないことが第一である。飢えれば、領民は信縄を見限って、穴山氏や小山田氏に靡くであろう。郡内や河内地方に攻め込んで作物を奪うような力は信縄にはない。それ故、駿河に侵入して村を襲うのだ。

信縄は富士川沿いに駿州街道を南下してくる。

今度は宗瑞と氏親が北に攻め上っていくことになる。両軍は富士川の古戦場で待ち合わせた。三百十五年前、ここで平家軍と頼朝率いる源氏軍が対峙し、水鳥の飛び立つ音に驚いた平家軍が敗れた。

八月初め、宗瑞率いる五百の伊勢軍と氏親率いる二千の今川軍が古戦場で合流した。

「御屋形さま、お元気そうでございますな」

しばらく会わないうちに一段とたくましくなった甥の姿に宗瑞が目を細める。

「叔父上もお変わりなく何よりでございます。このたびは無理なお願いをして申し訳ありません。快く承知して下さったことにお礼を申し上げます。母からもよろしくとのことでございます」

「母御前さまも息災であらせられますか？」

「はい。息災に過ごしております」

「それはよかった」

宗瑞と氏親はお互いの近況やら、都の政治情勢やら、小田原における大森氏の家督争いやら、諸々のことを率直に話し合った。

一刻（二時間）ほど経つと、

「そろそろ出発し、今夜は身延（みのぶ）あたりで泊まることにしてはどうでしょうか？」

氏親が提案する。

もっともな意見であった。初日に身延で宿営し、二日目に甲府近くに陣を張れば、三日目には攻撃を始められる。場合によっては二日目の夜、奇襲を仕掛けるという手もある。

ところが、宗瑞は、

「そのように急ぐことはございますまい。今宵は、ここに泊まることにいたしましょう。せっかく源平が戦った場所にいるのですから、月でも愛（め）でながら酒を飲み、琵琶（びわ）法師に『平家物語』でも語らせようではありませんか」

「叔父上……」

氏親が戸惑った顔になる。これから他国に攻め込もうというのに何を悠長なことを言うのか、と驚いている。その顔を見て、

「御屋形さまは甲斐に何をしに行くつもりですか？」

「今更、何を言われるのですか。武田信縄を討ち滅ぼしに行くのではありませんか」

驚きを通り越して、氏親は呆れてしまう。

「それは間違っておりますぞ」

「何が間違っているのですか？」

「甲斐は乱れております。穴山や小山田など、元を辿れば同じ一族なのに、まったく守護に従おうとせず、あわよくば武田信縄を倒して自分が守護になろうとしているのです」

「承知しております」

「御屋形さまが武田信縄を滅ぼそうとすれば、信縄は小山田か穴山に救いを求めるでしょう。今川に滅ぼされるくらいなら守護職を譲ると言い出すやもしれませぬ。そうなれば、甲斐の豪族どもすべてと戦うことを覚悟しなければなりませぬ。わずか二千五百で甲斐を征することができましょうか？」

「では、わたしたちは何のために甲斐に行くのですか？」

「和を結ぶためです」

「和を？」

「さよう。しかも、ただの和睦ではない。武田信縄が御屋形さまの前に膝を屈し、和を結ぶことを懇願するのです」

「わかりませぬ」

氏親が首を捻る。

「そのようなことができるのですか?」

「できます」

宗瑞が力強くうなずく。

「そのためには、できるだけ時間をかけて、ゆるゆると甲斐に向けて進むのがいいのです。急いではなりませぬ」

「戦をしないのですか?」

「恐らく、戦にはならぬでしょう。武田信縄がよほど愚かな男であれば戦になるかもしれませぬが、愚か者相手に戦をするのなら、さぞ簡単に勝つことができるというもの」

二日もあれば甲府盆地に到達できるのに、その行程を宗瑞と氏親は五日かけて進んだ。

宗瑞は多くを語ろうとしない。氏親にすら詳しい説明をしようとしないのだ。にもかかわらず、氏親がおとなしく宗瑞の指図に従ったのは、これまで一度として宗瑞のやり方が失敗したことがないからである。

(今度もうまくいくだろう)

と、氏親は楽観し、そう楽観してしまうと、くどくど説明を求めたり、あれこれ心配するのをやめた。あたかも物見遊山の旅でもしているかのように気楽に旅を続けた。

（さすが御屋形さまよ）

氏親の度量の大きさに宗瑞は感謝した。

おかげで仕事がやりやすかった。

傍から見れば、宗瑞も呑気そうだったが、まさか、そんなはずはない。宗瑞と氏親の軍勢はのろのろと進んでいるが、夜になると宗瑞の宿営からは何人もの使者や斥候が出て行くし、それと入れ違いに前夜や前々夜に放った使者や斥候が戻ってきたりした。氏親に告げた通り、宗瑞は戦をするつもりはない。謀で武田信縄を屈服させようと企んでいる。

謀は、それが謀だと相手に知られてしまえば、もはや謀でなくなってしまう。

それ故、宗瑞は氏親にも詳しい説明をしなかったのだ。

富士川の古戦場を出て六日目、ついに宗瑞と氏親は鰍沢を通過し、小笠原に出た。眼下に甲府盆地が広がっている。

「叔父上、やはり、戦になりますか？」

「そうはならぬでしょう。あれをご覧なさいませ」

宗瑞が笛吹川の方を指さす。そちらから数騎の武者たちが一団になって駆けてくる。

「あれは……？」

「武田信縄殿でしょうな」

「何ですと？」

「御屋形さまに和を請いに来たのでしょう」

「和を請いに？」

「はい」

こうなることはわかっていた、とでも言うかのように宗瑞は表情も変えずにうなずく。

十

宗瑞が予見した通り、武田信縄は氏親に和睦を請うた。さすがに地面に膝をついて頭を下げたりはしなかったが、終始、へりくだった態度で氏親に敬意を払った。駿河の村々を略奪したことを謝罪し、その被害を上回るだけの米や穀物を差し出すことを約束した。もちろん、今後は同じ過ちを繰り返さないと誓った。

氏親は何も言う必要がなかった。重々しくうなずきながら、信縄の申し出を黙って聞いていればよかった。

「御屋形さま、いかがでしょう。武田殿もこのように申しておられますし、和睦なさっては？」

宗瑞が氏親に顔を向け、目で合図する。

（このあたりで承知なさるのがよい）

という意味である。事前に決めておいた合図だ。

「何とぞ、お願い申し上げる」

信縄も身を乗り出して懇願する。

「よかろう。和を結ぼう」

氏親がうなずく。

「おおっ」

信縄が喜びの声を発し、かたじけない、と頭を下げる。

今川と武田は戦うことなく和睦した。

しかも、今川にとって有利な条件での和睦だ。

信縄が帰ると、

「叔父上、どういうことなのか説明して下さるでしょうな？」

狐にでも化かされたような顔で氏親が訊く。

氏親は何もしていない。駿河から甲斐へ、駿州街道をゆるゆると旅してきただけである。

それなのに、甲府盆地の近くまで来た途端、突然、武田信縄が和を請うてきた。

もちろん、裏で宗瑞が様々な手を打っていたことは氏親にも想像できるが具体的に何をしたのかはわからない。そろそろ種明かしをしてくれてもいいではないか、というのである。

「武田殿は挟み撃ちにされるのを恐れたのです」

「挟み撃ちですと？　誰と誰が武田殿を挟み撃ちにするというのですか」

「御屋形さまと穴山、あるいは、御屋形さまと小山田、ひょっとすると、穴山と小山田が手を組んで今川に味方するかもしれませんな」

「穴山や小山田と、そのような話し合いをしていたのですか？」

「いいえ、何も話しておりませぬ」

宗瑞が首を振る。

「叔父上のおっしゃることがよくわかりませぬ」

「甲斐を攻めるに当たり、われらが恐れなければならぬことは何か、以前、申し上げたことを覚えておられますか？」

「それは……」

氏親が小首を傾げる。

「追い込まれた信縄殿が小山田や穴山に救いを求めること」

「そうです。そんなことになれば、こちらに勝ち目はありませぬ。それ故、信縄殿が救いを求めることができぬように先手を打ちました」

「しかし、小山田や穴山とは何の話し合いもしていないと言ったではありませんか」

「そうです。何も話し合ってなどおりません。話し合っている振りをして、われらが手を組むのではないかと信縄殿に疑わせただけのことです……」

宗瑞の説明は、こうである。

小山田や穴山に宛てた氏親の書状を携えた使者を発し、わざと武田に捕らえられるようにした。書状の内容は、信縄を挟み撃ちにして滅ぼすことに力を貸してくれれば、信縄に代わって甲斐の守護になれるよう幕府に働きかけてやろう、というものだ。もちろん、書状は宗瑞が拵えた偽物である。

宗瑞の芸の細かさは、すでに何度も書状がやり取りされ、かなり話し合いが煮詰まっているかのように装ったことである。

それを信縄は信じた。今川と戦う準備を進め、いざとなれば甲斐を他国の侵略から守るという大義名分のもとに小山田や穴山と手を結ぶことまで考えていたのに、あろうことか、小山田や穴山から背後を衝かれる心配をしなければならなくなったのだから腰が抜けるほど驚いた。

普段から小山田や穴山と親密に行き来があれば、こんな子供騙しの策略に引っ掛かるはずもないが、同族でありながら不仲で、腹の探り合いばかりしているから、

（あいつらなら今川と手を結ぶかもしれぬわ）

と疑ったのである。

信縄が疑心暗鬼に陥るのを待って、今度は宗瑞が信縄に使者を送った。甲斐の揉め事は

甲斐の者たちが解決すべきで、そこに他国の者が関わるべきではないと考える。とは言え、わざわざ駿河からやって来た以上、手ぶらで帰るわけにはいかない。信縄殿が今川の御屋形さまの顔が立つように配慮してくれるのであれば、小山田や穴山と同盟を結んだりしないように自分が御屋形さまを説得してみせる……そんな提案をしたのである。

それに信縄が飛びついた。具体的にどのような配慮をすれば、今川の御屋形さまは和睦に応じて下さるであろうか、と探りを入れるような書状を送ってきたのだ。

（よし、引っ掛かった）

宗瑞は内心、ほくそ笑みつつ、信縄に今川の要求を提示した。すでに小山田や穴山との話し合いは煮詰まりつつあるので、それを白紙に戻すには、信縄の側から思い切った譲歩をする必要がある、と付け加えた。

（それもそうか）

と、信縄は納得し、今川の要求をすべて受け入れて氏親に和睦を請うたのである。

「何と……」

宗瑞の話を聞いて、氏親は言葉を失った。魔法でも使ったかのような手際の鮮やかさに感心したのだ。戦いになれば、今川軍も伊勢軍も無傷ではいられない。兵を失う覚悟が必要だ。短期決戦で勝利を得られればいいが、万が一、戦が長引けば、本国から遠いだけに食糧の調達にも苦しむことになる。そういう危険性を考慮すれば、戦などしないに越したことはない。宗瑞は戦わずして、氏親に勝利をもたらしたのだ。

「しかし、大丈夫なのでしょうか……」

氏親の気懸かりは、騙されたと気付いたときの信縄の反応であった。駿州街道を南下して駿河に攻め込んでくるのではないか、と危惧した。

「その心配はありますまい。今の信縄殿には大軍を率いて甲斐を留守にする余裕はありませぬ。そんなことをすれば、それこそ小山田や穴山に領地を奪われてしまうでしょう。信縄殿にできるのは、わずかの手勢を率いて国境の村々を襲うことくらいです」

「では、何も心配ないと？」

「今回は信縄殿を謀りましたが、その気になれば、本当に小山田や穴山と手を組むこともできるのです。向こうは喜んで飛びついてくるでしょう。信縄殿を蹴落として自分が甲斐の主になれるのですから。しかし、隣国がひとつにまとまって強い国になるより、同族相食んで互いに憎み合っている方が駿河にとってはよいのです」

「わたしも『孫子』を読み、謀攻という極意があることは承知していましたが、なるほど、こういうことなのですね……」

氏親が『孫子』の一節を口ずさむ。

　百戦百勝は善の善なるものにあらず。

戦わずして人の兵を屈するは善の善なるものなり。

すなわち、百戦百勝が最もよいわけではない。戦うことなく敵を屈服させることこそ最もよい、というのである。

宗瑞は、その教えを氏親に実践して見せた。

十一

武田との和睦が成立した夜、氏親と酒を酌み交わして宿舎に戻ると、門都普が待っていた。

(何かあったな)

宗瑞はピンときた。

大森氏の家督を巡る藤頼と定頼の戦いについて詳しく調べさせるために、門都普を小田原に送り込んだ。戦況を知らせるだけなら使者を送ってくればいいだけのことだ。門都普自身がわざわざ遠征先の甲斐にやって来たからには、よほど重大な出来事が起こったに違いないと察せられる。

「聞こう」

人払いをして、宗瑞は門都普と二人だけで向かい合った。もう酔いは醒めている。

「うむ」

門都普は小さくうなずくと、小田原の戦に決着がついた、と言う。

「どっちが勝った?」

思わず宗瑞が膝を乗り出す。

「はい……」

三浦道寸と定頼の連合軍が小田原郊外で藤頼の軍勢を撃破し、その勢いを駆って小田原城を手に入れた、という。

「やはり、定頼殿が勝ったか」

そうなることは宗瑞も予想していた。

宗瑞は藤頼にも定頼にも会ったことがあるが、明らかに定頼の方が器量が上だった。しかも、東相模を支配する三浦氏の主・道寸の手厚い支援を受け、山内上杉氏の後押しも受けているとなれば、定頼が優位に立つのは当然だ。

とは言え、藤頼は、亡くなった氏頼に指名されて家督を継いだ正嫡(せいちゃく)である。定頼は氏頼の孫で、藤頼の甥だが、同じ一族とはいえ、立場としては藤頼の家臣に過ぎない。家臣が主に刃(やいば)を向けたのだから謀叛である。

だからこそ、氏頼以来の重臣たちの多くが藤頼に味方したのだ。定頼の真の敵は、凡庸な藤頼ではなく老獪(ろうかい)な重臣たちだったと言っていい。

そもそも大森氏は長く扇谷上杉氏に仕えてきた名家であり、扇谷上杉氏に敵対する山内上杉氏と手を組んだ定頼に対する反発も強かったのだ。

本来であれば、扇谷上杉氏も藤頼に加勢するために大軍を送るべきであった。定頼が勝利すれば相模全域が山内上杉氏の影響下に置かれることになるからだ。それを許せば、関東の覇権（はけん）が山内上杉氏に大きく傾くことになりかねない。

にもかかわらず、扇谷上杉氏が藤頼に加勢するための軍勢を送ることができなかったのは、去年の十月に当主・定正が戦死して以来、いまだに内部で混乱が続いており、その混乱を定正の後を継いだ朝良が収拾できないでいるからだ。ある意味、扇谷上杉氏が藤頼に手を貸す余裕がないことを見透かして定頼が兵を挙げたとも言える。

「藤頼殿は、どうなった？」

「定頼殿の兵に討ち取られたとも、寺に立て籠もり火を放って自害したとも、噂は乱れ飛んでおりますが真偽は定かではありませぬ」

「ふうむ……」

宗瑞が難しい顔で首を捻る。

藤頼が生きているのか、それとも死んでしまったのか、その違いは大きい。

「山内上杉軍は？」

「すでに小田原を離れ、武蔵に帰りつつあるようでございますな」

「三浦の軍勢も小田原にはおりません。山内上杉軍の後を追うように東に向かっております」

「三浦道寸は？」

「山内上杉も三浦も国に帰ったか。定頼殿は？」

「城に籠もっているようです。これも噂ですが、藤頼殿に味方した者たちを成敗するつもりでいるとか……」

「戦は行われていないのか？」

「大きな戦はありませぬ。小競り合い程度の戦は続いているかもしれませぬが、よくわかりませぬ」

「藤頼殿が生きているかもしれないと疑っていれば、必死に藤頼殿の行方を探すはず。山内上杉や三浦が兵を退いたのは、もう小田原で騒ぎが起こる心配はないと考えたからに違いあるまい。ということは……」

どうやら藤頼殿は死んでしまったらしい、と宗瑞がつぶやく。

「定頼殿が動かすことのできる兵はどれくらいだ？」

「掻き集めて一千五百……。しかし、激しい戦いの後ですから、一千くらいかもしれませぬな」

「それでも一千か……」

宗瑞が更に難しい顔になる。

大森氏の動員兵力は三千を超える。宗瑞のそれが一千ほどに過ぎないことを考えれば、大森氏の強大さがわかろうというものだ。

もっとも、三千というのは、大森氏が一枚岩である場合の話である。大森氏内部で藤頼派と定頼派がふたつに分かれて争い、何度となく激戦を繰り返したために多くの死傷者が出てしまった。藤頼を破ったとはいえ、当然、遺恨が残るであろうし、定頼が家中をひとつにまとめるには時間がかかるだろうから、今現在、定頼がすぐに動かすことのできる兵力が一千ほどだという門都普の見立ては正確と言っていい。

しかし、それでも一千だ。宗瑞が甲斐に率いてきた兵力の二倍である。

（やはり、今のわしには小田原攻めなど無理なのだろうか……）

つい弱気になってしまいそうになる。

だが、定頼が反対派を粛清し、家中をひとつにまとめてしまえば、一千の兵力が再び三千になるのは間違いない。

扇谷上杉氏から山内上杉氏に寝返った定頼が、いずれ伊豆に目を向けるのは確かなのだ。なぜなら、元々、伊豆は山内上杉氏が守護を務める国で、堀越公方を形ばかりの主として奉りながら、実際には山内上杉氏が伊豆を支配していた。その伊豆を、扇谷上杉氏の支援を受けた宗瑞が奪い取ったという経緯がある。今まで山内上杉氏が伊豆に手出ししなかったのは扇谷上杉氏の軍事的な圧力に苦しんでいたからで、定正の死後、形勢は逆転し、もはや扇谷上杉氏を恐れる必要はなく、扇谷上杉氏に与(くみ)していた大森氏を味方に取り込んだ以上、満を持して伊豆に攻め込むことができる。茶々丸が健在で、それを狩野道一ら南伊豆の豪族たちが支持しているとなれば、伊豆を奪い返すのは容易なことに違いなかった。

その時期も想像がつく。

秋の収穫が終わった頃であろう。

山内上杉と三浦の軍勢が引き揚げたのは、一旦、国に帰って秋の収穫に備えるためだ。

この当時、常備軍は存在しない。

戦のたびに領主は武士たちに命じて兵を集める。武士たちは自家の郎党だけでなく、領地の農民たちも引き連れて来る。荷物を運んだり馬の世話をさせるためだし、時には武器を持たせて戦わせる。そういう農民たちを故郷に帰してやらないと収穫の人手が足りないのだ。

その事情は大森氏も同じだから、定頼は農民を領地に戻して農作業に従事させ、その間に領主としての基盤を固め、秋か冬、農作業が一段落した頃を見計らって、山内上杉や三浦の軍勢と共に伊豆に攻め込んでくるだろう、と宗瑞には見当がつく。

（一千といっても、その一千が小田原城にいるわけではない……）

恐らく、城にいるのは二百か三百で、あとは小田原周辺の領地に戻しているに違いない。

あまり多くの兵を城に足止めしておくと、朝と夜に食わせるだけでも大変なのである。そういう事情は韮山も同じだから宗瑞にはわかるのだ。

「何を考えている？」

宗瑞が黙りこくったまま難しい顔をしているので門都普が訊く。

「定頼殿を討ち、小田原を奪えるかどうかを思案している」

「できるだろう」

門都普が簡単にうなずく。

「なぜ、そう思う？」

「大森は民に恨まれている。それは藤頼殿も定頼殿も変わらぬ……」

門都普が言うには、大森氏は年貢が重い。おおよそ七公三民くらいだという。どこの国でも似たようなものだが、宗瑞の支配する土地では四公六民だ。これほど年貢が軽い国は他にないから、相模の農民が伊豆の農民を羨むのは当然である。

七公三民だと、ほとんど食うや食わずである。飢え死にするほどではないが、蓄えをする余裕はない。ちょっとした災害や天災に見舞われたら、たちまち暮らしが立ち行かなくなってしまう。平和なときですらそうなのに、藤頼と定頼の争いで田畑が荒らされたから、どう考えても今年の収穫は例年より少ない。小田原の農民たちは先行きを悲観して途方に暮れている。それは五平や六蔵が農民たちから聞き集めてきた話だから間違いない。宗瑞が定頼との戦いに勝利し、直ちに四公六民を宣言すれば、西相模の農民たちは雪崩を打ったように宗瑞に従うだろう、と門都普は言う。

伊豆に攻め込み、堀越御所を夜襲して茶々丸を追い払った後、伊豆の豪族たちが結束して宗瑞に立ち向かってきた。宗瑞の少ない兵力では戦いようもなかったが、宗瑞に支配されることを望む伊豆の農民たちが豪族たちを追い払ってくれた。同じことを小田原でやればいいではないか、というのが門都普の考えだ。

「そううまくいくだろうか……」

宗瑞自身は懐疑的だ。

確かに伊豆ではうまくいった。

厳密に言えば、北伊豆ではうまくいった、と言うべきであろう。

南伊豆の農民たちとて宗瑞に支配されれば年貢が軽くなることは承知しているはずなのに、いまだに南伊豆は宗瑞に敵対する勢力の支配下にある。

つまり、豪族たちが本気で農民を押さえつけようとすれば、農民は身動きが取れないということだ。たまたま北伊豆でうまくいったからといって、それがどこでも成功すると過信してはならない、と宗瑞は己を戒めている。

「農民を頼りにしないで、誰を頼るつもりなんだ？　他に手立てがあるのか」

「わからぬ。しかし、何か考えねばなるまい。そうしなければ、わしらは生きて新年を迎えることはできまいからのう」

十二

宗瑞は弥次郎と紀之介を呼んだ。小田原を攻めるという覚悟が定まった以上、あとは具体的にどう攻めるか、それを話し合う必要がある。

まず門都普が小田原情勢を二人に説明する。それを聞き終わると、

「そうか。山内上杉や三浦に後押しされた定頼が勝ったか。わしらにとって、よいことではないな」

弥次郎が溜息をつく。

「うむ……」

宗瑞はうなずくと、時間が経てば経つほど定頼は力を付けていき、恐らく、秋の終わりか冬の初めには伊豆に攻め込んでくるだろうという見通しを語る。

「どうなさるのですか?」

紀之介が訊く。

「小田原を攻めることに決めた」

「手強い相手だが、そうせざるを得ないだろうな。急いで韮山に帰り、戦支度をしよう」

弥次郎がうなずく。

「いや、韮山には戻らぬ。戦支度ならできているからな」

結果的に武田信縄とは戦わなかったが、戦いの準備を調えて韮山を出陣してきた。武器も食糧も十分にある。改めて用意しなければならないものはない。

もちろん、それは弥次郎にもわかっている。

弥次郎が言いたいのは、そういうことではない。

「人が足りないではないか」

と言いたいのだ。

宗瑞が韮山から率いてきたのは五百人である。

まさか、わずか五百人で小田原城を攻めるつもりだとは弥次郎も思っていない。だから、

「やはり今川の手を借りることにしたのか？」

と訊いた。二千の今川軍が加われば、わざわざ韮山に戻る必要はない。

「それは、ない」

宗瑞が首を振る。

「では、今川の御屋形さまに黙って、われら伊勢の手勢だけで小田原を攻めるのか？」

「そのつもりでいる」

「あり得ぬ」

弥次郎は首を振り、そんなことは無理に決まっている、と吐き捨てるように言う。

「格式張らずに本音で話していいか？」

「ここには四人しかいない。気の置けない者だけだ。格式張らずに本音で話していいか？」

「もちろんだ」

「ならば言うが、たった五百人で小田原城を落とせるはずがない。門都普は農民が助けてくれるだろうと言ったが、そんなものは当てにできない。大森氏を倒して年貢を安くした後ならば、そういうこともあるかもしれないが、それは先の話だ。まずは自分たちで小田原城を攻め落とし、定頼殿を討たねばなるまい。それには五百人では足りぬ。韮山城には五百人残してきた。そのすべてを小田原に連れて行くことはできないだろうが、二百人か三百人は連れて行ける。それでも足りないが、少しはましだ」

「そうは思わぬ」

宗瑞が首を振る。

「韮山城の守りは五百人でも、ぎりぎりだ。守りの数が減れば、茶々丸さまや狩野道一に攻められる恐れがある」

「それなら今川に助けてもらえばいい。いつまでも今川の風下に立っていればいいとは、わしも思わぬ。いずれ手を切るときが来るだろう。だが、それは先の話だ。急ぐことはない。選りに選って、こんな大変なときに……。今川の手を借りて、まずは大森氏を倒すことを考えるべきではないのか？」

弥次郎が門都普と紀之介の顔をちらりと見る。おまえたちも何とか言え、と目で促しているのだ。

「戦に関しては、わしは何も言えぬ。戦上手が顔を揃えているのだから、三人で話し合ってどうするか決めてくれ。わしは、それに従う」

門都普は突き放したような言い方をして、そっぽを向いてしまう。

弥次郎がムッとするが、ぐっと堪(こら)えて、

「おまえは、どう思う？」

と、紀之介に訊く。

「殿のことです、何か策があるのでしょう」

紀之介が宗瑞を見る。

「まともに真正面から戦ったのでは勝てぬことは間違いない」

宗瑞が答える。

「堀越御所を攻めたときのように夜襲するのか？」

弥次郎が訊く。

「それは無理そうだな。小田原城は堀越御所よりも、ずっと守りが堅い。籠城されたら、とても落とせぬ。もたもたしているうちに小田原周辺の豪族たちが兵を率いて集まってくる。勝ち目はない」

「夜襲も駄目なら落としようがないではないか」

「謀（はかりごと）を用いる」

「待ってくれ」

弥次郎が小さな溜息をつく。

「武田信縄を騙し、武田と戦うことなく和睦に持ち込んだのは見事なやり方だったと思う。今川の御屋形さまが感心したように、あれこそ謀のお手本だろうな。だからといって、小田原でもうまくいくとは限らないぞ。定頼殿を騙して小田原城を明け渡させるつもりでいるのか？」

「そう興奮するな、弥次郎。落ち着け」

「なぜ、そんなに呑気な顔をしていられるのか、わしにはその方がよほど不思議だ。何の策もないまま、兄者は小田原城を落とすと言っている。兄者に従う五百人の命が懸かっているんだぞ。それだけではない。小田原で不覚を取れば、敵が韮山城に押し寄せるのは目に見えている。ここにいる五百人、韮山にいる五百人、合わせて一千人の命が兄者の手に委ねられている。女子供、年寄りを加えれば、その数はもっと増える。それなのに兄者は……」

「なぜ、今川の手を借りないのか、と言いたいのか？」

「そうだ。つまらぬ意地を張ることはない」

「意地を張っているわけではないが、どうしても今川の手を借りることはできぬのだ。将軍家と管領殿のお力添えで、わしは伊豆の守護に任じられている。実際に支配しているのは北伊豆だけに過ぎぬが、それでも守護は守護だ。堀越御所を攻めたとき、今川の手を借りた。御屋形さまが手を貸してくれなければ、茶々丸さまを追い払うことはできなかっただろう。あのときは自分だけで伊豆に攻め込む力はなかった。普通に考えれば、兵を貸した見返りに領地を寄越せと言ってくるのが当たり前なのに、御屋形さまはそんなことはおっしゃらなかった。なぜだと思う？」

「それは……血の繋がった身内でもあるし、御屋形さまが今川の家督を継ぐときに兄者が尽力したという恩義も感じていただろうから……」

「その通りだ」

宗瑞がうなずく。

「わしらが小鹿範満を討たねば、御屋形さまも姉上も駿河を逃げ出さねばならなかったはずだ。駿河に残れば、小鹿範満に殺されていただろうからな。御屋形さまと姉上は、それを感謝して、わしを興国寺城の主にして下さった」

「恩返ししてくれたわけだな」

「だからこそ、伊豆討ち入りにも手を貸してくれたのだし、それがうまくいった後、領地を寄越せとは言わなかったのだ」

「伊豆討ち入りに手を貸し、殿を伊豆の守護として認めたことで、ようやく小鹿範満を討ってもらった恩義を返した……そう御屋形さまが考えておられるということですか？」

紀之介が訊く。

「そう考えるべきであろうな」

「ということは……」

弥次郎が首を捻る。

「小田原攻めに手を借りれば、今度こそ見返りを要求されるということなのか？」

「見返りどころか、小田原を寄越せと言われても不思議はない。われらが五百、今川が二千、それで大森定頼を討ち、小田原城を落としたら、誰の力だと考える？」

「御屋形さまがそのような欲深いことをおっしゃるとは思えぬがのう」

弥次郎は納得できないという顔だ。

「たとえ御屋形さまにその気持ちがなくても、重臣どもが黙っておるまいよ。今川の目から見れば、わしは今川の家臣に過ぎぬのだ。それは、あながち間違ってはおらぬ。家臣に過ぎぬ者が伊豆の守護に成り上がり、今度は西相模にも手を出そうとしている。それを笑って許してくれるほど重臣どもはお人好しではないぞ」

「なるほど、今川の手を借りたつもりが、今川の小田原攻めに伊勢氏が手を貸しただけということになりかねない……そういうことですか」

紀之介がうなずく。

「これからは国と国として付き合っていかなければならないということだ。意地や見栄で今川の手を借りたくないと言っているわけではない。今川の属国になるのなら話は別だが、そうでないのなら自分たちで何とかしなければならないのだ。わかってくれるな、弥次郎？」

「兄者の考えはよくわかった。だが、話を戻すようだが、われら五百人だけで小田原城を落とすことができるのか？　いったいどんな謀を用いるつもりなのか教えてほしい」

「それは……」

宗瑞は一呼吸置いて、まだ言えぬ、と首を振る。

「なぜだ？　ここには四人しかいないんだぞ」

「ぎりぎりまで誰にも話さぬのがよいのだ」

「だが、何も知らないのでは済むまい。いつ教えてくれるんだ？」

「うむ……」

宗瑞が絵図面を広げる。富士山を中心に、駿河、甲斐、相模、伊豆が大雑把（おおざっぱ）に描かれている。

「わしらは、ここを通って、今はここにいる」

宗瑞は駿州街道を指で北に辿り、小笠原付近で指を止める。

「御屋形さまと今川勢は、この道を戻って駿河にお帰りになる。だが、わしらは、ここで御屋形さまと別れて、違う道を取る」

宗瑞の指が笛吹川に沿って北東に向かう。石和を過ぎて山岳地帯に入り、笹子峠を指す。そのまま街道を南に下って吉田を過ぎる。富士山をぐるりと遠巻きに半周した形だ。吉田の先で街道がふたつに分かれる。籠坂峠を越えて南に下れば、やがて伊豆に出る。三国峠を越えれば、その先には小田原がある。

街道の分岐点に指を置いて、

「ここに着いたら、わしの考えを話す」

「いつ出発する？」

「明日だ」

「わかった。明後日には、そこに着くだろう。それまでは何も訊かぬことにしよう。兄者を信じる」

弥次郎がうなずく。

三人が出て行くと、宗瑞は一人になった。

左手で額を押さえながら深い溜息をつく。ひどく深刻そうな顔をしている。

「謀か……」

と、つぶやいて、また溜息をつく。

(くよくよ悩んで、溜息ばかりついていても仕方がない……)

結跏趺坐の姿勢を取り、宗瑞が座禅を組む。

悩んだり迷ったり苦しんだりすると、座禅を組んで頭の中を真っ白にするのが若い頃からの宗瑞のやり方である。

半刻(一時間)ほど経った頃……。

「失礼いたします」

「紀之介か」

宗瑞がふーっと息を吐いて、顔を上げる。

「お邪魔でしょうか?」

「構わぬよ。坐るがいい」

「はい」

宗瑞と紀之介が向かい合って坐る。

「来るだろうと思っていた」

「先程、小田原城を謀で落とす、謀は殿の胸の内にあるとおっしゃいましたが、あれは嘘でございましょう?」

「うむ。謀など、まだ何も思いついておらぬ」

「しかし、小田原には向かうわけですな?」

「弥次郎の言うように、一度、韮山に戻ることも考えた。だが、それで今よりも有利になるわけではない。こちらの兵はいくらか増えるだろうが、時間が経てば定頼殿の兵も増えるのだ」

「確かに」

「今川の手を借りることも考えた。さっきは、ああいう言い方をしたが、本心では、かなり迷った。今でも迷っているくらいだ。今川の手を借りて定頼殿を討てば、今川が小田原を奪うかもしれぬ。しかし、それは悪いことなのか？」

「今川が三浦や山内上杉と対することになるわけですから、われらは南伊豆を征することに全力を傾けることができる。伊豆の守護という殿の立場は安泰になりましょう。悪い話には思えませぬが」

「そう、わしの代は安泰であろうな。わしも四十になる。人生五十年と考えれば、残る寿命はあと十年。その十年のことだけを考えれば、今川の手を借りるべきだろう。だが、それでいいのか？　わしは誰もが人として暮らしていける国を造りたいと願い、それを実践してきたつもりでいる。だからこそ、千代丸も厳しく躾けている。いずれ、わしの後を継いだとき、わがままで自分勝手な政をさせぬためだ」

「殿の築いた国を末永く繁栄させていくには、今川の手を借りることはできぬということですか？」

「今川が西相模をも領するほどの大国になれば、いずれ伊豆も飲み込まれてしまうであろうよ。姉上や御屋形さまがおられるうちは、そう理不尽なこともしないであろうが、今川とて、いつかは代替わりする。次の御屋形さまがどういう仕置きをするか、わしにはわからぬ」

「そこまで先を見据えてのことであれば、今川の手を借りるべきではないでしょう。何としても、われらだけで小田原城を落とすべきです。しかし、どう落とすのか、その謀を捻り出さねばなりませぬな。まともに攻めたのでは手も足も出ませぬ。戦では小田原城を落とすことはできますまい」

「そうだ。戦をしたのでは、こちらの負け。負けるとわかっている戦をするほど愚かなことはない。それ故、謀が必要なのだ」

宗瑞がうなずく。

「藤頼殿に仕えていた者たちを味方にしてはいかがですか？　戦に敗れて定頼殿に降ったとしても、心の中では面白く思っていない者もいるでしょう。そういう者たちを味方にして城の中から手引きをさせれば……」

「時間がない」

宗瑞が首を振る。

「それに定頼殿は阿呆ではない。藤頼殿に仕えていた者には目を光らせているはず。何か怪しい動きをすれば、すぐに知られてしまう」

「しかし……」

「試してみなければわからぬ、と言いたいのであろうな。確かに手引きする者がいれば、いろいろな策を立てることができる。深い堀や高い柵で頑丈に守られた城も、中に入り込んでしまえば、案外、たやすく落とすことができるものだからな。だが、わしは定頼殿に会ったことがある。抜け目のない男だ。藤頼殿とは違う。それくらいのことは定頼殿も承知して警戒しているであろうよ」

「では、やはり、われら五百人だけでやるしかないということでしょうか？」

「そうだ。五百人でやる」

「戦をせず、謀で小田原城を奪う。どのような謀を用いるのか、まだ殿も思いついておられぬが、吉田に着く明後日までには謀を捻り出す……そういうことでしょうか？」

「そういうことだな」

「念のために伺いますが……」

「何だ？」

「もし何も捻り出すことができなかったら、どうなさるおつもりですか？」

「そうよのう……」

宗瑞が小首を傾げる。

「三国峠ではなく、籠坂峠を越えて韮山に帰るしかないであろうよ。何の策もないまま小田原城を攻めようとは思わぬ」

紀之介が下がると、また宗瑞は座禅を組んだ。

頭の中から雑念を消し、真っ新な状態で思案したかったのだ。夜更けまで宗瑞は思案を重ねたが、妙案は思いつかなかった。

十三

翌朝、宗瑞は氏親に会い、駿州街道を戻るのではなく、石和から吉田方面に抜けて韮山に戻ることを告げた。

「なぜ、そのような大回りをなさるのですか？」

氏親の疑問は当然であった。

駿州街道を戻る方が距離も短くて済むし、道もほとんどが平坦だ。宗瑞の進もうとする道は険阻で、いくつもの峠を越えなければならない。

それに危険も伴う。

武田信縄と和睦したとはいえ、甲斐全域を信縄が支配しているわけではない。信縄が支配しているのは甲府盆地だけで、甲斐の東部は小山田氏の支配下にある。宗瑞は小山田氏の支配地域に足を踏み込むことになる。

今川氏も伊勢氏もこれまで小山田氏と衝突したことはないが、だからといって友好的というわけではない。何ら接点がなかったので没交渉だっただけである。小山田氏は甲斐の覇権を巡って武田氏と鋭く対立しており、その武田氏と和睦した今川氏と伊勢氏を敵と見なす可能性は大いにある。

今川軍と共に進むというのなら話は別だが、わずか五百の伊勢軍だけで進むのは危ないのではないか、と氏親は心配した。

「実は……」

大森氏の内紛に定頼が勝利したらしい、と宗瑞が説明を始める。

しかも、定頼は藤頼を倒すために、長く大森氏と敵対関係にあった山内上杉氏の力を借りた。三浦道寸も山内上杉氏に心を寄せているから、相模全域が山内上杉氏の影響下に置かれることになる。相模と国境を接する伊豆、駿河にとっては容易ならぬ事態である。

今現在、西相模がどういう状態なのか、できるだけ正確な情報を手に入れるために、敢えて遠回りして小田原の近くまで行ってみるつもりだ、と宗瑞は言う。

宗瑞の話に嘘はないが、内紛によって大森氏が弱体化した機に乗じて小田原城を奪い取るつもりでいることは氏親に話さなかった。隠した、という意識は宗瑞にはない。まだ何の策も思いついていないし、このまま思いつかなければ真っ直ぐ韮山に帰るつもりでいるからだ。

とは言え、今川の家臣であるという意識が骨の髄まで宗瑞に染み込んでいれば、何もかも包み隠さず氏親に話したであろうし、その上で氏親の指図を仰ごうとしたに違いない。それをせず、自分だけの考えで重大な決断を下そうとするのは、宗瑞の心の中では、今川の家臣である以上に伊豆の領主であるという自覚が濃厚だったせいであろう。

「ならば……」

せめて食糧と武器をたくさん持って行ってほしいと氏親は言い、和睦の証として武田信縄から差し出された食糧を過分なほどに分けてくれた。自分たちは駿河に帰るだけで、途中、危険な目に遭うこともないだろうからと武器も譲ってくれた。

「すぐに出発なさるのですか？」

氏親が訊く。

「そのつもりです」

「ならば、ここで見送らせていただきましょう。明日の朝、陣を引き払うことにします」

「……」

宗瑞は言葉を失った。氏親が何を考えているか、すぐにわかったのだ。わざと出発を遅らせ、万が一、宗瑞が危機に陥ったら助けようとするつもりなのだ。氏親と宗瑞が同時に陣を払って反対方向に進路を取れば、すぐに別行動だと見抜かれてしまうが、今川軍が動かず、宗瑞だけが石和方面に軍を進めれば、何らかの共同作戦だと解釈され、小山田氏も迂闊には手出ししないだろうという目論見だ。氏親が出発を一日遅らせてくれることで、宗瑞の軍勢はかなり安全になるのだ。

（何と、心優しき御方よ）

宗瑞と氏親が代替わりする、ずっと先のことまで見据えた上で、単独で小田原攻めを敢行しようとしているが、氏親が今川の主でいる間は、全力で氏親を支えなければならぬ、と宗瑞は己に言い聞かせる。

食糧と武器を受け取ると、直ちに宗瑞は陣払いして小笠原を出発した。

不案内な土地を進むので、用心の上にも用心を重ね、待ち伏せ攻撃を避けるために、できるだけ見晴らしのよい道を選び、複数の斥候を先発させて怪しい動きがないか探らせた。そのせいで行軍速度は遅く、この日は笹子峠の手前で宿営することにした。

「兄者」

弥次郎がやって来て、交代で不寝番を立てるつもりだが、何人くらい立てればよいか、と相談する。このあたり一帯も小山田氏の支配する土地なので、不測の事態に備え、不寝番を立てるべきだと弥次郎は判断したのだ。宗瑞も同じことを考えていたので、

「よく気が付いた」

と誉め、一刻（二時間）交代で六人ずつ不寝番に立たせよ、と命じる。

「たった一刻でいいのか？　おれは二刻交代で、と考えていたのだが」

「皆、疲れている。疲れているときに長い時間、見張りをさせると気が緩む。それでは、せっかく不寝番を立てても役に立たぬ。一刻くらいならば、たとえ疲れていても何とか気を張っていられる」

「わかった。そうしよう。明日の出発は？」

「日が昇ったら、弁当を用意させて、なるべく早く出発しよう」

「承知した」

弥次郎は立ち去ろうとして肩越しに振り返り、何か言いたそうな顔をした。

「まだ何かあるのか？」

「いや、大丈夫だ。何もない」

首を振って、弥次郎が去る。

その背中を、宗瑞がじっと見送る。弥次郎が何を言おうとしたのか察しがついている。小田原城を落とす謀を思いついたのか、と訊きたかったのに違いない。その問いかけを、ぐっと堪えて飲み込んだのは、明日、吉田を過ぎて街道の分岐点に差しかかったときに自分の考えを話すと宗瑞がゆうべ口にしたからだ。それまでは何も訊くまい、明日まで待とう、と弥次郎は問いかけを思い止まったのであろう。

（明日か……）

宗瑞は大きな溜息をつくと、腰を下ろして座禅を組む。いくら思案を重ねても、謀など何も思いつかない。心の中に迷いと焦りが満ちてくるだけだ。そんな状態ではどうにもならないので、座禅を組んで心を空にしようと考えたのである。

十四

翌朝早く、宗瑞は笹子峠を越えた。この峠を越えてしまえば、小山田氏に攻撃される心配はかなり減る。にもかかわらず、宗瑞が浮かない顔をしているのは、次第に吉田が近付き、街道の分岐点が迫ってくるからだ。謀を捻り出さなければならないのに依然として何も思いついていない。

のろのろ進んでも夕方には分岐点に到達する。そこで韮山に帰るか、それとも小田原に向かうか、宗瑞は決断しなければならない。

(やはり、韮山に帰るしかないのか……)

馬の背で揺られながら、宗瑞が渋い顔をする。

周囲を山々に囲まれた険しい道である。鳥や虫の声が喧(やかま)しいくらいに聞こえる。

「このあたりには、カッコウが多いようじゃのう」

「さっきからうるさいくらいに聞こえるわ」

「嫌な鳥じゃ、あれは」

周りにいる兵どもが雑談しながら歩いている。

「なぜ、カッコウが嫌いなのだ？」

何の気なしに宗瑞が訊く。

「自分の子を自分で育てようとせぬずるい鳥だからでございます」

「ふうむ、ずるいか……」

カッコウには「托卵（たくらん）」という習性がある。オオヨシキリ、ホオジロ、モズなどの巣に卵を産みつけるのだ。托卵された他の鳥たちは、孵化（ふか）した雛（ひな）を、わが子として育てる。

「カッコウがずるいというより、カッコウの雛をわが子と思い込んで勘違いして育てる他の鳥が阿呆なのじゃ。見た目も大きさもまるで違うではないか。なぜ、わが子と思い込んでしまうのか」

「阿呆だからじゃろう」

「われと同じか」

「ん？」

「留守の間に、かかが他の男と乳繰り合うて孕（はら）む。それも知らずに、他の男の種をわが子と思うて育てておるではないか」

「この、腐れ外道（げどう）！　何を抜かすか。わしのかかが誰と乳繰り合うたというのじゃ」

「そう興奮するな。ふざけただけではないか」

「ふざけたで済むか。許さぬ！」

からかわれた兵が今にも刀に手をかけようとする。

「馬鹿者、控えぬか！　殿のおそばであるぞ」

紀之介が馬を寄せて、兵どもを叱り飛ばす。宗瑞は兵に優しく、彼らが退屈しのぎに猥雑な軽口を飛ばしても叱ったりしない。それを知っているから、兵どもは宗瑞がそばにいるのに遠慮なく怒鳴り合いまでする。それを見かねて紀之介が叱ったのだ。

「殿、申し訳ございませぬ」

「……」

「殿？」

「カッコウだ、紀之介」

「は？」

「わしは、カッコウになる」

「それは、どういう……？」

紀之介が怪訝な顔になる。

「何をすればいいか、とうにわかっていた。難しく考えすぎていたのだ。先夜、わしが言ったことを覚えているか、『深い堀や高い柵で頑丈に守られた城も、中に入り込んでしまえば、案外、たやすく落とすことができる』と」

「覚えております。城の中に内通する者がいて、われらを手引きしてくれれば何とかできるのではないか……わたしは、そう考えましたが、定頼殿は抜け目のない男だから、それくらいのことは警戒しているであろうと殿はおっしゃいました」

「そうだ。定頼殿は愚かではない。藤頼殿に仕えていた者たちの動きには目を光らせているであろう。内通する者を見付けるのは容易ではない」

「では、どうやって？」

「言ったではないか。わしがカッコウになるのだ」

宗瑞がにやりと笑う。

その夜、街道が分岐する手前の平坦地で宿営することにした。飯を食い終わると、宗瑞は、弥次郎、紀之介、門都普の三人を呼んだ。

「明日、小田原に向かう」

宗瑞が言うと、三人の表情が引き締まる。

「手順は、こうだ……」

まず、夜が明けたらすぐに小田原城に使者を発し、宗瑞の手紙を届けさせる。定頼が大森氏の主になったことを祝すと共に、末永く誼（よしみ）を結ぶために同盟を結びたいという内容だ。伊豆の守護に任じられているものの、いまだ南伊豆の豪族たちは宗瑞に従おうとしない。大森氏と同盟を結ぶことで背後を固め、伊豆統一に全力を傾けたい、というのが同盟を希望する理由だ。自分は甲斐から韮山に戻る途中だが、定頼殿が承知して下さるのであれば、小田原に寄って直に祝いの言葉を伝えたいし、同盟についても話し合いたい、というのだ。

「恐らく、定頼殿は承知してくれるであろう。向こうにとっては何の損もない話だ」

「そう簡単に五百人の軍勢を城に迎え入れてくれるだろうか……」

弥次郎が首を捻る。

「誰が五百人で行くと言った？　城に行くのは、わしだけだ。貢ぎ物を運ぶ者を何人か連れて行くことになるだろうがな。せいぜい、十人というところか」

「おいおい、ちょっと待ってくれ。たった十人で小田原城に乗り込むというのか？」

弥次郎が驚いたように言う。紀之介も、

「危ない気がします。定頼殿が悪心を起こし、殿のお命を奪って伊豆を手に入れようと企むかもしれませぬぞ」

「そうかもしれぬが、虎穴に入らずんば虎子を得ず、と言うではないか。わずかな手勢で小田原城を落とそうというのだ。そうそう、うまい話はない。危ない橋を渡らねば、川を渡ることができぬこともある。相手の懐に飛び込まねば、カッコウにはなれぬ」

「カッコウ？　それは何のことだ」

弥次郎が訊く。

「そう慌てるな。すでに頭の中に策がある。ゆっくり説明しよう……」

宗瑞は門都普に顔を向ける。

「頼みがある。ある意味で、小田原城を奪えるかどうかは、それにかかっている」

「何でも言ってくれ。わしにできることであれば、何でもする」

「ありがたい言葉だ。わしの頼みとは……」

宗瑞が大きく息を吐く。

「わしを殺してほしいのだ」

「は？」

門都普がぎょっとしたような顔で宗瑞を見つめる。

「兄者、何を馬鹿なことを言っている」

「殿……」

弥次郎と紀之介も怪訝な顔だ。

「ふざけているのではない。門都普にわしを殺してもらわねば、小田原城を奪えぬのだ」

宗瑞は真剣な顔で言う。ふざけているのではない、と三人にも伝わった。

十五

街道はふたつに枝分かれしている。

籠坂峠を越えて南に下っていけば、韮山に帰ることができる。三国峠を越えて東に向かえば、その道は小田原に続いている。どちらの道を選ぶか、宗瑞は迷ったが、ついに決断し、三国峠を越えることにした。

新たに大森氏の主となった定頼に同盟を提案するというのが小田原に向かう表向きの理由だが、本心では小田原を奪ってやろうと考えている。

早馬で使者を小田原に走らせ、それを追うように宗瑞も小田原に行くつもりでいたが、定頼の了解を得ずに大森氏の支配地に軍を入れるのはまずいと考え直し、三国峠の麓で使者の帰りを待つことにした。

「おまえは先に行くのだ」

宗瑞が門都普に命じたのは、小田原城を手に入れた後にしなければならないことの下準備である。

宗瑞には苦い教訓がある。

伊豆討ち入りに成功した直後、堀越御所を豪族たちに包囲され、絶体絶命の危機に陥ったことだ。いかにして堀越御所を攻めるか、いかにして茶々丸を討ち取るか、そのことばかりを考え、しかも、成功の可能性が低かったこともあり、成功した後、いかにして伊豆を治めていくかということまで頭が回らなかった。そのせいで、豪族たちが攻めかかってきたとき、何の備えもできていなかった。宗瑞の支配を望む農民たちが堀越御所に駆けつけるという奇跡のような出来事がなければ、宗瑞の命はなかったであろう。

同じ失敗を繰り返すつもりはない。今度は先の先まで見据えて行動するつもりでいる。門都普を小田原に先行させ、五平や六蔵など風間村の者たちを総動員して農民への工作活動をさせる計画なのだ。西相模の農民は重い年貢に苦しんでいるから、宗瑞の領地ではどれほど年貢が安いかを宣伝すれば、農民は宗瑞の支配を望むようになり、小田原城を奪ってから円滑に支配が進むはずであった。

小田原で何をしてほしいか、宗瑞が事細かに門都普に指図する。ふと門都普の表情が冴えないことに気が付き、

「どうした、具合でも悪いのか?」

「いや、そうではないが……」

「何か言いたいことがあるのなら遠慮はいらぬぞ」

「ならば、言おう。本当に成功すると思っているのか?」

「もちろんだ」

「わしの目には、実に危なっかしく見える。新九郎がやろうとしているのは、目を瞑(つむ)って、針の穴に糸を通すようなことだぞ」

「わかっている。しかし……」

「やらねばならぬと考えた理由はわかる。虎穴に入らずんば虎子を得ず、という覚悟もわかる。だが、虎が牙をむいて待ち構えている穴に入るのは命を捨てるようなものではない

のか？　カッコウになると言ったが、わしの心には、虎に食い殺されるカッコウの姿が思い浮かんで仕方がない」

「十中八九は小田原城で殺されるのに、その先のことまで念入りに考えても仕方がないと言いたいわけだな？」

「そんなことを言わせないでくれ」

「カッコウの雛は他の鳥に育てられるが、その鳥の雛が先に孵れば、カッコウの卵は巣から落とされてしまう。カッコウの雛ではないと見抜かれれば殺されてしまう。カッコウの雛ですら命懸けなのだ。楽に生きているわけではない。この戦国の世で、自分が夢見る国を造ろうと思えば、時には危ない橋も渡らねばならぬ。目を瞑って、針の穴に糸を通すのと同じだと言うが、自分の手に針と糸があり、糸を通すべき穴があるのなら、わしにはそれで十分だ。御屋形さまから興国寺城を預かるまで、わしは針も糸も持っていなかったのだからな。違うか？」

「それは、こじつけだ」

門都普が顔を顰める。

「かもしれぬ。だが、もう決めてしまったのだ。何事かを為そうというとき、最も悪いのはいつまでも迷うことだ。やると決めたら迷ってはならぬ」

「……」

宗瑞の決意を翻すのは不可能だと悟り、門都普が小さな溜息をつく。

門都普が出発して半日後、入れ替わりに使者が小田原から帰ってきた。同盟締結についての話し合いを歓迎するという定頼の返事を携えていた。

翌朝、宗瑞は兵を率いて三国峠を越え、小田原に向かった。小山を過ぎ、足柄峠に差しかかったとき、定頼からの使者に出会った。宗瑞の軍勢が宿営する場所を指示するためにやって来たのである。それは小田原城から一里（約四キロ）ほど北、酒匂川沿いの平地だ。

その日のうちに足柄峠を越え、指定された土地で宿営することにした。兵たちが晩飯の支度をしているところに、定頼から荷物が届けられた。酒や魚、米などが荷車に積まれて運ばれてきたのだ。宗瑞を歓迎するという意思表示なのだろう、と弥次郎や紀之介は思った。

ところが、荷物を宰領してきた武士の言葉を聞いて二人は顔色を変えた。

「明日の朝、城に来ていただきたいと主が申しております。従う供は二人だけでお願いいたします」

というのである。

「承知した、と伝えてくれ。お心遣いにも深く感謝している、とな」

大森家の武士たちが帰るや、早速、弥次郎が宗瑞に詰め寄る。

「定頼め、兄者を殺す魂胆に違いないぞ」

「供を二人しか連れてくるなと言ってきたからか？」

「そうだ」

「よいではないか。気にするな。どっちみち、わしも大人数で行くつもりなど最初からなかった。相手を警戒させてしまうからな」

「こっちがそう決めるのと、向こうがそうしろと命ずるのとでは話が違う。兄者を兵から引き離して城に誘い込み、命を奪うつもりなんだ。水の便がいいとか言って、こんなに城から離れた土地で宿営させて……。これでは、いざというときに城に駆けつけることもできぬ」

「弥次郎、何度も言わせるな。わしはカッコウになると説明したではないか」

「わからないのは兄者の方だぞ。紀之介、おまえは、どう思う？　相手の言いなりになって、兄者を城に行かせてもいいと思うか？」

「さすがにこれは危ない気がいたします」

紀之介の表情も険しい。

「この期に及んで二人とも何を言い出すのだ」

「何度でも言うさ。命はひとつしかないのだから、大切にしなければならない。そうだろう？　今からでも遅くない。ここから韮山に帰ろう。定頼殿が軍勢を率いて追いすがってくるのなら、そのときは一戦交えればいい」

弥次郎は何とか宗瑞を説得しようとする。必死の思いが顔に滲み出ている。

「おまえの言う通り、恐らく定頼殿は手ぐすね引いて待ち構えているのであろう。それを裏返して考えれば、まさか自分が罠にかけられるとは夢にも思っていないということだ。それこそ謀の要なのだ。警戒している相手に謀は通用せぬ。つまり、今こそ定頼殿を罠にかける千載一遇の好機なのだ」

「定頼殿のことを言っているのではない。兄者の命について話している。謀が成功するかどうか、わしにはわからぬ。しかし、謀のために兄者の命を危険にさらすのは間違っていると思う」

「何もしないでいれば、いずれ力を蓄えて定頼殿が伊豆に攻め込んでくる。山内上杉氏も手を貸すであろうし、茶々丸さまも呼応して兵を挙げるに違いない。そうなってからでは……」

「今川の手を借りればよい」

「それも話したはずだ。今後、今川の手を借りることはない。なぜなら……」

「兄者と御屋形さまが代替わりすれば、伊勢の支配地を今川に奪われる。小田原攻めに今川の手を借りれば、たとえ定頼殿を討っても今川が小田原を支配することになる……そう言いたいのだろう」

「そこまでわかっているのなら、なぜ、この期に及んで反対するのだ？」

「兄者はまだ生きているからだ。死んでしまっては止めようもないではないか」

「弥次郎……」

「兄者は身の程を知らない。われらだけでは大森氏や山内上杉氏にかなわないのなら、今川の手を借りればいい。今川の家臣のままでよいではないか。今川が小田原を支配してもよい。伊豆を支配できれば、それで十分ではないのか。なぜ、無理して背伸びをする必要がある？」

「己の欲のために支配地を広げたいわけではない。一人でも多くの者を救いたいのだ」

「今だって、やっているではないか。なぜ、それで満足できぬのだ？　兄者の言うことは立派だが、あまりにも浮き世離れしている。この世には苦しんでいる者が無数にいる。それらの者たちをすべて救うには、兄者が将軍になって幕府を開くしかないぞ。そんな夢を見ているのか？」

「馬鹿なことを言うな。そんなことは考えていない。自分の足許を見つめて、支配地を少しずつ広げていきたいだけだ。そして、わしがやっていることを、わしの子や孫にも引き継いでほしい。今のままでは駄目だ。わしが死ねば、これまで築き上げてきたものが崩れ去ってしまうからな」

「仕方ないではないか。兄者だからできたのだ。他の誰にも真似などできない。わしにはわからぬ……。子や孫にも引き継いでほしいと言うが、明日、兄者が定頼殿に殺されれば、わしらは伊豆を失ってしまうではないか」

弥次郎が溜息をつく。

「もうやめよう。同じことの繰り返しだ。今はわかってもらえないかもしれないが、いつか、わしの気持ちがわかるはずだ。自分や自分の身内の幸せだけを考えればいいのなら、わしも自分の命を危険にさらすような真似はしない。しかし、自分のことだけを考えていたのでは、この世は少しもよくならない。他の者の幸せも考えなければならぬのだ」

「なぜ、兄者がそこまでする必要がある？」

「それはな……」

宗瑞は、ふーっと大きく息を吐くと、

「誰もそうしようとしないからだ。誰もしないから、わしがするしかない。この世には不幸が満ちている。その不幸をなくそうと努めなければ、いつまでも不幸はなくならぬ。自分には関わりがないからと顔を背けていては何も変わらぬ。わしは己の信念に従って生きている。自分の信じた道を真っ直ぐに進むだけのことだ。今までもそうだったし、これからもそうする。たとえ命を落とすことになろうとも、わしは後悔しないだろう」

「……」

弥次郎は返す言葉もなく、呆然と宗瑞を見つめる。

その二人の傍らで、紀之介も黙りこくっている。兄弟が本音をぶつけ合う迫力に圧倒され、言葉を発することなどできなかったのである。

十六

翌朝、宗瑞は荷物持ちの小者を二人連れて小田原城に向かった。門都普を連れて行きたかったが、まだ戻ってこない。五平や六蔵たちと小田原城を奪った後の根回しに奔走しているのに違いなかった。

米や酒、銭など、定頼が大森の家督を継いだことを祝う品を十人ほどの兵に運ばせたが、城の中までは入らず、城門の前で大森の兵に引き渡した。兵どもは、そこから宿営地に帰った。城に入ったのは宗瑞と小者二人だけである。

控えの間に案内されると、小者に手伝わせて着替える。しばらくすると、大森の武士が宗瑞を呼びに来る。小者を残して、宗瑞一人が腰を上げる。その武士に先導されて、宗瑞が廊下を渡っていく。

ふと、

（ここで死ぬかもしれぬな）

と、宗瑞は思った。

廊下に面していくつもの小部屋が並んでいる。そこから刺客が飛び出して斬りかかってきたら、宗瑞一人では防ぎようもない。膾（なます）のように切り刻まれてしまうであろう。そんなことを考えても、不思議なほど心の中は平穏だった。自分が死ぬ姿を客観的に想像できるほど今の宗瑞は腹が据わっている。

「どうぞ」

案内の武士が廊下に膝をつき、宗瑞を大広間に招じ入れる。宗瑞が足を踏み入れると、上座の一段高くなったところに定頼が坐り、その左右に定頼の重臣たちが居流れていた。重臣たちが宗瑞に向ける視線は友好的とは言えない。誰もが険しい目をしており、殺気すら感じられる。一人定頼だけが機嫌よさそうに宗瑞に笑顔を向けている。

「宗瑞殿、よう来られましたな。お懐かしや」

去年の九月、宗瑞は小田原で定頼に会っている。

そのときも油断のならない悪人面をしていたが、叔父の藤頼を殺して大森氏の主となった今、一年前よりも更に脂ぎって嫌な顔になっている。

(藤頼だけでなく、多くの身内を血祭りに上げたという。人の道に外れたことをすると、こういう顔になってしまうのか……)

内心、宗瑞は驚いている。もっとも、その驚きを素直に表に出すほど宗瑞も初ではない。何食わぬ顔で畏まっている。

「定頼殿もお元気そうでございますな。またお目にかかることができて嬉しく思います。このたびは大森の家督を継ぐことになったと聞き、ひと言、お祝いを申し上げたいと思うて参上いたしました」

「まさか皮肉ではありますまいな？」

定頼が目を細めて宗瑞を見つめる。

「なぜでございますか？」

「別に隠すことでもないが、わしは実の叔父を殺して家督を奪い取ったのです。宗瑞殿も叔父をご存じであろう」

「なるほど、定頼殿は叔父殺しでございましたな」

ははは、と宗瑞が笑う。

重臣たちが一斉に気色（けしき）ばむ。大広間に濃厚な殺気が満ちてくる。

「しかし、お忘れでございますかな。わたしなど堀越公方さまの命を狙い、伊豆を奪い取った男でございますぞ。世間の者どもから大悪人と呼ばれております。しかも、公方さまを殺し損ねたせいで、窮しておりますわ」

「おお、そうであった。宗瑞殿は、わしの上を行く大悪人であった。身内の命を奪う者はそう珍しくもないが、公方さまを殺そうとする者は滅多にいるものではない。わしも宗瑞殿以外に知らぬ」

定頼が愉快そうに笑う。

重臣たちの間からも笑いが洩れる。

わずかながら座が和む。

「ところで、武田との戦はいかがでござった?」

「どうもこうも……」

宗瑞が大袈裟に首を振りながら溜息をつく。

「あれは当家には何の関わりもない争いでござる。今川と武田の争いに駆り出されただけのことで、何の得にもなりませぬ。得にならぬどころか、今は自分の尻に火がついていて、とても他国に兵を出す余裕などありませぬ。とはいえ……」

「とはいえ、今川には逆らえぬ、ということですかな?」

「さよう」

宗瑞がうなずく。

「甲斐に兵を出した見返りに、伊豆にも兵を進めてくれれば、狩野と手を組んでいる茶々丸さまを討つこともできましょうが、残念ながら、当家の頼み事には容易に首を振ってくれぬのです」

「いいように使われるだけで何の助けにもならぬのでは宗瑞殿も腹に据えかねるでしょう。その気持ちはわからぬでもない。だからといって、わしと盟約を結ぼうとは、随分、思い切ったことを考えたものですな。今川と手を切るということではありませんか。下手をすると今川が攻めてきますぞ」

「だからこそ、大森家と盟約を結びたい。それだけではない。できれば東相模の三浦家とも手を握りたいし、山内上杉家にも口利きをお願いしたいのです」

「何と、今川だけでなく扇谷上杉まで見限ると言われるのか？」

「それほど驚くことでしょうか。定頼殿も山内上杉の力を借りたではありませんか。大森家と言えば、長きにわたって扇谷上杉を支えてきた名家中の名家。その大森家ですら、今では山内上杉に誼（よしみ）を通じている。それが時代の流れというものではありますまいか。わたしは去年の十月、扇谷上杉の御屋形さまが敵に不覚を取って討ち取られるのを間近で見ました。あれ以来、扇谷上杉はすっかり落ち目になってしまいました。軍配者の星雅殿ですら見切りを付けて暇乞いしたほどですから、わたしが見限ったとしても不思議はありますまい」

「そう言われると、確かにそうかもしれませぬ。しかし、ひとつ忘れていることがあるようですな」

「何でしょうか？」

「伊豆は元々、山内上杉家が守護を務めていた国だということです。堀越の公方さまに支配を委ねていたのは形ばかりのことに過ぎなかった。山内上杉の御屋形さまは、伊豆を奪った宗瑞殿に腹を立てておりますぞ。伊豆を返せと命じられたら、どうなさる？」

「それは困りますな。そうならぬように定頼殿に取りなしていただきたいのです」

「わしに骨を折れとおっしゃるか。して、わしにはどのような得があるのですかな?」

「実の兄の如くに定頼殿を支えましょう」

「それも悪くはないが……。いっそ、この場で宗瑞殿を討ち取って、伊豆をわがものとする方がよいのではなかろうか?」

冗談めかした口振りだが、定頼の目は笑っていない。またもや大広間に殺気が満ちる。

「さて、わたしを殺すことが定頼殿にとって得かどうか、わかりませぬぞ」

「なぜですかな?」

「伊豆の守護に任じられているとはいえ、わたしが支配しているのは伊豆の北だけです。南の豪族どもは茶々丸さまに従っております。わたしが死ねば、茶々丸さまは軍勢を催して韮山を攻めるでしょう。山内上杉家も、元々は茶々丸さまの伊豆支配を許していたのですから、それが元に戻るだけのこと。定頼殿が伊豆を手に入れられるとは思えませぬな。たとえ伊豆に兵を入れたとしても、茶々丸さまは気性の激しい御方故、定頼殿に戦いを挑むでしょう。そのとき山内上杉家は、どちらの肩を持つでしょうか?」

「山内上杉がわしの伊豆支配を許さぬのなら、宗瑞殿の伊豆支配も許すまい。違いますかな?」

「定頼殿とわたしには、ひとつだけ大きな違いがあるのです」

「それは?」

「わたしは都にいる将軍さまとも管領殿とも昵懇の間柄だということです。わたしが伊豆の守護でいる限り、幕府と揉めることはありませぬ」

「ふうむ、わしが伊豆を支配しようとすれば、幕府に後押しされた今川あたりが攻めて来るということか……」

「たとえ今川と手切れになったとしても、今川の御屋形さまは、わたしの甥で、御屋形さまの母は、わたしの姉です。その情にすがれば、すぐに合戦沙汰になるとは思えませぬ」

「なるほどのう……。最初、宗瑞殿がわしと盟約を結びたいと言ってきたときは、何を馬鹿なことを言うのか、何か悪巧みでもしているのではないか、と思ったが、こうして直に話を聞いてみると、そういうやり方も悪くないという気がしてきた……」

定頼が何事か思案するように視線を宙に泳がせる。

不意に、

「宗瑞殿は碁を打たれるか？」

と訊く。

「嗜み程度ではありますが」

「ならば、一局、お付き合い願いたい」

「喜んで」

十七

宗瑞と定頼は大広間から場所を移して碁盤を囲んだ。中庭に面した八畳ほどの部屋で、定頼の私室である。

大広間に招じ入れられたときの重臣たちの殺気立った様子から、

（どこかで殺すつもりだったのであろうな）

と、宗瑞には察せられる。

宗瑞の持ちかけた伊勢氏と大森氏が同盟を結ぶ話など、まともに相手にするつもりはなく、飛んで火に入る夏の虫、とばかりに宗瑞を亡き者にしようと企んでいたのに違いなかった。

しかし、宗瑞と話をしているうちに定頼の心に迷いが出てきた。現実離れしていると思っていた同盟の一件が、案外、大森氏にとって悪い提案ではないような気がしてきたのだ。

だから、場所を替えて、もう少し宗瑞と話をするつもりになったのであろう。

この部屋にいるのは二人だけだが、隣の部屋には定頼の小姓（こしょう）たちが控えており、何かあれば、すぐに飛び込んでくる。依然として宗瑞が危険な立場にいることに変わりはない。定頼の胸ひとつで宗瑞の命はないのだ。

「まずは一献（いっこん）」

定頼が徳利を差し出す。

「いただきまする」

宗瑞が両手で盃を持つ。

それに酒を注ぐと、定頼は自分の盃にも注ぐ。

「改めて……ようこそ小田原においでになった」

定頼が盃を持ち上げる。すぐには口にせず、じっと宗瑞を見つめる。

「毒でも入っているのではないかと心配ですかな?」

「いいえ」

宗瑞が盃を飲み干す。それを見て、定頼はにやりと笑い、自分も盃に口をつける。

酒を注ぎ足しながら、

「碁は得意ではないのです。しかし、こうでもしなければ、間近で二人だけで話すこともできませぬのでなあ」

定頼が言う。

「本音で語ろうではありませんか。なぜ、今川と手を切ってまで、わしと盟約を結ぼうとするのですかな?」

「それは……」

宗瑞が小首を傾げる。

「恐らく、定頼殿が藤頼殿を討ったのと同じ理由ではないでしょうか」

「わしと同じ理由？　わかりませぬな」

「なぜ、藤頼殿を討ったのですか？」

「元々はわしこそが大森家の嫡流。父が早くに亡くなったりしなければ、父が祖父の後を継いでいたでしょうから叔父が家督を継ぐことはなかった。しかし、それだけではないな。もし叔父が気骨のある男で、大森家を力強く引っ張っていけると思えば、わしは叔父のために家臣として汗を流すことを厭わなかったかもしれない。叔父は、そういう男ではなかった。宗瑞殿もご存じであろう。叔父は柔弱で、政や戦をするよりも、酒を飲み、歌舞音曲を楽しみ、女の尻を追いかけるのが好きという男だった。そんな叔父の姿を見て、わしならば、もっとうまくやれる、もっと大森家を盛り立てることができる、という気持ちになったのです」

「今は弱肉強食の時代……国が弱くなれば、それを狙う者が出て来る。定頼殿の気持ちは、よくわかります」

「さよう。強くなければ生きていくことができぬ。家が滅び、国を奪われてしまう。たとえ叔父が頼りなくても、扇谷上杉氏が後ろ盾になっていれば、わしもすぐに兵を挙げようとは考えなかったかもしれぬ。荒川の戦いですべてが変わった」

「おっしゃる通りです。御屋形さまが敵に討ち取られてしまい、一夜にして扇谷上杉氏と山内上杉氏の立場が入れ替わってしまいました。山内上杉氏は追い込まれ、降伏するか滅びるかという瀬戸際だったのに、御屋形さまの死で息を吹き返した。今では扇谷上杉氏が追い込まれております」

「扇谷上杉氏は自分のことで手一杯、扇谷上杉氏の後ろ盾がなくても叔父は大森家を守っていけるのか……そう考えると、居ても立っても居られなくなったのです。叔父が主でいたのでは、大森家は衰えていき、やがて、誰かに滅ぼされることになる。そうなってからでは遅い。それ故、兵を挙げ、叔父を討ち取りました。わしが支配する方が大森家は栄えるだろうと信じたからです。叔父と戦うに当たって、三浦道寸の手を借りましたが、山内上杉氏の力を借りる必要はなかった。兵を借りることで、敢えて、借りを作ったのですよ。わしを恩扇谷上杉氏から山内上杉氏に乗り換えるには、そうする必要があったからです。知らずという者も多い。それは承知しています。しかし、大森家が生き残るには、そうしなければならなかった」

「よくわかります。きれい事を口にするだけでは家や国を守っていくことなどできませぬからなあ。衰えていくばかりの扇谷上杉氏を頼ったのでは共倒れになりかねない。それを避けるために、力のある山内上杉氏を頼る……何も間違ってはおりませぬ」

「そこで盟約の話に戻るのだが……。今ひとつわからぬのは、なぜ、今川と手を切らねばならぬのか、ということです。今川は強国ではないか。しかも、宗瑞殿との縁も深い。これほど頼りになる国はありますまい。今川が後ろ盾になっていれば、わしはもちろんのこと、山内上杉氏とて、そう簡単に伊豆に手出しなどできぬ。それなのに、なぜ……？」

「今川の御屋形さまは、まだ二十五の若さ。先代から仕えている重臣どもを抑えることができず、家中をしっかりまとめているとは言えぬのです。あれでは今川の先行きが心配になります。まだ跡継ぎすら生まれておらず、いつ家督を巡る争いが起こっても不思議ではありません。そんなことになったら、とても伊豆に構っている余裕などないでしょう」

「ほう、それほど先のことまで憂えておられるのか……」

「わたしの長男は、まだ九つです。伊勢氏の家督を継ぐのは何年も先のことになるとはいえ、親とすれば、十年先に息子が頼りにできるのは、どこか、それを考えてやらねばならぬのです」

「なるほど、十年先を考えると、今川よりは山内上杉氏を頼った方がいいというお考えなのですな？」

「定頼殿と盟約を結ぶことになれば、自然に扇谷上杉氏や今川氏とは手切れということになります。定頼殿が口利きして下されば、山内上杉氏もわたしを味方だと考えてくれるのではないでしょうか」

「まあ、確かに、わたしが口利きをすれば、そうなるでしょうな……」

満更（まんざら）でもなさそうな顔で定頼が大きくうなずく。

定頼は扇谷上杉氏を見限って山内上杉氏に誼を通じたが、大森氏が長きにわたって扇谷上杉氏を支え、山内上杉氏に敵対してきたことは隠しようのない事実である。言うなれば新参者であり、古くから山内上杉氏に仕えてきた豪族たちの中には、

（本当にこちらの味方になるつもりなのか？　藤頼殿から家督を奪うために利用しただけで、本心は別にあるのではないのか）

という疑いの目を定頼に向ける者も多い。

定頼としては肩身が狭いのである。

荒川の戦いで扇谷上杉氏の主・定正が戦死して以来、武蔵や上野などでは山内上杉氏が破竹の勢いで扇谷上杉氏を圧倒しており、遠からず関東の覇権を握るのは間違いないと見られている。

関東を制すれば、次は西に目を向けることになる。東相模の三浦道寸、西相模の大森定頼が味方になったので、今や相模も山内上杉氏の勢力圏となった。そこに伊豆の守護・伊勢宗瑞が味方になれば、駿河侵攻が現実のものになる。

「伊勢宗瑞を味方にしました故、駿河に攻め込むときは、それがしと宗瑞が先鋒を務めまする」

ということになれば、定頼の大きな手柄になる。

実は、宗瑞が大広間に入ってきたら、折を見て討ち果たす計画になっていた。

しかし、宗瑞と話しているうちに、もう少し話を聞いてみようという気になり、囲碁に誘った。

(宗瑞と盟約を結ぶというのは、そう悪い話ではないかもしれぬな……)

定頼は、そんな気持ちに傾いてきた。

とはいえ、軽々に結論を出せることではない。

長い目で見れば、宗瑞と盟約を結べば利が多いものの、今すぐにどうこうという話ではない。

だが、ここで宗瑞を殺せば、一気に韮山に攻め込むことができる。労せずして北伊豆が手に入るのだ。南伊豆の豪族たちを従えて宗瑞に敵対している茶々丸との関係をどうするかが厄介だが、それはまた先の話である。

(どちらがよいか……)

ふたつの選択肢を天秤(てんびん)にかけるが、どちらにも旨味がありそうな気がする。すぐには決められないので、今夜一晩、じっくり考えようと定頼は思った。

宗瑞には城に泊まるように勧めた。宗瑞のために宴を催すというのだ。

もちろん、宗瑞に否応はない。たとえ嫌だと言っても、定頼は宗瑞を城から出すつもりはないとわかっている。盟約を結ぶより、北伊豆を奪う方がいいと判断すれば、即座に宗瑞を殺すつもりなのだ。

（それでいい……）

予想していたことだし、カッコウになるという策を思いついたときから覚悟していたことでもある。

小田原城では定頼が宗瑞を殺そうとして手ぐすね引いて待ち構えている。その殺意をいかにしてそらし、定頼の心に迷いを生じさせるか……宗瑞は、そのことに心を砕いた。あっさり殺されてしまったのでは元も子もない。まずは生き延びることが肝心なのだ。うまい具合に定頼を迷わせれば、恐らく、宗瑞を城から出さず、城に足止めして思案を重ねるに違いない……それもまた予想の範囲内である。

そうなるであろうという前提で、宗瑞は小田原城を奪い取る計画を練ったのだ。

その夜……。

定頼が宗瑞のために宴を催した。

こぢんまりした宴で、出席した重臣の数も多くはない。宗瑞を軽んじたわけではなく、定頼の気配りであった。宗瑞が城に連れてきたのは小者二人に過ぎず、宴に出たのは宗瑞一人だ。それなのに定頼の方ばかり多くの人数を出席させたのでは宗瑞も息が詰まって居心地が悪かろう、と配慮したのである。その気持ちは宗瑞にも伝わり、

（どうやら今夜は殺さぬつもりらしい）

と察した。

殺すと決めたのであれば宗瑞に気配りする必要などない。殺すのではなく、将来を見据えて盟約を結ぶことになれば、宗瑞は大切な盟友である。盟友ならば、心を込めてもてなさねばならない。

定頼の心に迷いがあり、どちらとも決めかねているから、とりあえずは賓客としてもてなすことにしたのに違いない。とすれば、明日の朝、定頼の心がどう動いているかはわからないにしても、今夜のところは宗瑞の命も無事であろう。

(これでまたひとつ難所を越えた……)

だが、宗瑞は気持ちを緩めなかった。

本当の難所は、この先に待ち構えているのだ。ここまでは、まだ序の口に過ぎない。

定頼は終始、上機嫌だった。酔うにつれて饒舌になり、藤頼の代になってから、いかに自分が冷遇されていたか、藤頼の愚かな振る舞いから目を背けるのがどれほど辛かったか、藤頼を討ったのは、そうしなければ家臣たちが不幸になるばかりで、西相模の支配地を守っていくことすら危ういと判断したからだ……それらのことを滔々と語った。

宗瑞は真剣な表情で定頼の言葉に耳を傾け、

「それが道理でござる」

と何度もうなずいた。そうしながら、心の中では、

(実の叔父を討ち果たしたことに後ろめたさを感じているらしいな)

と見抜き、案外、気の弱いところがあるのだな、と意外な一面を発見した気がする。

（賢すぎるのだ）

そうも思う。

扇谷上杉氏の求めに応じて武蔵に向かうと見せかけながら、途中で進路を変じて三浦道寸が家督を奪う加勢をしたり、藤頼を倒すと決めてからも、すぐには動かずに、じわりじわりと外堀を埋めるようなやり方で藤頼を圧迫し、三浦氏や山内上杉氏と周到に打ち合わせた上で兵を挙げる……それが定頼のやり方だ。一見すると綿密で隙がないように見えるが、宗瑞には、あまりにも定頼が策を弄しすぎるように思われる。策を弄しすぎると、己が策に縛られて身動きが取れなくなってしまいがちだ、というのが宗瑞の考えだ。

定頼ほどの男ならば、祖父の氏頼が亡くなったとき速やかに兵を挙げ、力尽くで大森氏の家督を奪うことも不可能ではなかったはずだ。それをしなかったのは氏頼の遺言に素直に従ったからであろうし、その遺言に背くことに罪悪感を覚えたから、なかなか挙兵に踏み切らなかったのであろう。

そして、藤頼から家督を奪い取り、小田原城の主となった今でも実の叔父を殺したことに恐れおののいている。だからこそ、自分のしたことは正しかったのだ、とくどくど弁解したりする。

もっとも、定頼がそういう性格だから宗瑞の首も繋がっている。定頼が直情径行型の単純な阿呆であれば、宗瑞が城に入ったときに殺したはずだ。策士だからこそ、定頼は、宗瑞を殺して得られる利と、宗瑞と盟約を結ぶ利を天秤にかけて迷っている。

「宗瑞殿は、お強いのう。羨ましい」

定頼が笑う。同じように酒を飲んでいるのに、定頼の顔は茹で蛸のように真っ赤で、宗瑞は素面のように見える。

(当たり前ではないか)

そう叫びたいのを、ぐっと宗瑞は堪える。

定頼の気分次第で宗瑞は命がなくなるのだ。いくら盃を重ねても、まるで水を飲んでいるかのように、まったく酔いを感じない。

しかも、この後に最も重要な仕事が待っている。

その成否で宗瑞の運命が決まるのだ。いくら酒を飲もうが酔えるはずがなかった。

「甲斐に陣を布いている間は、いつ敵に奇襲されるかもしれぬと警戒して一滴も酒を飲みませんでした。このようなうまい酒を飲むのは、久し振りなのです。実に、うまい。しかし、どうも甲斐を引き揚げる頃から体の具合が悪くなっているようなのです」

「ほう、それは心配ですな」

「慣れぬ土地で悪い水にあたったのかもしれませぬ。もっとも、出陣する前も具合が悪く、しばらく寝込んでいたほどなのです。それ故、本音を言えば、出陣を見合わせるか、弟の弥次郎を名代として甲斐に行かせたかったのですが、今川の御屋形さまが許して下さいませんでした。それで無理をして出陣しましたが、やはり、無理が祟ったようで……」

「ふうむ、今川の御屋形さまも随分と無慈悲な為さりようですなあ」

「御屋形さまがどうこうではなく、重臣たちがわれら伊勢氏を牛や馬の如くに自分たちの好きなように扱えるものだと見下しているのです。御屋形さまは重臣たちに逆らうことができぬのです」

「なるほど、それでは先行きが心配になるのも無理はない。宗瑞殿のお気持ち、わしにはようわかりますぞ。わしも、叔父や叔父に仕える者たちから似たような扱いを受けてきましたのでなあ」

定頼は、ふーっと息を吐くと、

「宗瑞殿と話していると古くからの知己のような気がする。盟約を結べば、うまくやっていけるかもしれませんな」

「そう願っております」

宗瑞が軽く会釈する。

「さて、今夜はもう寝るとしよう。気持ちのよい酒だったので、つい飲み過ぎてしまった。盟約の件、明日の朝、改めて話し合いましょう」

「はい。明日の朝に」

にこりともせずに宗瑞が答える。

十八

宗瑞は、用意された寝所に引き揚げる。

八畳ほどの板敷きの部屋である。中央に畳が二枚並べられ、その上に夜具が敷かれている。傍らに水差しが置いてある。

部屋の隅に台がある。台の上に油の入った小皿が置かれ、紙燭（しそく）がちろちろと燃えている。その炎がゆらゆらと動くので、壁に映る宗瑞の影もゆらゆらと動く。

板戸で仕切られた隣の小部屋には定頼の家臣が不寝番をすることになっている。いつ何時でも、どんなことでも申しつけて下さって結構、と定頼は言い、宗瑞に不便を感じさせないための配慮だという言い方をしたが、そうでないことは承知している。宗瑞を逃がさないための見張りなのである。宴の席の印象では、宗瑞と盟約を結ぶ方向に定頼の気持ちは傾いているように見えたが、実際には、どちらとも決めかねているから、不寝番の見張りを付けるような真似をするのだろう、と宗瑞は思う。

（ふんっ、別に構わぬ。好きにすればよい）

大森氏との盟約云々（うんぬん）は、定頼を惑わせ、宗瑞がカッコウとなるための方便に過ぎない。だから、どうでもいいのだ。

「始めるか……」

　宗瑞は懐から小さな紙包みを取り出す。それを掌の上で開くと、黒っぽい丸薬がふたつ現れる。

　小田原城を奪うという決意を、弥次郎、紀之介、門都普の三人に告げたとき、宗瑞は門都普に頼み事をした。

「わしを殺してほしいのだ」

　と言ったのである。

　宗瑞の頼みというのは、具体的に言えば、薬の調合であった。

　それを飲めば、たちどころに危篤状態に陥り、傍目(はため)には、

（もう助かるまい）

　としか見えないほどの毒薬を欲した。

　元はと言えば、門都普は山の民である。薬草や毒草の知識が豊富で、自分で薬を調合することもできる。それを知っていたから、宗瑞は門都普に頼んだ。

　もちろん、本当に殺してほしいわけではないから、毒薬だけでなく、その解毒薬も必要だ。毒薬と解毒薬を調合してくれ、と頼んだ。

　ゆらゆらと揺れる己の影を眺めながら、宗瑞は、ふーっと大きく息を吐く。額には汗が滲んでいる。

その毒薬を宗瑞に渡すときに門都普が口にした言葉が脳裏に甦る。

「いいか、これは毒だぞ。本物の毒だ。死を見せかけるような都合のいい薬など作れぬ。作れたとしても、医師が診れば、すぐに見破られてしまうだろう。それでは役に立たないだろうから本物の毒薬を拵えた。本物だから、何もしなければ死ぬ。できるだけ早く毒を消す薬を飲まなければならない。それを飲むのが遅くなればなるほど命が危ない。半日飲まなければ死ぬ。もう助からぬ」

毒薬を飲んで危篤状態に陥れば、体が麻痺して手足を動かすことができなくなる。自分で解毒薬を飲むことはできないということだ。誰かに解毒薬を飲ませてもらわなければならないのである。門都普が案じたのは、間違いなく解毒薬を飲むことができるかどうかということだ。

「何とも言えぬ」

としか宗瑞は答えられなかった。

己の影を見つめながら、また宗瑞が大きく息を吐く。額には汗の粒が絶え間なく噴き出している。部屋の中が暑いわけではない。極度の緊張感が発汗を促すのだ。

（小田原城を奪うのは私欲のためではない。大森氏の領地を、わしが支配する方が民のためになると思うからだ。興国寺城でも、韮山城でも、わしは一度として私欲のために民を苦しめたことはない。より多くの民を救うために、わしは命懸けでここにやって来た。この毒を呷るのは、そうしなければ、小田原城を奪うことができぬからだ。この毒がわしの命を奪うというのなら、それもまた神仏の思し召しと諦めるしかあるまい……）

恐れるな、と口に出して己を叱咤すると、ふたつの丸薬を口に含む。水差しを手に取って、水を飲む。ごくりと丸薬を飲み込む。

宗瑞は夜具の上に静かに身を横たえる。

しばらくは何事もなかった。

が……。

突然、体の奥で何かが燃えるような熱さを感じ、次の瞬間、内臓がねじれるような激しい痛みに襲われた。耐え難い痛みである。

「うっ……」

背骨を仰け反らせて唸ると、宗瑞は両手の爪で畳を掻きむしる。全身が痙攣し、口から泡を吹く。

「伊勢さま、何かございましたか？」

唸り声や物音から異様な気配を察し、隣の部屋にいる武士が声をかける。

「誰か……」

「失礼いたします」

板戸が開けられる。

寝所を覗いた武士は、宗瑞の様子に仰天し、

「誰か来てくれ！　伊勢さまが大変だ」

と大声で人を呼ぶ。

すぐに何人かの武士が駆けつける。

誰もが宗瑞を見て驚き、

「医師を呼べ。御屋形さまにもお知らせするのだ」

最初に医師が駆けつけ、それから、しばらくして定頼がやって来た。酔って気持ちよく熟睡しているところを起こされたので定頼は不機嫌だ。

しかし、

「こ、これは、どういうことだ？」

瀕死（ひんし）の宗瑞を見て定頼は仰天し、いったい、何が起こったのだ、なぜ、こんなことになった、と不寝番の武士に訊く。その武士もわけがわからないからきちんと答えることができない。他の者たちは、むっつりと黙り込んでいる。心の中では、

（どうせ御屋形さまが毒を盛ったのだろう）

と思い、定頼が大袈裟に驚いているのは芝居に過ぎないと考えているから、余計なことを口にしない方がいいと口を閉ざしているのだ。

「おい、どうなのだ？」

定頼が医師に訊く。

「どうと言われましても、これは、もう……」

医師が首を振る。

「助からぬか？」

「はい」

「もそっと、そばへ」

定頼は医師をそばに呼ぶと、その耳許で、

「これは毒のせいか？」

と小声で訊く。

「恐らく」

医師がうなずく。

「馬鹿なことを」

定頼が顔を顰める。

まさか宗瑞が自分で毒薬を飲んだとは思わないから、重臣の誰かが気を利かせたつもりで一服盛ったのだろうと考えた。実際、宗瑞が城にやって来るまでは、隙を見て宗瑞を討ち取るつもりでいたし、重臣たちにもそう話していた。宗瑞と話すうちに、すぐに討ち取るのではなく、宗瑞と盟約を結ぶことを真剣に考えてみよう、と気が変わった。そういう定頼の気持ちの変化を知らぬ重臣の誰かが先走って宗瑞の毒殺を図ったのではないか、と思った。

(まさか、こんなことになるとは……。しかし、これもまた運命というものよ。宗瑞殿、許せよ)

定頼は心の中で宗瑞に詫びた。

「さ、さだ……より……どの……」

宗瑞が薄く目を開けて定頼に呼びかける。宗瑞の顔は真っ青で、唇が紫に変色している。目も濁って血走っている。今にも死にそうな様子だ。

「わしは……わしは、もう助からぬのですな?」

「何を言われる。しっかりなされよ。すぐによくなる。医師が薬を煎じている」

ちらりと横目で医師を見ながら、定頼が励ましの言葉をかける。医師は薬など煎じていない。もう為す術がないと匙を投げてしまった。

「いや……もう駄目だ。自分でわかる。なぜ、こんなことになったのか……。ひとつだけ……ひとつだけ、お願いがござる」

「何なりと申されよ」

「弟を……弟の弥次郎を呼んでいただけまいか。遺言を残したいのです。倅は……倅は、まだ幼い故、あとのことを、弟に頼まねば……」

「おお、さようか。ならば、すぐに」

定頼は、宗瑞が連れてきた二人の小者を呼ぶように武士に命ずる。すぐに二人が連れてこられる。

小者たちは宗瑞を見るなり、うわーっと泣き出す。

宗瑞の計画など何も知らされていないので本当に死にかけていると思ったのだ。

「泣いている暇はない。一刻を争う。弟の弥次郎殿を急いで呼んで来るのだ」

そう定頼は言うと、武士たちに、

「道案内をつけよ。不慣れな土地で、しかも、夜道だから道に迷うかもしれぬからな。馬も出せ。少しでも早く弥次郎殿に来ていただかねば……。万が一、間に合わなければ、わしとしても心苦しい」

と命ずる。

武士たちが二人を連れて寝所を出て行くと、定頼は宗瑞ににじり寄り、枕辺に坐り込む。宗瑞の顔色は更に悪くなり、今では土気色（つちけいろ）に変わっている。これは死者の顔色である。

「韮山を出る前から具合が悪いと話していたし、甲斐で悪い水にあたったようなことも話していた。そのせいなのだろうか……。それにしても、さっきまで共に酒を酌み交わし、盟約を結ぶ相談をしていたというのに、まさか、こんなことになるとは、人の命とは何とはかないものなのか……」

定頼は深い溜息をつき、宗瑞をじっと見つめる。


半刻（一時間）ほど後……。

定頼の家臣たちに先導された二人の小者が伊勢軍の宿営地に着いた。

「宗瑞さまが死にかけております！」

小者たちが涙ながらに宗瑞の容態を伝え、急いで城に来てほしいという宗瑞の伝言を弥次郎に伝える。

「何だと？」

弥次郎の顔色が変わる。半分は芝居だが、半分は本心からの驚きである。

門都普の調合した毒薬を飲み、宗瑞が瀕死の状態に陥る……それは計画通りだ。

しかし、どんな毒なのか弥次郎も知らないから、小者たちの嘆き悲しむ様子を見て、

（もう間に合わないのではないか）

と不安になったのだ。

「よし、すぐに行く」

弥次郎はてきぱき着替えると、馬を用意させた。十人ほどの家臣が弥次郎に従おうとする。いずれも軽装である。

定頼の家臣たちは、弥次郎の供をする者の数が多すぎるような気がしたが、定頼から命

じられたのは弥次郎を急いで城に連れてくるようにということだけで、供の数をどうするかということまでは指示されなかった。この武士たちも宗瑞が死にかけていることを承知していたから、

（こんなときに細かいことを言っても仕方がない）

と考え、何も言わなかった。

小者二人は宿営地に残り、定頼の家臣たちに先導されて弥次郎たちが小田原城に向かう。

それを見て、紀之介が姿を現す。兜(かぶと)を被り、鎧を身に着けている。

「行くぞ！　音を立ててはならぬ。馬には枚(ばい)を銜(ふく)ませよ」

完全武装した、およそ五百人の兵が紀之介に率いられて静かに小田原城を目指す。

十九

大森氏の武士に案内されて弥次郎が寝所に入っていくと、医師と定頼が顔を向ける。

「弥次郎殿か？」

「はい。兄は……？」

「こちらに来られよ」

「……」

弥次郎が宗瑞のそばに寄る。その姿を見て、弥次郎がへたり込む。これは芝居なのだと

わかっているつもりでも、顔中に脂汗を浮かべ、息も絶え絶えの宗瑞の様子を見ると、

（本当に死ぬのではないか）

という恐れを感じる。

かぼそい呼吸は今にも止まってしまいそうだし、死人のような顔色なのだ。

「なぜ、このようなことに？」

弥次郎が定頼に訊く。

「宴の場では、とてもお元気だった。ところが、寝所に引き揚げてから、突然、苦しみ出して、このような有様に……。正直なところ、わしも何が何だかわからぬのです。韮山を出るときから体の具合はよくなかったと話しておられた」

「そうなのです。病に臥せっていたのを無理して出陣したのです。その無理が祟ったのでしょうか。甲斐でも思わしくなく、幸い、戦にならずに引き揚げることになったので、早く韮山に戻った方がいいと勧めたのですが、どうしても小田原に寄って大切な話をしなければならぬと言い張って……。やはり、それがよくなかったのでしょう」

弥次郎が深い溜息をつく。

「酒など勧めてしまって悪いことをした。明日の朝、改めて盟約の話をするつもりだったので城に引き留めてしまったが、こんなことなら引き留めるのではなかった」

どうやら毒を盛られたなどとは疑っていないようだと定頼は安堵しながら言う。そう疑

われても仕方のない状況なのである。

「で、どうなのですか？」

弥次郎が医師に訊く。

「いろいろ試してみましたが少しもよくなりませぬ。もはや手の施しようもなく……」

医師が申し訳なさそうに答える。

「兄は……兄は助からぬのですか？」

「手は尽くしたのですが……」

「何と……」

弥次郎の目から、はらはらと涙がこぼれる。

その涙を袖で拭いながら、

「しばらく兄と二人にしていただけませぬか」

弥次郎が頼むと、

「好きなようにされるがよい。必要なことがあれば何なりと言って下されよ」

定頼はうなずいて、医師を促して寝所を出て行く。

あとには宗瑞と弥次郎の二人だけが残される。

「兄者、聞こえるか？」

弥次郎が宗瑞の耳許で囁く。兄者、兄者……何度か呼びかけるうちに、宗瑞が薄く目を

開ける。口を動かそうとするものの、声が出ない。それを見て、

（かなり毒が回っているのだな）

と、弥次郎は察する。

「これから毒を消す薬を口に入れる。これを飲まなければ死んでしまう。苦しいだろうが、がんばって飲んでくれ。いいか？」

「……」

もはや、うなずくだけの力もないのか、宗瑞はじっと弥次郎を見つめるだけだ。

弥次郎は懐から丸薬を取り出すと、少しでも飲みやすいようにと小さくちぎって宗瑞の口に入れる。水差しを口に当て、水を飲ませようとする。

だが、口の端から水がこぼれてしまう。

これでは薬を飲み込むことができない。

「兄者……」

途方に暮れて困惑するが、宗瑞の顔色が更に悪くなるのを見て、弥次郎は意を決し、自らが水を口に含み、宗瑞に口移しで水を飲ませる。それを何度か繰り返して、ようやく丸薬をすべて嚥下（えんげ）させることができた。

「助かってくれ」

薬が効くことを祈りながら、弥次郎は宗瑞を見つめる。

四半刻(三十分)ほど経って……。

宗瑞が目を開け、

「水を……水をくれ」

と声を発する。

「おお、兄者、気が付いたか」

急いで水差しを口にあててやると、ごくり、ごくりと喉を鳴らして水を飲む。

「どうなっている? うまくいっているのか」

「あ、ああ……そうだな。うまくいっていると言っていいだろうな。こっちは、兄者が助かるかどうか気を揉んだが」

「もう大丈夫だ。まだ思うように体は動かないが、頭はしっかりしている」

その言葉通り、さっきまでは声も出せないほど弱っていたのに、しっかり話すことができるし、顔色もいくらかよくなっている。

「紀之介は?」

「城の外で合図を待っている」

「では、始めろ」

そう言うと、宗瑞は目を瞑る。もうしばらく瀕死の状態を演じなければならない。

弥次郎は立ち上がると、がっくり肩を落とし、見るからに意気消沈した様子で板戸を開

け、そこで待っていた定頼に、

「もう長くは持たぬようです。今のうちに死に装束を取り寄せ、兄が冥土に旅立つ支度をしたいと思いますが、お許しいただけますでしょうか?」

「無論じゃ。わしにできることがあれば何なりと言ってもらいたい。わざわざ死に装束を取りに行かずとも、この城にあるものを使ってよいのですぞ。すぐに用意させるが」

「ありがたきお言葉ではございますが、韮山から持参したものがございます。戦では何が起こるかわからぬ故、万が一の用心にと、兄は出陣するときには必ず死に装束一式を用意していたのです。まさか、それを本当に使うことになろうとは思っておりませなんだが……」

弥次郎が目許を押さえる。

「さすが宗瑞殿、見事な心構えよのう。武将とは、そうありたいもの。わしも見習わねば。とはいえ、さぞや口惜しいことでござろう」

「御屋形さまには何とお詫びしてよいかわかりませぬ。大変なご迷惑をおかけしてしまいました。このお礼は改めまして……」

「何の、気になさることはない。普通のことではないのだからな」

「死に装束を取り寄せ、兄が息を引き取ったら、城から運び出したいと存じます。このような真夜中に人の出入りが多くなって申し訳ございませぬ」

「よい、よい。門番にも申し伝えておく。遠慮せず、必要なことをなさるがよい」

「ありがたきお言葉でございます」

弥次郎が恭しく頭を下げる。

二十

それから一刻（二時間）ほど、小田原城を宗瑞の家臣たちが頻繁に出たり入ったりした。

宗瑞殿の臨終に備えて宿営地から必要なものを運び入れなければならない、それ故、門を出入りするときには余計な手間暇かけずに通してやるように……そんな命令が定頼から発せられたので、門を守る大森氏の武士たちも、宗瑞の家臣たちが城に運び入れるものの中身をいちいち確認したりせず、速やかに門を通してやった。

最初に弥次郎が城に駆けつけたときには十人ほどの家臣を引き連れているだけだったが、頻繁に城を出入りしているうちに、門番たちも何人くらい城に入ったのかわからなくなった。それもまた宗瑞の策のひとつで、敵が警戒心を緩めるのを待って少しずつ味方の兵を城に入れたのだ。その数はすでに二十人を超えている。真夜中なので城は静まり返っており、定頼の家臣で起きているのは不寝番の役目を負っている者ぐらいだったが、彼らは伊勢氏の武士の姿を見かけても、それを怪しんだりはしなかった。宗瑞が死にかけていると信じており、怪しむどころか同情した。

わが子と思い込んで、せっせと世話をする。
カッコウは自分の卵を他の鳥の巣に産みつける。孵化すると、他の鳥はカッコウの雛を

宗瑞は、そこから策を思いついた。

自らをカッコウの卵に仕立て、定頼の懐に飛び込んだ。両家が盟約を結ぶという話で定頼の関心を引き、急病になり危篤状態に陥ったように装うことで同情を得た。他の鳥がカッコウの雛を世話するように、定頼は宗瑞の世話を焼いた。

そのおかげで今や宗瑞の家臣たちが堂々と小田原城を出入りしている。

とは言え、まだ城に入ったのは二十数人に過ぎない。しかも、武装しているわけではない。余計な警戒心を抱かせないように脇差一本を佩(は)いているだけである。

「兄者」

弥次郎が呼びかけると、宗瑞が目を開けて夜具の上に体を起こす。体力が回復してきたようだ。

「支度は?」

「そこに」

弥次郎が顎をしゃくる。寝所の隅に長櫃(ながびつ)がふたつ置いてある。死に装束など、臨終に際して必要なものを収めてある……そう偽って運び入れたものだ。

「定頼殿は、どうした？」

「寝所に戻った。兄者に何かあれば、すぐに知らせてくれと話していた」

「ならば、始めよう」

宗瑞が立ち上がり、弥次郎と共に長櫃に近付く。

弥次郎が長櫃の蓋を開ける。

刀や弓矢、鎧が入っている。鎧は二組だけだが、刀と弓矢はかなりの数がある。三十人分くらいはありそうだ。

「敵の数は？」

弥次郎が訊く。

「ざっと二百というところだな」

鎧を身に着けながら、宗瑞が答える。

「三百くらいかと思っていたが意外に少ないな」

「油断してはならぬ……」

確かに二百人というのは予想より少ないが、それでも二百人である。城に入り込んでいる宗瑞の手勢は二十数人に過ぎないのだ。

しかも、小田原城の周辺には定頼を支える豪族たちの領地が点在しており、城で騒ぎが起これば直ちに兵を率いて駆けつけてくる。城にいる大森兵と合流すれば優に一千を超える数だ。

「紀之介たちを城に入れ終えるまで何も気付かれなければ、うまくいくだろう」

宗瑞が自分に言い聞かせるようにつぶやく。

五百人の伊勢兵をこっそり城に入れて出入口を封鎖し、定頼を討ち取って城を奪い取ってしまおうというのが宗瑞の作戦なのである。

「そうだな。小鹿範満を討ち取ったときと同じようにやればいいだけだよな」

弥次郎がうなずく。

八年前、宗瑞や弥次郎たちは駿府の今川館を急襲し、小鹿範満を討ち取った。そのおかげで氏親は今川の家督を継ぐことができたのである。

「確かに」

宗瑞はうなずくが、その表情は厳しい。

なるほど、今の状況は八年前と似ている。

しかし、大きく違う点も多い。

まず今川館と小田原城では規模が違う。

今川館は、所詮は「館」に過ぎず「城」ではなかった。だからこそ、容易に館を封鎖して小鹿範満を見つけ出すことができた。

小田原城は、ずっと大きい。

いくらでも隠れる場所がある。

それに城にいる兵の数が違う。

今川館には夜になると大した数の兵がいなかった。

小鹿範満はわずかの兵に守られているに過ぎなかったのである。

だが、小田原城には二百人の兵がいる。

もちろん、計画通りに進めば、宗瑞の兵は五百人だから圧倒的に優勢だが、二百人が頑強に抵抗すれば、そう簡単に勝つことはできない。最後には勝てるとしても時間がかかってしまう。

それでは駄目なのだ。

もたもたしていると付近の豪族たちが駆けつけてくるから、短時間に定頼を討ち、大森兵を降伏させなければならないのである。

鎧の着用を終えると、弥次郎は長櫃にある武器を運ぶように家臣たちに命ずる。

「おれは行くぞ」

「うむ」

宗瑞がうなずく。表門を守っている敵兵を殺し、紀之介たちを城に導き入れるのが弥次郎の役目だ。それがうまくいけば、紀之介の手勢が表門、裏門、不浄門などの諸門を封鎖する手筈になっている。

「この期に及んでこういうのも何だが、やはり、兄者もおれたちと一緒に動くべきではないか？」

「それは計画と違う」

宗瑞が首を振る。

表門を制圧し、紀之介たちが城に入れば、弥次郎は奥に駆け戻ることになっている。

もちろん、定頼を討ち取るためだ。

弥次郎が心配するのは、弥次郎が戻るまで宗瑞を寝所に残していくことである。宗瑞一人が残るわけではないが、そばに残るのは、わずか五人に過ぎない。そういう計画なのだ。弥次郎としては、宗瑞を守るためにできるだけ多くの兵を残していきたかったが、表門を制圧できるかどうかに計画の成否がかかっているだけに、どうしても二十人くらいの兵は必要だった。

それならば宗瑞も弥次郎と一緒に行動すればよさそうなものだが、そうせずに敢えて寝所に残ることにしたのは、今川館にいる小鹿範満を急襲したときの反省からである。

結果的には、小鹿範満を討ち取ることに成功したものの、それは運のよさに恵まれたおかげで、一歩間違えば取り逃がすところだった。小鹿範満は女に化けて逃げ出そうとしたが、そんな工夫をする余裕を与えたのは、今川館の正面から攻め込み、立ち塞がる武士たちを倒すのに時間を食ってしまったからだ。万が一、小鹿範満に逃げられていたら……そんな想像をするだけで宗瑞は背筋が寒くなる。

恐らく、氏親の立場は不安定で、小鹿範満派と氏親派の争いが続き、駿河は内乱状態に陥ったに違いない。

宗瑞自身、伊豆討ち入りに成功し、伊豆の守護になることができたものの、茶々丸の命を奪い損なったせいで、いまだに南伊豆を支配下に置くこともできず、その対応に苦慮している。

（もし定頼殿に逃げられたら……）

たとえ一時的に小田原城を占領したとしても、生き延びた定頼が大森氏に忠誠を誓う豪族たちを率いて決戦を挑んでくるであろう。そうなれば、わずか五百人では、とても太刀打ちできないから小田原城を捨てて伊豆に退却するしかないが、怒り狂った定頼が宗瑞を追って伊豆に攻め込むことも考えられる。定頼に呼応して茶々丸が兵を挙げれば、宗瑞は一巻の終わりだ。韮山を捨て、興国寺城に逃げ帰ることになる。

つまり、今夜、定頼を討ち取ることができるかどうかで、これから先も宗瑞が伊豆の守護でいられるかどうかが決まると言っていい。

それほどの重大事なのだ。

それ故、宗瑞は自らの命を危険にさらしても寝所に残ることを選んだ。ここからならば、定頼の寝所に近いからである。

宗瑞が弥次郎と共に表門の制圧に出向き、それが成功した後に定頼の寝所に向かおうとしても、異変を察知した大森兵が進路を塞ぐ恐れがある。大森兵を排除して定頼の寝所に達したとしても、恐らく、定頼の姿はないであろう。どこかに身を隠すか、宗瑞たちが知らない抜け道でも通って城外に出てしまうに違いない。その余裕を与えぬために、表門で騒ぎが起こったならば、宗瑞は直ちに定頼の寝所に向かうつもりなのだ。連れて行ける兵は五人、宗瑞を含めてもわずか六人というのは心許ないが、石橋を叩いて渡るような真似をしていては、とても定頼を討ち取ることなどできないと覚悟している。

とは言え、定頼が素早く対応し、多くの兵をそばに集めて抵抗すれば、定頼を討ち取るどころか、逆に宗瑞が討ち取られてしまうかもしれない。

要は、どちらが早く動けるかという時間との勝負なのだ。

「行け。自分の役目を果たすことだけを考えろ」

「無事でいてくれよ」

「うむ」

宗瑞がうなずくと、弥次郎が寝所を出て行く。

「坐れ。すぐには始まらぬ」

五人に命ずると、宗瑞も板敷きにあぐらをかく。

（ついに始まった……）

宗瑞が大きく息を吸い、ゆっくり吐き出す。

厳密に言えば、小者二人を連れて宗瑞が小田原城に入ったときから計画は始まっている。しかし、それはあくまでも下拵え(したごしら)に過ぎず、これからが肝心なのだ。ここでしくじれば今までの苦労が水の泡になる。

(落ち着くことだ。急(せ)いては事をし損じるというではないか。こんなときだからこそ、いつも以上に心を平静に保たねばならぬ)

ふと宗瑞は五人の兵たちの顔色が悪く、落ち着きを失って視線が定まっていないことに気が付いた。

無理もなかった。

彼らは細かい計画など何も知らされず、黙って指図に従っているだけなのだから恐怖を感じないはずがない。敵の懐に入り込み、ここから出られるかどうかもわからないのだ。計画を立案した宗瑞自身、計画が成功するかどうか半信半疑で、

(命が助かるなどとは期待してはならぬ)

そう己を戒めているほどなのである。

「おまえたち」

宗瑞が声をかけると、五人がハッとしたように顔を上げて宗瑞を見つめる。どの目にも恐れと怯えの色が滲んでいる。

「これから戦いが始まる。激しい戦いになるであろう。わしらは敵と命のやり取りをしなければならぬ。さぞや恐ろしかろう。正直に言うが、わしも恐ろしいのだ」

「殿も恐ろしいのでございますか？」

「うむ、恐ろしい。今にも洩らしそうだ。しかし、鎧を着てしまったので厠にも行けぬ。うっかり洩らせば臭くてたまらぬことになる」

宗瑞が言うと、五人が小さく笑う。

「人というのは心配事があると、ついつい悪いことばかり考えてしまうものだ。悪いことを考えるくらいなら何も考えない方がいい。逃げ道がないときは、余計なことを考えずに突き進むしかない。わしは、いつもそうしている。もっとも、口で言うのは簡単だが、実際には、なかなか難しいことだ……」

宗瑞は懐から銅銭を一枚取り出し、それを板敷きに置く。

「よいか。この銭を見つめながら、できるだけゆっくり息を吸い、その息をゆっくり吐くのだ。それ以外のことをしてはならぬ。体に力を入れてはならぬ。背筋を伸ばし、肩の力を抜け。何も考えてはならぬ。何かを考えそうになったら、銭を見つめながら数を数えろ。一から順に、ゆっくり数えるのだ。声には出さず、心の中で数えるのだ」

見本を示すように、宗瑞は銭を見つめながらゆっくり呼吸をする。五人もそれを真似る。寝所には六人の静かな呼吸音の他には何の物音もしない。

二十一

寝所を出た弥次郎は薄暗い廊下を小走りに進んだ。後に従うのは十人ばかりである。余分な刀や弓矢を持っているのであまり急ぐことができない。できるだけ静かに進むことを心懸けたつもりだが、それでも物音がする。本丸から出るまでに三人の武士に出会したが、弥次郎たちはためらうことなく斬り倒した。敵兵が声を発する前に倒す……そういう手筈になっていたからだ。

外に出ると、物陰に身を潜めていた仲間たちが静かに集まってくる。寝所から運んできた刀や弓矢を彼らに渡す。これで弥次郎の手勢は二十人ほどになった。

表門を守っている大森兵は八人で、表門と中庭の間を交代で巡回している。騒ぎを起こさずに表門を開けるには、それら八人を倒す必要がある。いつかは騒動になるだろうが、それをできるだけ先延ばしにしたい、せめて紀之介たちが諸門を封鎖してしまうまでは、こちらの動きを定頼に知られたくない……それが宗瑞と弥次郎の考えだ。

弥次郎は、兵をふたつに分けた。

一隊は巡回兵を倒し、もう一隊は表門の守備兵を倒すのが役割だ。弥次郎は表門に行く。

「……」

弥次郎が振り返り、人差し指を口の前で立てる。

何も話すな、というのだ。

青白い月明かりに顔を照らされた兵たちは黙ってうなずく。

茂みの中に身を隠しながら、門のそばにある詰め所にじりじりと近付いていく。詰め所は、しんと静まり返っている。戸口から微かに明かりが洩れている。四人ずつ交代で巡回しているから、詰め所には四人が残っているはずだ。交代で仮眠を取るのではなく、詰め所に残っている兵も不寝番が原則だ。門を出入りするとき、弥次郎はさりげなく詰め所の中を窺ったが、そこに詰めている兵たちが仮眠を取っている様子はなかった。

(一気に攻める)

こっそり詰め所に忍び寄り、全員が詰め所に飛び込んで、そこにいる大森兵たちを有無を言わさずに斬ってしまう……それが計画だ。

茂みから出ようとしたとき、詰め所の木戸が開き、ぎーっと音がした。弥次郎が慌てて首をすくめる。中年の兵が現れ、真っ直ぐ茂みに向かってくる。

(気付かれたのか?)

弥次郎が刀の柄に手をかける。

が……。

その兵は茂みの手前で足を止めると裾をめくり上げた。小便をしに来たのだ。

弥次郎は柄から手を離すと、短刀を引き抜く。

そっと茂みから姿を現すと忍び足で近寄り、いきなり飛びかかる。左手で口を塞ぎ、右手に握った短刀を相手の脇腹に突き刺す。ぐいぐい深く押し込むうちに相手の体から力が抜ける。手を離すと、崩れるように地面に倒れる。

「すまん、許せ」

口の中で、南無阿弥陀仏（なむあみだぶつ）、と小さく唱えると、右手を大きく振る。兵たちが茂みから静かに姿を現す。弥次郎が詰め所を指差すと、兵たちが詰め所に接近する。木戸に手をかけようとしたとき、それほど遠くない場所から、ぎゃーっという悲鳴が聞こえた。

二手に分かれた一隊が巡回兵を襲ったのに違いなかった。

その悲鳴に続いて、

「曲者（くせもの）だぞ！」

という叫び声も聞こえた。敵兵を静かに倒す予定だったが、どうやらうまくいかなかったらしい。悲鳴と叫び声は詰め所にいる者たちにも聞こえたらしく、

「何か聞こえたぞ」

「曲者だと叫んでいた」

「鐘を鳴らさねば」

詰め所の中で人が慌ただしく動き回る気配がし、木戸が開いて武器を手にした兵が姿を

現す。その数は三人だ。

「やれ」

弥次郎が命ずると、家臣たちが敵兵に襲いかかる。

しかし、敵兵も警戒していたから、そう簡単には倒されず、必死に防戦する。

「敵だ、敵だぞ！」

「伊勢の者たちだ！」

戦いながら大声を発する。

「くそっ！」

弥次郎が歯軋り（はぎしり）する。紀之介たちを城内に入れるまで騒ぎを起こさないつもりだったのに騒ぎが起こってしまった。

すでに本丸で、

「何事だ？」

「敵が忍び込んだらしいぞ」

という声が聞こえ、人が廊下を走る音も聞こえる。

ようやく三人の大森兵を倒すと、

「急いで門を開けるのだ！」

夜間は閂（かんぬき）を下ろし、門を閉め切ってしまう。

人が出入りするときは門の横にある木戸を通るのだ。木戸を開けたのでは一度に一人ずつしか通ることができない。それでは大人数が城に入るのに時間がかかってしまうから、弥次郎は門を開けるように命じたのだ。兵たちが門に駆け寄り、力を合わせて門を持ち上げようとする。かなりの重さなので、一人や二人では動かすことができない。

その間に弥次郎が木戸を開ける。

顔を外に出し、

「紀之介！」

と呼ぶ。すぐに、

「ここに」

紀之介が現れ、木戸を通って城内に入る。それに続いて兵たちも一人ずつ入ってくる。その者たちも門を外すのを手伝う。

「手筈が狂って騒ぎが起こってしまった」

「仕方ありませぬ。この程度のことは覚悟の上です」

「おれは兄者のところに戻る。後を頼む」

「承知しました。すべての門を塞ぎ、誰も外には出しません。何人、連れて行きますか？」

「ここにいるだけでいい。時間が惜しい。少しでも早く戻らねば」

その場にいる兵たちに、おれについてこい、と命ずると弥次郎が本丸に向かって走り出す。それに続くのは十五人ほどに過ぎない。

弥次郎は、本丸にいる大森兵が防御態勢を築く前に宗瑞のもとに戻りたいと考えた。できるだけ多くの兵を連れて行きたいのは山々だが、それで時間を食ったのでは元も子もない。時間との勝負なのだ。

廊下を走り出す。

あちらこちらに大森兵の姿が見えるが、まだ何が起こったのか状況がつかめないらしく右往左往しているという感じだ。その隙を衝いて、弥次郎たちは奥に進む。いくつか計画通りに行かないことはあったものの、このまま宗瑞と合流できれば、定頼を討ち取ることができる、と楽観しそうになる。

と、そのとき……。

廊下の反対側からどたどたと廊下を踏み鳴らす音が聞こえ、突き当たりの左右から敵方の武士たちが現れた。その数は十人ほどだが、弓矢を携えており、弥次郎たちを目に留めると、その場に膝をついて弓を構えた。

（いかん！）

咄嗟に廊下に身を投げ出したのと矢が放たれたのがほとんど同じだった。弥次郎の頭上を矢が飛んでいく。矢が空気を切り裂く音がする。弥次郎のように危険を察知して矢をかわすことができた者はいいが、対応が遅れた者は悲鳴を上げて倒れる。六人が倒れた。矢が体をかすめただけの軽傷で済んだ者はすぐに立ち上がるが、倒れたまま動かない者もいる。何とかしてやりたいと思うが、すでに敵方は二の矢を継ごうとしている。

弥次郎は跳ね起きると、刀を抜いて敵に向かっていく。兵たちも後に続く。

たちまち乱戦になる。

敵と切り結びながら、

(兄者、無事でいてくれ)

弥次郎は宗瑞の身を案じた。

二十二

「始まったらしいな」

遠くで人の叫び声が聞こえる。表門を奪おうとして大森方の兵と戦いになったのだろう、と宗瑞は推察する。驚きはない。そう何もかも計画通りに行くはずがないと思っていたからだ。針の穴に糸を通すような際(きわ)どい綱渡りを続けてきて、ようやく、ここまで辿り着いた。そのこと自体、奇跡のようなものなのだ。どこかでほんの少しでも歯車が狂えば、宗瑞の命はなかった。

「その方ら、顔を上げよ」

じっと銅銭を見つめていた五人が顔を上げて宗瑞を見る。さっきまでは不安そうに虚空をさまよっていた視線が今は静かな落ち着きを取り戻している。

「どうだ、まだ怖いか？」

宗瑞が訊く。

「怖くないと言えば嘘になりますが……だからと言って、びくびくしているわけでもありません」

「わしもです。いつも戦の前になると、小便を洩らしそうなほど震えちまうのに、不思議なことに今は平気です。洩らしてません」

「それは、よかった」

宗瑞がにこりと微笑む。

「どうやら表門で騒ぎが起こったようだ。弥次郎たちがすぐに戻ってこられるかどうかわからなくなったな。つまり、わしらだけで敵の大将を討たねばならぬということだ」

「……」

「とは言え、そう悪いことばかりではない。何事であれ、考え方を変えて眺めれば、必ず、いい面と悪い面があるものでな。こっちには加勢がないが、敵は表門の騒ぎに引きつけられるから大将の守りが手薄になる」

「そういうものでしょうか？」

「本当のところは、行ってみなければわからぬ。戦とは、そういうものだ。何もわからぬのであれば、くよくよ思い悩むだけ損ではないか。どれ……」

宗瑞はゆっくり腰を上げると、五人の顔を順繰りに見つめながら、

「すまぬが、わしに命を預けてもらうぞ」

「はい」

五人は何の迷いもなくうなずく。


表門で騒ぎが起こったとき、定頼は熟睡しており、騒ぎにはまったく気が付かなかった。宴の席で酒を飲み過ぎたせいで、寝所に入ってすぐに眠り込んでしまったものの、しばらくすると、宗瑞の様子がおかしいという知らせで起こされた。宗瑞のもとに駆けつけると、何と宗瑞は死にかけていた。医師は匙を投げ、もう助かりませぬ、と首を振った。瀕死の宗瑞が、弟の弥次郎に遺言を残したいと頼むので、その願いをかなえてやった。

その後は慌ただしかった。

誰の目にも宗瑞が死にかけているのは明らかだったから死に装束を運び入れるのを許した。深夜に伊勢氏の者たちが城を出入りするのは煩わしかったが、場合が場合だけに寛大さを示したのだ。もはや、宗瑞が死ぬのを待つだけという段階に至ったので、定頼は寝所に引き揚げた。どうせ宗瑞が死ねば、また起こされることになるのだから、今のうちに少しでも寝ておこうと思ったのである。何かあれば、すぐに起こすように小姓に命じた。何

かというのは、無論、宗瑞の死を指している。軽く仮眠するつもりで横になったが、酔いと疲れのせいか、思いがけず深い眠りに落ちた。

「殿、殿、どうかお目覚めになって下さいませ」

隣室で宿直(とのい)している小姓に肩を揺すられるまで、まったく目が覚めなかった。

「うっ、ううむ……」

ようやく定頼が薄く目を開ける。

「殿」

「水……水をくれ」

ひどく喉が渇き、頭が痛い。気分も悪い。

差し出された水差しで水を飲む。

ふーっと大きく息を吐くと、

「宗瑞殿が亡くなられたのか?」

定頼の耳にも何やら騒がしい物音や叫び声が聞こえている。宗瑞が死んで、宗瑞の家臣たちが騒ぎ立てているのであろうと思った。

ところが、

「敵でございます」

と小姓が緊張した面持ちで言う。

「ん？　何と申した？　敵だと？」

一瞬、小姓が何を言ったのか理解できなかった。

「はい。敵は表門を奪い、城に攻め込もうとしておるようにございます」

「表門を奪っただと？　馬鹿なことを言うな。あの門がそう簡単に破られるものか」

事の重大さを知り、定頼の眠気も飛んだ。

「まだはっきりとしませぬが、外から破られたのではなく、中にいる者たちに不意を衝かれて奪われたようでございます」

「中にいる者？」

定頼がハッとしたように両目を大きく見開く。

「まさか……まさか、伊勢の者たちか？」

「そうとしか考えられませぬ」

「あり得ぬわ。宗瑞殿は死にかかっているのだぞ。遺言を聞かせ、死に装束に着替えさせるために弟を城に呼んでやったのではないか。弟一人に何ができるものか」

「どうやら一人ではなかったようにございます」

「どういうことだ？」

「死に装束を運び入れるときに家臣たちが城に入ったようなのです」

「それでも大した数ではあるまい」

「しかし、一人や二人でなかったことは確かです」

「そう言えば、弟が駆けつけてきたとき、供を十人くらい連れていたな。多すぎるような気もしたが、あのときは、さして気にも留めなかった。まさか兄の死に乗じて、このようなことをしでかすとは」

くそっ、と定頼は吐き捨てる。宗瑞が重病を装ったとは考えなかった。自分自身、瀕死の宗瑞の姿を目の当たりにしたからである。

騙されたことを疑うのではなく、

(わしが毒を盛ったと思い込んだのではあるまいか……)

定頼に毒を盛られたせいで宗瑞が死にかけていると弥次郎が邪推し、復讐心に燃えて騒ぎを起こしたのではないか、と考えた。まさか周到に計画された謀だとは想像もできなかった。

「着替えるぞ。支度だ」

「は」

着替えながら、

「して敵の数は、どれくらいおる?」

「わかりませぬ」

と小姓は首を振ると、眠っている者たちを起こし、表門に向かわせております、と言う。

「本丸の守りも固めなければならぬな。城には、どれくらいの兵がおる？」

「二百ばかりにございます」

「ふうむ、二百か……。宗瑞殿の弟が乱心して騒ぎを起こしたとしても、せいぜい、それに従うのは十人か二十人ばかりであろう。二百もいれば十分だろうが、念のために兵を集めておくか」

定頼は、小田原近辺に領地を持つ豪族たちの名前をいくつか挙げ、彼らに使者を走らせ、兵を率いて城に来るように伝えよ、と命じた。

「こんな真夜中に叩き起こされて、さぞや腹を立てるであろうが……」

定頼は大して危機感を持っていない。弥次郎が乱心して騒いでいるだけだろうと高を括っているせいだ。まさか伊勢氏の全軍五百が小田原城に入り込もうとしているとは考えなかった。

「殿は、どうなさいますか？　ひとまず城を出て安全な場所に……」

「馬鹿なことを言うな。なぜ、自分の城から逃げ出さねばならぬ？　乱心者など、わしが成敗してくれる。ここでは指図もできぬ。大広間に移るぞ。小姓どもを大広間に集めよ」

二十三

宗瑞たち六人が寝所から廊下に出る。

小田原城の大まかな見取り図は宗瑞の頭の中に入っている。大まかな、というのは、どれほど正確な見取り図なのか判断できないからだ。その見取り図を作成したのは門都普だが、門都普自身、小田原城に入ったことはない。城に入った者たちから聞き取りをして拵えたのである。

宗瑞は、その見取り図を城にやって来る前に頭に入れた。実際に城に入ってみると、かなり間違っている部分があるとわかった。

本丸に入って、大広間あたりまでは、まずまず正確だが、そこから城の奥に進むに従って、見取り図には間違いが多くなる。理由はわかる。大広間までなら、割と簡単に出入りすることができても、そこから奥となると、出入りが難しくなるからだ。乏しい情報をもとにして作られた見取り図だから、どうしても間違った部分が出て来るのだ。

与えられた寝所が、城のどのあたりにあるのか、それは宗瑞にも見当がつく。城の構造というのは、どの城であっても、そう大きな違いはない。今川館も興国寺城も韮山城も、規模は違うが、大まかな構造は似通っている。

(小田原城とて、そう変わりはあるまい)

そう考えて、宗瑞は奥に進む。注意しなければならないのは、城主の寝所近くには警護の武士たちが詰めている部屋があるということだ。宿直の武士が終夜、警戒しているのである。

そういうことに無頓着な宗瑞ですら、韮山城にいるときは、数は少ないものの、必ず、不寝番の武士をそばに置いた。ちょっとした油断が命取りになる時代なのである。藤頼との骨肉の争いに勝利して大森の家督を奪った定頼には、今でも敵が多いはずだから、かなり強く警戒しているに違いない。

（普通に考えても五、六人の小姓はそばにいるであろうな。表門の騒ぎを聞きつけて、更に人を呼び集めたとすれば、定頼殿のそばには少なくとも十人、もしかすると、二十人くらいの家臣が集まっているやもしれぬ……）

こちらは自分を含めて六人。不意打ちを食らわせることができれば、相手が十人でも何とかなりそうだ。しかし、相手が二十人では、どうか。

（返り討ちになるかもしれぬな）

そういう恐れは十分にある。

だが、宗瑞は迷ったりしなかった。これまで何度となく己に言い聞かせてきたことだが、石橋を叩いて渡る余裕などない。運を天に任せて突き進むしかないのだ。

小走りに廊下を奥に進む。

大森の武士に二度出会した。

宗瑞は容赦なく斬った。

もはや、心は鬼になっている。

敵を斬ることにためらいはない。

（ここだ）

ついに定頼の寝所を見付けた、と宗瑞は直感した。

襖をがらりと左右に両開きにする。寝所の隣の宿直部屋である。定頼の小姓が二人、そこに正座している。二人が刀に手を伸ばす。

しかし、刀を抜くことはできなかった。宗瑞の家臣たちが素早く斬りかかり、刀を抜く余裕を与えずに斬り倒したからだ。

宗瑞は宿直部屋を突っ切り、両手で襖を開ける。

（いた）

定頼である。軽装だ。七人の小姓たちが抜刀して定頼を囲んでいる。定頼だけが、まだ刀を抜いていない。

「宗瑞！」

定頼が憤怒の形相で宗瑞を睨む。宗瑞の顔を見た瞬間、自分が騙されたことを悟った。宗瑞の死に動転した弥次郎が乱心したのではなく、周到に計画された謀略だったのである。そうだとすれば、敵は十人や二十人どころではなく、五百の伊勢軍が相手になる。事態を甘く見たことを定頼は悔やんだ。

「わしを謀ったな！　病を装い、今にも死にそうな振りをしおって。せっかく、親身になって世話をしてやったのに恩を仇で返すような真似をしおって。この人でなしめが！」

「子供のようなことをおっしゃいますな。定頼殿とて、様々な謀を用いて叔父上の藤頼殿を攻め殺したではありませんか。わしが人でなしならば、定頼殿とて人でなしでありましょう」

「一緒にするな！　斬れ、斬れ！」

定頼が叫ぶと、小姓たちが宗瑞に斬りかかる。

それを宗瑞の家臣たちが受けて立つ。

数だけならば、定頼側が八人、宗瑞側が六人だから定頼の方が有利だが、定頼自身は戦おうとせず、小姓たちに守られている格好だから、どちらかと言えば、宗瑞の方が押している。寝所と宿直部屋、合わせて十五畳ほどの空間で一進一退の攻防が繰り広げられる。

こういう状況になると、勝負を左右するのは、どちらに先に援軍が駆けつけるか、ということである。定頼が盛んに廊下に目を走らせているのは、味方が現れるのを今か今かと待っている証であろう。その気持ちは、宗瑞も同じだ。

（弥次郎、急げ！）

時間が経てば経つほど自分たちが不利になることを宗瑞は知っている。

やがて、廊下を踏み鳴らす音が寝所に近付いてきた。一人や二人の足音ではない。かなりの大人数だ。

「兄者、無事か！」

廊下から飛び込んできたのは弥次郎だ。数人の家臣が続く。それを見た定頼の表情が消沈するのを宗瑞は見逃さなかった。

（勝ったぞ）

興奮を抑えきれず、宗瑞は叫びそうになる。

が……。

続いて姿を現したのは大森の武士たちだ。その数は弥次郎たちより多い。どうやら弥次郎は敵と戦いながら宗瑞のもとに駆けつけたらしい。

敵と味方、入り乱れての激しい斬り合いが演じられる。

（くそっ、定頼殿に近付くことができぬ）

何とか定頼に勝負を挑もうとするが、定頼の小姓たちに遮られ、宗瑞は定頼との距離を詰めることができない。

四半刻（三十分）後……。

紀之介が兵を引き連れて現れ、ようやく寝所での戦いが決着した。床は血の海になり、そこに人が倒れている。ほとんどが定頼の小姓だが、宗瑞の家臣も何人か倒れている。

「定頼殿は？」

宗瑞が訊く。

「ここには、いない」

弥次郎が首を振る。

「くそっ！」

宗瑞が顔を顰め、地団駄を踏む。何が何でも定頼だけは討ち取らなければならぬ、と肝に銘じ、弥次郎や紀之介たちにもくどいほどに言い聞かせていたにもかかわらず、最後の最後で定頼は手綱から逃れ出てしまった。

（いや、まだ間に合う。何としてでも見つけ出さねば……）

定頼を探すことを命じようとしたとき、紀之介が絶望的なことを口にした。

「表門、裏門、不浄門を閉じ、誰も出入りさせぬようにしていましたが、どうやら、この城には、それ以外にも出入口があるらしく、下働きの者たちがどんどん城から逃げていくのです。何とか止めようとしていますが、人手も足りず、夜更けのこと故、勝手のわからぬ城の中で兵が迷子になりかねず、手の施しようがありませぬ」

「そうだとしても何とかしなければならぬのだ。定頼殿を城から出してはならぬ。もし城から出てしまえば……」

虎を野に放つようなものだ、と言いたかったが、その言葉を口にはしなかった。不吉なことを口にすると、それが本当になりそうな嫌な予感がしたからだ。ただ、

「諦めずに探すのだ。まだ城のどこかにいるはずだ」

と言うに留めた。

寝所での戦いの後、あまり激しい戦いは起こらなかった。伊勢軍は五百、城にいた大森兵は二百、衆寡敵せず、戦うよりも城から脱出する道を選んだ者が多かったのだ。

夜が明ける頃、小田原城は宗瑞の手に落ちていた。

だが、捕虜にした大森兵は、負傷して自力で動くことができない者も含めて、わずか三十人ほどに過ぎなかった。それ以外の者たちは城から姿を消した。

定頼も見付からなかった。

明るくなってから調べてみると、中庭の奥と台所の近くに小さな門がふたつ見付かった。門都普の見取り図には描かれていなかった門だ。捕虜を問い質すと、定頼が城主となってから新たに造られたものだという。

十人ほどの兵を斥候として城から出すと、宗瑞は兵たちに飯を食わせ、しばらく休ませるように命じた。ゆうべから一睡もしていないから兵も疲れている。一段落つくと、宗瑞は大広間に弥次郎と紀之介を呼んだ。がらんとした大広間に三人が車座になってあぐらをかく。

「よく働いてくれた」

宗瑞が弥次郎と紀之介に酒を注ぐ。紀之介が台所で見付けてきた薄汚れた茶碗である。

「戦に勝った。めでたいな、兄者」

「小田原城を手に入れました。祝着にございます」

弥次郎と紀之介が頭を垂れる。

「うむ」

三人が茶碗を持ち上げ、酒を口にする。

「五臓六腑に染み渡る」

「疲れが取れるようですな」

「昨日から何度も死んだ気がするが、ようやく生き返ったようだ」

宗瑞が口許に笑みを浮かべる。

戦いに勝利した、城を手に入れた、めでたい、などと言いながら、三人は浮かない顔をしている。確かに形の上では勝利し、小田原城を奪ったものの、本当の意味での勝利でないことを三人は承知している。定頼が生きているとすれば、これから本当の戦いが始まることになるのだ。あまり会話も弾まず、三人が酒を飲んでいると、

「ここにいたか」

門都普が大広間に入ってきた。

車座に加わる。宗瑞が、

「飲むか？」

と、茶碗を差し出すが、

「いらない」

門都普は首を振る。

「村の方は、どうだ？」

堀越御所を攻め落とした後、宗瑞は農民を手厚く保護し、年貢を軽減した。それが功を奏して農民を味方にすることに成功し、北伊豆の豪族たちも従わせることができた。それと同じことをやろうとしているのだ。

「うまくいくだろう。但し……」

「何だ？」

「伊勢宗瑞が大森氏に勝った、と皆が納得すればの話だ。長年、小田原を支配してきた大森氏の強さは知れ渡っている。迂闊に裏切って、後から大森氏が戻ったときに罰せられるのを恐れている」

「兄者は勝った。だから、ここに坐っている」

弥次郎が腹を立てたように言う。

「申し上げます」

廊下から小姓が声をかける。斥候として放った兵が戻ってきたという。

「呼べ」

「は」

直ちに斥候兵が宗瑞の前に呼ばれた。

「大変でございます」

「何があった？」

「それが……」

小田原周辺の豪族たちが兵を率いて移動している、という。ちょうど宗瑞たちが宿営していた場所に程近い、酒匂川の畔に集結しているというのである。

大森氏の旗が立ち、城を奪い返すと気勢を上げているというのだ。

「して、その数は？」

「ざっと一千……しかし、数は増え続けているようでございまする」

「一千か……」

宗瑞がふーっと大きく息を吐いた。

二十四

「なぜ、攻めてこないのだ？」

弥次郎が苛立った声を発する。

小田原城を逃れ出た定頼は、近在の豪族たちに檄を飛ばし、酒匂川の畔に兵を集めている。その数は一日で一千を超え、二日目には二千に達した。しかも、まだ増え続けている。

小田原城に籠もっている伊勢軍はわずか五百に過ぎない。すぐにでも城攻めを始めてよさそうなものなのに、定頼は腰を上げようとしない。

それを訝って、弥次郎が苛立っているのだ。

「慎重になっているのでしょう。自分の城を奪われたことは定頼殿にとって大変な恥辱のはず。少しでも早く取り返したいのは山々でしょうが、万が一、しくじったり、時間がかかったりすれば、恥の上塗りになってしまう。それ故、できるだけ多くの兵を集めながら、城攻めの策を練っているのではないでしょうか」

紀之介が言う。

「それだけではあるまい」

「他に何があるんだ?」

弥次郎が宗瑞の顔を見る。

「定頼殿は、この城について知り尽くしている。城を落とすだけであれば、二千もあれば十分なはず。それでも動こうとしないのは、城を落とすだけでなく、わしらを皆殺しにしようと企んでいるからに違いあるまいよ。そうすることで初めて定頼殿は城を奪われた恥を雪ぐことができるのだ」

「わしらを皆殺しに……」

弥次郎が驚いたように両目を大きく見開く。

「どれくらいの兵が集まれば、そんなことができるんだ？」

「そうよなあ……」

　宗瑞が首を捻る。

「三千くらいであろうか。蟻（あり）の這（は）い出る隙もないほど厳重に城を囲み、闇に紛れて兵を城に忍び込ませ、井戸に毒を投じる。いくら食糧があっても、水がなければ、いつまでも城に閉じ籠もっていることはできぬ。苦し紛れに城から打って出たところを皆殺しにするつもりなのであろうよ」

「他人事のように呑気な言い草だな、兄者。城を奪ったことに満足して気が抜けてしまったのではないのか？　わしらは、どうすればいい？　敵が兵を集めるのを指をくわえて眺めていることしかできないのか」

「普通に考えれば、しっかり守りを固めて籠城し、援軍が来るのを待つところなのでしょうが……」

　紀之介がつぶやく。

「援軍だと？　どこから援軍が来るというんだ？　韮山から兵を呼んだら、韮山が空になってしまうぞ。いっそ韮山を捨てて、小田原に移ってしまうか？　いやいや、それも無理だな。韮山にも五百くらいの兵がいるだけだ。すべて小田原に呼んでも、こちらは一千。とても大森勢には太刀打ちできないぞ」

「そう興奮するな」

宗瑞が弥次郎をたしなめる。

「兄者や紀之介が落ち着き払っていられるのが不思議で仕方がない。どうするつもりなんだ？　やはり今川に助けてもらうなどと言うのではないだろうな？」

「今川か……」

宗瑞がふむふむとうなずく。

「こちらが苦しいときは、相手の身になって考えることも大切だ。そうか、今川か。もしかすると、定頼殿も、そう思っているのかもしれぬな」

「どういう意味ですか？」

紀之介が訊く。

「城攻めに慎重になっているのは、わしらを一人も逃さぬために大軍が揃うのを待っているせいだと思うが、それだけでなく、今川が援軍を送ってくることを心配しているのかもしれぬ。城を囲んでいるときに今川の大軍が現れて背後を衝かれることになれば、定頼殿は苦戦を免れまいからな」

「なるほど、小田原城を奪う謀は、われらだけでやったのではなく、今川と示し合わせてやったことではないか、と定頼殿は疑っているわけですか。確かに、そう疑うのも無理はありませんね。われらは今川軍と共に甲斐に出陣し、ほんの数日前まで一緒にいたわけですから」

紀之介がうなずく。

「今川軍が援軍にやって来るかもしれないと疑っているのなら、二千の兵で城攻めするのをためらうのもわかる。だが、今川は来ない。この期に及んで援軍を頼むつもりもない。それが兄者の考えだよな？」

弥次郎が宗瑞に訊く。

「その通りだ。しかし、定頼殿がそう疑っているのなら、それを利用しない手はない。門都普に命じて、今川軍が小田原に向かっているという噂を流させよう。わしらは籠城の支度をする」

「何のために、そんなことをするんだ？　籠城したところで勝ち目はないぞ」

「籠城はしない。定頼殿に、そう思わせるだけだ」

「何か策を思いつかれたのですね？」

紀之介がにやりと笑う。


定頼の動きは門都普に探らせている。

門都普は、五平や六蔵など主に風間村の者たちを使って情報を集めている。

夜になると門都普は城に戻ってきて宗瑞に報告する。そして、夜が明けないうちに城を出ていく。

その報告によると、

「定頼殿は民から恨まれている」

という。

この時代の軍隊は自弁が原則で、豪族が郎党を率いて領主のもとに駆けつけるときは食糧を持参することになっている。

しかし、今回は準備期間もないまま豪族たちに迅速な出陣を促したので、食糧を持参していない者が多い。その者たちを食わせるために、村々から厳しい食糧調達を行っているというのだ。

しかも、荷物運びや雑用に従事させるために男たちを人夫として徴発している。年貢とは別に食糧を取り立てられるばかりか、働き手まで奪われ、村人たちから怨嗟の声が上がっているという。

「それは、わしらにとって悪いことではないな」

宗瑞が満足げにうなずく。

農民の心が定頼から離れれば離れるほど、宗瑞が小田原を支配するときに有利になる。

もちろん、来たるべき定頼との戦いに勝ってからの話である。

「わしらは籠城の支度をしている。今川の援軍が到着するまで持ちこたえるためだ」

「援軍が来るのか?」

「いいや、来ない」

宗瑞が首を振る。

「しかし、定頼殿には、そう思わせたい。援軍が来るまで、わしらは貝のように城に閉じ籠もるつもりでいる、そのための準備に余念がない……そう信じてほしいのだ」

「なるほど、そういうことか。何をすればいい?」

「うむ……」

門都普に何をしてほしいのか、宗瑞はゆっくりと説明を始める。

二十五

(おのれ、宗瑞め……)

日が暮れると小田原城が夜空に明るく浮かび上がる。城内に無数の篝火(かがりび)が焚(た)かれるからだ。遠くからでも、はっきり見える。それを目にするたびに、定頼は悔しさと怒りではらわたが煮えくり返る。

宗瑞の謀にまんまと騙され、小田原城を奪われてから四日経っている。

生まれてから、これほど腹を立てたことはないというほどの怒りに身を焦がし、城を脱出すると、即座に豪族たちに檄を飛ばして兵を集めた。たちまち一千を超える兵が集まっ

た。怒りに任せて城攻めをしてもよかったが、

（いや、待て、待て）

と自重したのは、宗瑞が想像したように、

（一人も生きて城から出さぬ）

と決意していたからだ。

合戦で敗れたのならまだしも、謀で城を騙し取られるなどという馬鹿な話は定頼も聞いたことがない。もし他の誰かが同じことをされたと耳にしたら、

「世の中には阿呆な城主がいるものよ」

と大笑いしたに違いない。

まさか自分が阿呆な城主だとは信じたくもなかった。兵を率いて馳せ参じてきた豪族たちも最初は何が起こったのかよくわからない様子だったが、詳細が明らかになるにつれ、

「そんな馬鹿なことがあるのか」

「宗瑞の口車に乗って城を奪われるとは」

「御屋形さまも案外、お人好しよのう」

もちろん、定頼の前では口にしないが、豪族同士が集まってはひそひそ話をしている。

叔父の藤頼を倒して大森の家督を奪ってから、それほど日が経っておらず、定頼の立場は盤石とは言い難い。そんなときに豪族たちが定頼の力量を疑うようなことになっては、

これから先、領主として西相模を支配していく上で支障が生じかねない。城を奪われたという事実を変えることはできないから、城を奪い返すにあたっては、

「さすが御屋形さまよ」

「恐ろしい御方じゃ」

と豪族たちが息を呑むほどの鮮やかな勝利を手にして汚名を雪ぐ必要がある。城を落とし、宗瑞を始めとする伊勢の者たちの首をすべて刎ね、その首を城の周囲に並べる……それくらい厳しい仕置きをしなければならぬ、と定頼は思案している。

相手も必死で抵抗するだろうから、定頼はできるだけ多くの兵を集めようとした。兵は順調に集まり、一千の兵が二千になり、二千の兵が三千になった。

そろそろ城攻めを始めるか、と腰を上げようとしたとき、

「今川軍が小田原に向かっているらしい」

という噂が耳に入った。

しかも、二千を超える大軍だという。

（まずいではないか）

それが本当なら根本的に作戦を立て直さなければならない。城攻めをしているときに今川軍が背後に現れたら、定頼に勝ち目はない。

兵法の常識で考えれば、一千くらいの兵で小田原城を囲んで宗瑞が動けないようにし、

その上で今川軍と野戦で雌雄を決するべきであった。

そうなると問題は兵力である。

今の定頼には三千をいくらか超える程度の兵力がある。そこから一千を割いて小田原城を囲めば、残りは二千そこそこ。つまり、今川軍と同じ数になる。

それでは確実に勝てるかどうか、定頼も自信が持てない。城を囲む兵の数を減らせば、今川軍との戦いにより多くの兵を投入できるが、万が一、伊勢軍が城から打って出たとき、城の囲みを突破されてしまえば今川軍と伊勢軍に挟み撃ちにされる危険性がある。それは定頼の悪夢である。城を失うどころか、国を失い、命も失うかもしれない。

(まずは噂の真偽を確かめることだ)

伊豆や駿河との国境に多くの斥候を放ち、定頼は今川軍の動きを探ろうとした。

それと同時に更に多くの兵を集めようとした。あと一千、できれば、あと二千くらいの兵がほしいのが本音だ。

焦りがないと言えば嘘になる。時間が経てば経つほど、豪族たちの忠誠心に翳りが出て来るに違いないし、多くの兵を集めれば、それを食わせるだけでも大変なのだ。

すぐにでも城を攻めたいと逸る心を抑え、定頼は確実に勝利を手に入れる道を探っている。それにしても忌々しいのは宗瑞である。これ見よがしに籠城準備を進め、定頼を嘲笑うかの如く煌々と無数の篝火を焚いている。

(今に見ておれよ)

必ずや宗瑞を殺し、首をさらしてやる、と定頼は心に誓った。

その夜……。

小田原城内では出陣の支度が始められている。五百人すべてが城を出る。あとには一人も残さない。篝火を焚いて、昼間のように明るくしているのは、城に伊勢軍がいるという偽装である。

夜更けに密かに城を出て、酒匂川の畔に宿陣している定頼の軍勢を夜襲する。わずか五百人で三千の大森軍を襲うのだから成功の可能性は薄い。失敗したら小田原城には戻らず、そのまま韮山を目指すことに決めた。三千もの敵が相手では籠城以外に策はないが、援軍の当てもないのに籠城したところでじり貧になるだけである。一か八か、宗瑞はこの夜襲に賭けたのだ。こうして世に言う「酒匂川の夜戦」の幕が切って落とされた。

二十六

大森軍は油断していた。

わずか五百の伊勢軍が三千の大森軍に戦いを挑んでくるとは想像もしていなかったのだ。籠城準備が進められており、夜になると小田原城に煌々と篝火が焚かれることも、

「宗瑞は、わしらを恐れているのだ」

「城に閉じ籠もって出てこようとせぬ」

という思い込みに繋がった。まんまと宗瑞の術中にはまったといっていい。

宗瑞の工夫は、それだけではない。その奇襲攻撃に様々な味付けを施し、それがことごとく効果を発揮し、ついには六倍の大森軍を潰走せしめるに至る。

もちろん、すべてが宗瑞の力というわけではない。幸運にも恵まれた。

例えば、大森軍が布陣した場所である。

その酒匂川の畔は小田原城を奪うまで伊勢軍が布陣していた場所である。大森軍が他の場所に布陣していれば、深夜、右も左もわからない場所で戦わなければならなかった。それは有利な条件ではない。

ところが、たまたま伊勢軍にも馴染みのある場所に布陣してくれたおかげで、兵士たちもあまり戸惑わずに済んだ。

作戦そのものは単純である。

五百人を三つに分けた。宗瑞と弥次郎が百五十人ずつ、紀之介が二百人を率いる。

宗瑞が北から、弥次郎が南から大森軍を攻める。

東側には酒匂川が流れているから、大森軍は驚いて西に逃げようとするであろう。逃げ道に紀之介が待ち構えていて更に不意打ちを食らわせるのだ。

大森軍の陣地にも篝火が焚かれ、不寝番の兵士たちが巡回している。しかし、あまり緊張感はない。宗瑞と弥次郎の率いる軍勢が南北からひたひたと迫っていることに、まったく気が付かなかった。

「用意せよ」

宗瑞が命ずると、兵たちが火矢をつがえる。

「射よ！」

火矢が一斉に大森軍の陣地に向けて放たれる。その直後、今度は南側からも火矢が射られる。まず宗瑞の方が火矢を放ち、それを見てから弥次郎が火矢を放つと決めてあったのだ。

うおーっと喊声を上げながら、南北から三百の伊勢軍が大森軍に突撃を開始する。大森軍の兵士たちのほとんどは寝ていたから、何が起こったのかわからずに右往左往するばかりで、ひどい混乱状態に陥る。

とは言え、大森軍は三千である。

そこに三百の伊勢軍が突撃しても、一度で致命的な打撃を与えることはできない。大森軍の方でも時間が経つにつれ、何が起こったのかを把握し、冷静さを取り戻す者も出て来

る。そういう者は、

「火を消せ！　火を消すのだ！」

人夫として徴発された村の男たちに命ずる。火に驚いて馬が暴れているし、あまり明るいと敵の矢に狙い撃ちされるからだ。

宗瑞の味付けがここで役に立った。

あらかじめ人夫の中に風間村の男たちを忍び込ませておいたのだ。人夫たちは酒匂川から水を運んで火を消そうとするが、風間村の者たちだけは火を消す振りをして、逆に火を燃え広がらせた。

それだけではない。

あたりを走り回りながら、

「今川だぞ、敵は今川だ！」

と叫んだ。

これが大森軍に与えた心理的な影響は大きかった。

今川の大軍が接近しているという噂を耳にしていたから、

（本当に来たのか）

と恐怖を感じ、その恐怖心が更に混乱を煽った。

そのせいで、

「裏切りだ！」

「御屋形さまが討ち取られたぞ！」

という根も葉もないでたらめまで真実味を帯びて受け取られた。

これで大森軍は完全に浮き足立った。

苦し紛れに敵のいない西側に逃れようとする。

宗瑞の思う壺だ。

待ち構えていた紀之介の軍勢に攻撃され、大慌てでまた陣地に戻ろうとする。戻ろうとする兵と陣地から出ようとする兵が揉み合いになって立ち往生する。そこに伊勢軍が矢を射かける。逃げ場がないから降り注ぐ矢を避けることができない。ばたばたと大森兵が倒れる。遠くから眺めている大森兵は、味方同士の揉み合いを今川軍との戦いだと勘違いし、東の酒匂川に飛び込んで逃げようとする。

古来、兵法においては、渡河している軍団ほど無防備で容易に討てるものはない、と説く。今の大森軍がまさにそれであった。いともたやすく伊勢軍の弓矢の餌食にされてしまった。

半刻（一時間）ほど後……。

大森軍は蜘蛛の子を散らすように四散してしまい、あとには数多くの死体が散乱し、負傷者が置き去りにされた。宗瑞ですら想像していなかったほどの大勝利といっていい。わずか五百の伊勢軍が三千の大森軍を撃破したのだ。

「やったな、兄者」

弥次郎が近付いてくる。顔も体も血と汗にまみれている。その後ろには紀之介もいる。

「どうなることかと思ったが、意外と大森兵は弱かったな」

「いや、そうではない」

大森兵が弱いのではなく、人間というのは、元々が臆病なものなのだ。それを厳しい規律で縛り、有無を言わさず命令に従うように鍛えることで初めて強い兵にすることができる。統制と規律があってこそ強さを発揮できるのであり、それらを失ってしまえば、ただの烏合の衆に過ぎない。伊勢兵にしても、大森兵と同じ状況に置かれれば、きっと見苦しい振る舞いをするに違いない……そう宗瑞は言う。

「そういうものかな」

弥次郎が小首を傾げる。

「兵だけの話ではないでしょう。やはり、上に立つ者の器量がモノを言うのだと思います。これだけの大勝利を得ることができたのは、つまり、殿と定頼殿の器量の違いということではないでしょうか」

紀之介が言うと、

「世辞を言うな」

宗瑞が苦笑いする。

夜が明けると、宗瑞は城に引き揚げた。

大森軍の反撃を警戒して何人もの斥候を放って様子を窺ったが、何の兆候も見られなかった。豪族たちは郎党を率いて自分の領地に引き揚げてしまった。定頼の行方もわからない。三浦氏と山内上杉氏の援軍を求めて、東に向かったという者もいたが、その真偽を確かめる術はなかった。

それから、ひと月……。

宗瑞は小田原城に腰を据えて民政に力を注いだ。

興国寺城や韮山城でしていたのと同じように、小田原でも年貢を下げることにした。自分の支配地では同じ年貢しか取らぬというのが宗瑞の信念である。正確に年貢を徴収するため検地を行うことも決めた。その手の作業に通暁している松田信之介、諏訪半蔵、橋本七兵衛らを韮山から呼び寄せた。

四公六民という年貢比率の布告に農民は驚喜した。

定頼と藤頼が争っていたせいで、頻繁に戦費調達が行われ、西相模の農民は重税に喘いでいた。四公六民が本当に実施されれば年貢が半分になる。夢ではないか、と喜ぶのも当然であった。

検地によって、むしろ、年貢が重くなるのではないかと危惧する農民もいたが、そんなことはなかった。耕作する者がいなくなって荒れてしまい、雑草が生い茂るがままに放置されているような田畑も多かったが、検地によって、それらの土地には年貢がかけられなくなった。おかげで四公六民という比率よりも年貢が下がった者も少なくない。

あまりにも年貢が安いので、自分たちを騙そうとしているのではないか、人気取りのために最初だけ年貢を安くして、すぐにまた年貢を重くするのではないかと疑う者もいたが、伊豆でも同じ年貢しか課していないということがわかると農民たちは安堵した。

「宗瑞さまに忠義を尽くせば、もう飢えることはない。毎日、きちんと飯が食える。娘を売る必要もない。じじやばばを山に捨てることもなくなる」

「年貢を納めても、手許に米や銭が残る。新たに開墾した土地は自分のものになる。真面目に働いて年貢を納めれば、数年で身代が倍になる」

「宗瑞さまのような領主は他におらぬぞ」

そう宣伝して歩いたのは五平や六蔵など風間村の者たちだ。宗瑞が短期間で西相模の農民を味方にすることができたのは、彼らのおかげといっていい。

農民たちが宗瑞に靡くのを見て、豪族たちは沈黙を守った。伊豆討ち入りに成功した後、農民たちが宗瑞を支持し、それを見て、豪族たちも渋々、宗瑞に従うようになったのと同じ構図である。まだ宗瑞のもとに伺候する豪族は現れていないが、敵対しようとする者もいない。定頼の行方がわからないので日和見を決め込んでいるのだろうと宗瑞は思った。

検地が一段落すると、宗瑞は韮山に帰った。弥次郎を城代とし、紀之介には弥次郎を補佐するように命じた。信之介がいれば民政は心配ないし、堅固な小田原城に拠り、戦上手の紀之介をそばに置けば、弥次郎も少しは安心できるだろうという宗瑞の配慮だ。わずか数人の供を連れただけで韮山に向かったのも、少しでも多くの兵を残していきたいという気配りであった。小田原城の兵力は五百、韮山城の兵力も、ほぼ同じである。

韮山も平穏というわけではなく、茶々丸を擁する狩野氏を始めとする南伊豆の豪族たちが敵対しているから韮山の兵を小田原に送ることはできない。

つまり、小田原も韮山も、それぞれ五百の兵力で守らなければならないということだ。普通に考えれば、北伊豆と西相模をわずか一千の兵力で維持していくなど無理に決まっている。宗瑞の頼りは農民の支持だけである。綱渡りのような際どいやり方であろう。

二十七

韮山に戻って数ヶ月、宗瑞はずっと居心地の悪い思いをしている。どうにも落ち着かないのだ。いくつもの不安に苛まれているせいだ。

ひとつには小田原のことである。年貢を安くしたおかげで農民たちは伊勢氏の支配を受け入れているが、豪族たちは沈黙を守り続けている。依然として定頼の行方がわからないせいだ。わずか五百の兵力で西相模の支配を維持するのは並大抵の苦労ではないはずだが、弥次郎は文句も言わずに黙々と城代としての職務を果たしている。その心細さを思うと、宗瑞の胸も痛むのだ。

ひとつには南伊豆のことである。春に狩野氏討伐の前進基地として修善寺に柏久保城を築いたものの、小田原に五百の兵を常駐させることになったため、狩野氏討伐どころではなくなった。兵が足りないのである。それどころか逆に韮山を攻められる心配をしなければならなくなった。狩野氏の立場になれば、今こそ北伊豆支配権を宗瑞から奪う千載一遇の好機であるはずだった。

にもかかわらず、狩野氏は動かず、不気味な沈黙を守っている。狩野道一が何を考えているのか、その背後にいる茶々丸が何を企んでいるのか、それが宗瑞にもわからず、尻のあたりがむず痒い(がゆ)ような居心地の悪さと苛立ちを感じる。

また、ひとつには今川氏のことである。氏親から興国寺城を預かっているという立場からすると、宗瑞は氏親の家臣だが、同時に伊豆の守護として韮山城の主でもある。この不思議な立場から脱却し、守護大名として自立していく道を宗瑞は選ぼうとしている。だからこそ、定頼から小田原城を奪い、西相模に支配地を広げるという重大な計画を氏親に知らせなかった。知らせれば氏親は援軍を送ってくれたであろうが、それは今川の影響力が西相模にまで及ぶことを意味する。宗瑞は、それを嫌ったのだ。

氏親と宗瑞は強い絆で結ばれているから、お互いの立場を尊重して折り合いをつけていくことができるが、いずれ氏親も宗瑞も代替わりするときが来る。そのときに両家の関係が曖昧なままではまずい、と宗瑞は判断したのだ。伊勢氏が自立の道を歩むことは今川氏にとっては決して愉快なことではないだろうが、

（御屋形さまなら、きっとわかって下さる）

と、宗瑞は信じている。

韮山城に戻ってから、宗瑞は小田原城を奪うに至った経緯を長い手紙に記し、使者に托して氏親に送った。本来であれば、宗瑞自身が駿府に赴いて直に氏親に説明したいところだったが、狩野氏と茶々丸の動向から目を離すことができないので韮山城を留守にすることができなかった。

数日で使者が戻ってきた。氏親と保子の手紙、それに酒や反物、米など数多くの品々が届けられた。

氏親からの手紙には、甲斐に出兵してくれたことに感謝する言葉が記されていた。その手紙を読む限り、氏親が気分を害している様子は感じられなかったものの、気になるのは、宗瑞が小田原城を手に入れたことに関して、ひと言も触れていないことだ。

保子の手紙が添えられているのも奇妙と言えば、奇妙だった。今までなかったことだからだ。

しかも、保子の手紙には、西相模を支配地に加えたことを祝する言葉が記されていた。

氏親の手紙、保子の手紙、数々の贈り物……それらから宗瑞は、氏親の苦しい立場と宗瑞への配慮を読み取ることができた。氏親の手紙に小田原に関する記述が何もないことは、宗瑞の振る舞いを今川の重臣たちが喜んでいないことを示唆しているのであろう。中には、

「向こうがそのつもりなら、これを機に伊勢氏と手を切ってしまえばいい」

と主張する者もいたに違いない。

そういう声を氏親も無視できず、かといって、宗瑞と対立することも望まないので、自分の手紙では小田原の一件について触れないことにしたのではあるまいか、と宗瑞は推察する。

だが、単に無視したのでは氏親の真意を宗瑞が誤解するかもしれないと気遣い、わざわざ保子の手紙を添えたのではないか、つまり、今川家の主という立場と、宗瑞の甥であるという立場を二通の手紙を利用して使い分けたのではないか……宗瑞はそんな気がした。

二通の手紙と共に届けられた贈り物についても、氏親の要請に応じて甲斐に兵を出したお礼なのか、それとも、宗瑞が西相模を手に入れたお祝いなのか、どちらとも明確に記されていない。出兵のお礼にしては過分すぎる贈り物のように思われた。

(御屋形さまに申し訳ないことをした)

自分のせいで氏親を難しい立場に追い込んでしまったことが宗瑞は心苦しかった。

宗瑞は身動きが取れなくなった。

それでなくても乏しい兵力を韮山と小田原に分散しているので、自分から積極的に動くことができず、守りに徹するしかなくなった。

西相模の支配が安定したら、韮山から南下して狩野道一と茶々丸を討ち、南伊豆を制して伊豆統一を成し遂げたいと胸算用していたが、そんなことは夢のまた夢だった。

西相模の豪族たちは、表面的には伊勢氏の支配に服しているように見えるが、それが本心でないことは宗瑞も承知している。

（あの夜、定頼殿を討ち取っていれば……）

そうすれば、西相模の状況は、まるで違っていたはずである。定頼の消息は年が明けても聞こえてこなかった。定頼が姿を現し、西相模の豪族たちに檄を飛ばし、豪族たちが檄に応じて兵を挙げたらどうなるのか……小田原城にいる五百の兵力では、とても歯が立たない。宗瑞が頭を悩ませているのは、そういう事態が生じても、韮山から援軍を送ることができないということだ。それは弥次郎も承知しているが、だからこそ、弥次郎はいかにして小田原城を守っていくか、神経をすり減らしているはずだった。

明応五年（一四九六）五月、宗瑞を気落ちさせる知らせが都から届いた。

日野富子が亡くなったというのだ。ここ数年、病がちで床に伏せることが多かったが、春先に風邪をこじらせたのが命取りになった。享年五十七。

富子を悪く言う者も多かったが、宗瑞にとっては大恩人であった。荏原郷から都に出てきた当初、富子は宗瑞に目をかけてくれた。その後も何度となく宗瑞に力添えしてくれた。もちろん、一方的に恩を売ったわけではなく、宗瑞を利用することで富子も多くのものを得たのだ。

今現在、宗瑞が伊豆の守護という立場にいるのは細川政元と富子のおかげである。二人が宗瑞の後ろ盾だったので、宗瑞は常に室町幕府の威光を背景として行動することができた。富子を失ったことは、宗瑞にとって政治的に大きな打撃と言っていい。

宗瑞は自ら上洛して富子の葬儀に参列したいと思った。富子自身と深い繋がりがあるだけでなく、富子の夫・義政とも、富子の息子・義尚とも、宗瑞は濃い縁がある。

が……。

宗瑞は動くことができなかった。

それまでまったく行方の知れなかった定頼に関し、

「鎌倉にいるらしい」

という情報を門都普がつかんだのだ。

もっと詳しい情報を手に入れるために、門都普は風間村の五平や六蔵など多くの者たちを間諜として鎌倉方面に送った。門都普も東に向かった。

その結果、六月中旬、山内上杉氏の主・顕定、三浦道寸、それに定頼の三人が鎌倉で会したことが明らかになった。三人が何を話し合ったか、宗瑞には容易に想像がつく。言うまでもなく、小田原奪還であろう。

七月初め、門都普が韮山城に帰ってきた。

「どんな様子だ？」

「戦になる。あと半月もすれば敵軍が小田原に攻め込むぞ」

「敵軍とは？」

「決まっている。山内上杉氏と大森氏だ」

「三浦氏は兵を出さぬのか？」

「鎌倉に集まっているのは山内上杉氏の兵だけだ。三浦氏が兵を出す様子はない」

「数は？」

「ざっと五千。言っておくが、かなり控え目に見積もっている。実際には、もっと多くなりそうだ」

「五千か……」

宗瑞の表情が曇る。山内上杉軍に大森軍が加われば、七千から八千にはなるであろう。それだけの大軍が小田原に攻め込めば、わずか五百の伊勢軍は抵抗しようもない。三浦氏が兵を出さない理由もわかる。必要ないからだ。

門都普の話を聞き、宗瑞が思案しているのは小田原城を守るということではない。

そんなことは不可能だ。

いかに堅固な城とはいえ、七千や八千という途方もない大軍に包囲されたらひとたまりもない。援軍が来る当てもないのに籠城しても意味がない。妙な意地を張れば、五百人の伊勢兵が皆殺しにされてしまうだけだ。

農民に支持されているとはいえ、伊勢軍が大した兵力でないことは山内顕定も承知しているはずだ。定頼に力を貸すだけであれば、五千もの兵を動かす必要はない。せいぜい、二千くらいの兵を動かせば、大森氏の軍勢と合わせて四千から五千になる。それだけの兵力があれば、小田原城を奪い返すのは容易なはずである。

にもかかわらず、顕定自身が五千もの大軍を率いて小田原を攻めようとするのは、なぜなのか……その意図を宗瑞は見抜こうとする。

（伊豆に攻め込むつもりなのではないか）

元々、伊豆は山内上杉氏が守護を務めてきた国だ。そこに堀越公方が住むようになり、形の上では堀越公方が伊豆を支配することになったが、実質的には山内上杉氏が支配を続けた。

宗瑞は堀越御所を急襲し、茶々丸を追い払った。伊豆に居座り、守護の座を得た。

当然ながら山内上杉氏は激怒した。

すぐにでも兵を出して宗瑞を滅ぼしたいのが本音であったろう。

それができなかったのには、いくつか理由がある。

ひとつには宗瑞が室町幕府に支持されていたことである。そもそも茶々丸を討て、というのも幕府の指示だったので、幕府を敵に回す覚悟がなければ、宗瑞を討つことができなかったのだ。

それに、その頃は大森氏には氏頼が健在だった。

氏頼は扇谷上杉氏の柱石と言われた男で、山内上杉氏が伊豆に攻め込むには氏頼の支配する西相模を通過しなければならなかった。氏頼が許すはずがなかったし、今川氏も黙っているはずがなかった。

つまり、山内上杉氏が宗瑞を倒すには、幕府と大森氏頼と今川氏親を敵に回す覚悟が必要だったのだ。

が……。

その頃とは情勢が大きく変わっている。

幕府との繋がりは薄くなり、氏頼は亡くなった。今の大森氏は扇谷上杉氏を見限り、山内上杉氏の傘下に入っている。今川氏との仲にも隙間風が吹いている。振り返ってみれば、これほど宗瑞が不安定な状況に身を置いたことはなかった。逆の見方をすれば、宗瑞を攻めるのに、これほどの絶好機はないということでもある。

(なるほど……)

小田原城を奪われた定頼は、東に走って山内顕定を頼ったのであろう。城を取り戻す手助けをするのは、顕定にとって、それほど難しいことではなかったはずだ。

しかし、顕定は、

(この際、伊豆も取り返してやろう)

と企んだのに違いない。

そこまで考えての行動であれば、五千以上の大軍を編成していることも納得できる。宗瑞の想像が正しければ、狩野道一と茶々丸が目立った動きをしないことも理解できる。彼らは顕定がやって来るのを待っているのだ。山内上杉軍の伊豆侵攻に呼応して兵を挙げ、南から韮山を攻めれば宗瑞はひとたまりもない。

「山内上杉の深謀遠慮ということか」

門都普がうなずく。

「山内上杉にとっては小田原城を取り戻すことなど朝飯前なのだろう。しかし、弥次郎たちを追い払うだけでは、わしらに韮山の防備を固めさせることになってしまう。向こうは、何かあれば今川の援軍が韮山に駆けつけると思い込んでいる。今川ほどの家なら、いつでも二千や三千の兵を動かすことができる。たとえ今川の援軍が駆けつけても撃破できるだけの大軍が揃うのを待っていたのだ」

「山内上杉が定頼殿を抑えていたということだな？」

「そうだ」

「向こうの企みは、わかった。で、わしらは勝てるのか？　そこが肝心なところだが」

「勝てぬな」

宗瑞が首を振る。

「勝てる道理がない」

「他人事のように言うな」

門都普が怒ったように言う。

「山内上杉氏が七千、大森氏が三千とすれば、それで一万だ。それほどでないとしても両軍合わせて七千以下ということはない。国境を越えて伊豆に雪崩れ込んできたら勝てるはずがない。勝つ策などない。が、しかし……」

「何だ？」

「負けぬようにする策ならば考えられよう」

「信じられぬな。そんなうまい手があるのか？」

「弥次郎に手紙を書くから小田原に届けてくれ。わしの真意を勘違いせぬように、おまえの口からも、しかと伝えてほしいのだ」

「それほど大事なことならば自分で行けばよいではないか」

「わしは他に行くところがある。急がねばならぬ」

「こんなときに、どこに行くというのだ？　駿府か？　今川に助けを求めるのか」

「そうではない。都に行く」

「都だと？　いったい、何のために？」

「言うまでもない。伊豆を守るためだ」

二十八

「久し振りではないか」

細川政元が口許に笑みを湛えて宗瑞を見る。まだ三十一歳の若さだが幕政を牛耳（ぎゅうじ）る、室町幕府最大の実力者である。

「どれくらいになる？」

「二年ぶりにございます」

「ふうむ、二年か……。わずか二年とはいえ、世間は大きく変わったのう」

「はい」

五月に亡くなった日野富子の法事に出席するために上洛したというのが表向きの理由だが、もちろん、本当の理由は政元に会うことである。

「茶々丸さまが生きていたそうだな」

「はい」

「早く討つがよい。公方さまのお耳に入ったら大変なことになる」

「そうしたいのは山々なれど……」

狩野道一を始めとする南伊豆の豪族たちが茶々丸を担いで宗瑞の支配に抵抗しているため苦戦を強いられている、と説明する。

「伊豆もひとつにまとまっておらぬのに小田原に手を出したのか？」

政元が呆れたように訊く。

「定頼殿は、いずれ茶々丸さまと手を組んで伊豆に攻め込むでしょう。先手を打って小田原城を奪ったのでございます」

「随分と自分に都合のよい理屈に聞こえるが、まあ、よかろう。それで？」

「小田原城を取り戻すために定頼殿は山内上杉氏を頼りました。すでに山内上杉の軍勢が鎌倉に集まっており、いつ西に向かってもおかしくありません」

「数は？」

「山内上杉軍が五千から七千、大森軍が二千から三千というところだと思われます」

「途方もない数ではないか。少なくとも七千、多ければ一万か。小田原城を守ることができるのか？」

「小田原城には弟の弥次郎を入れておりますが、その数は五百に過ぎませぬ。守りようなどありませぬ」

宗瑞が首を振る。

「ふうむ、あっさり小田原城を捨てるか。確かに相手がそれほどの大軍であれば、戦うだけ無駄という気もするな。しかし、それなら何のために都に出てきたのだ？」

「山内上杉の真の狙いは小田原城を取り戻すことではありませぬ。伊豆に攻め込むつもりなのです」

「伊豆にか？」

政元が眉間に皺を寄せる。

「今までは小田原の大森氏が邪魔で、そう簡単に伊豆に攻め込むことなどできませんでしたが、定頼殿は扇谷上杉氏を見限って、山内上杉氏に誼を通じております。進軍を邪魔するどころか、山内上杉軍の先鋒となって伊豆に攻め込むでしょう」

「小田原城だけでなく、韮山城も捨てるのか？　伊豆から逃げ出し、興国寺城に戻るのか？」

「それもひとつの道でございましょう。そうすれば、少なくとも家族や家臣たちの命を守ることはできまする。しかし、そんなことをしたくはありませぬ。何とか伊豆に留まりたいと願っております」

「戦っても勝てまい」

「この窮地を脱するには管領殿のお力にすがる以外にないのです。どうかお力添えを賜りますように」

宗瑞が頭を下げる。

「なぜ、わしが力を貸すと思うのだ？　わしにどんな得がある」

「相模においては三浦氏も大森氏も山内上杉氏に従う姿勢を見せております。伊豆も手に入れるようなことになれば、関東で山内上杉氏に対抗できる者がいなくなってしまうでしょう。それは幕府が関東を失うことを意味します。しかも……」

宗瑞が政元の目を真正面から見つめる。

「茶々丸さまが堀越公方として再び伊豆を支配することになるでしょう。それを公方さまはお喜びになられますか？」

「元はと言えば、宗瑞殿が茶々丸さまを討ち損ねたせいではないか」

政元が舌打ちする。

「その通りです。それ故、茶々丸さまを討ち取るべく、わたしも南伊豆の豪族どもと戦いを続けております。しかし、伊豆を追われてしまえば、もはや茶々丸さまを討つこともできなくなります」

「……」

政元が苦い顔で黙り込む。茶々丸の復権を義澄が許すはずがないとわかっているのだ。

そんなことになれば、茶々丸を討伐せよと騒ぎ立てるに決まっている。

「山内上杉氏の支配国が駿河と国境を接するほど膨れあがれば、山内上杉氏は関東に残っている敵をひとつずつ捻り潰していき、ついには関東だけでなく東国すべてを支配するようになるでしょう。万が一、駿河に攻め込んで今川を破るようなことになれば、都すら脅かされることになりかねませぬ」

「馬鹿な。そのようなことができるものか」

「本当にそう言い切れますか？」

「ううむ……」

政元の顔がますます渋くなり、指先で額をこんこんと叩く。

「宗瑞殿に手を貸しても、わしが得るものはない。しかし、このまま宗瑞殿を見捨てれば、幕府は関東を失ってしまう……そう言いたいわけだな？」

「さようにございまする」

「わしに何をしろというのだ？　今川に命じて、伊豆に出兵させればよいか」

「それは望みませぬ……」

たとえ今川が三千くらいの兵を出してくれても、山内上杉氏と大森氏による連合軍の半分の数にもならない。それでは戦っても勝てるかどうかわからない、と宗瑞は言う。

「では、何を望むのだ？」

「はい……」

宗瑞は大きく息を吐くと、政元にしてほしいことを話し始める。

七月下旬、七千の山内上杉軍が西相模に侵攻した。

これに呼応して、大森定頼が兵を挙げた。その数は二千である。合わせて九千という大軍が一気に小田原を衝こうとしたとき、両軍の宿営地に長尾景春の軍勢が奇襲攻撃を仕掛けた。景春の手勢は一千ほどだったし、山内上杉軍が態勢を立て直して攻めかかってくると、すぐに兵を退いたので、大した被害はなかった。

しかし、山内上杉軍を率いる顕定が受けた衝撃は大きい。

景春が生まれたのは白井長尾家といい、代々、山内上杉氏の家宰を務める家柄だった。祖父は筆頭家老を、父も家宰を務めた。当然、景春は自分も家宰になるものだと信じていた。

ところが、父の死後、顕定の家宰に任じられたのは叔父の忠景だった。景春は、この処置を恨み、顕定を憎むようになった。ついには顕定に反旗を翻すに至り、長尾景春の乱と呼ばれる戦乱を引き起こすことになる。景春はしばしば顕定を破り、一時は顕定の勢力を上野に追い詰めることに成功する。

その後、扇谷上杉氏の家宰・太田道灌の参戦などもあり、景春の勢いも衰えたが、最初の反乱から二十年以上経った今でも顕定に敵対して戦いを続けている。顕定にとっては天敵とも言える存在なのだ。

（なぜ、あの男が西相模に現れた？）

顕定の心に疑問が浮かぶ。

太田道灌の死後、景春は扇谷上杉氏の当主・定正と手を結んで、顕定への戦いを続けた。二年前に定正が死んでからは、定正の後を継いだ朝良の力不足もあって家中が混乱し、景春も積極的に動くことができないでいる。

その景春が動き出したということは、扇谷上杉氏が何か企んでいるのではないか、と顕定が疑うのは当然であった。定正の死後、大きく勢力が減じたとはいえ、山内上杉氏に真正面から対抗できるのは扇谷上杉氏しかいない。

案の定、景春の奇襲攻撃から数日して、扇谷上杉氏の大軍が顕定の本拠地である上野の平井（ひらい）城に向かっているという知らせが届いた。

（そういうことか……）

長尾景春を使って顕定を西相模に足止めし、その隙に守りが手薄になった平井城を攻める……それが朝良の企みなのだな、と顕定は見抜いた。

いや、見抜いたつもりで、宗瑞の謀略に陥ったと言うべきであろう。

細川政元を通じて、宗瑞が扇谷上杉氏を動かしたのだ。

今の扇谷上杉氏には山内上杉氏とまともに戦う力がないのは誰の目にも明らかだから、ただ単に平井城を攻める素振りを見せたのでは顕定が信じないかもしれないと考え、長尾景春による奇襲攻撃という味付けをした。天敵である長尾景春に攻められれば顕定の頭に血が上るとわかっていたのだ。

その翌日、顕定と定頼の連合軍九千が小田原城を囲んだ。

夜になって弥次郎が率いる伊勢軍五百が夜襲を仕掛けたが、連合軍が警戒していたため、何の戦果も上げられずに撃退された。夜が明けると、城には人気(ひとけ)がなかった。夜襲に失敗した弥次郎たちは城に戻らず、そのまま韮山を目指して逃げたのだ。

当初の予定では、小田原城を取り戻した後、その勢いを駆って伊豆に攻め込むことになっていた。

しかし、顕定は、

「平井に戻らねばならぬ」

と言い出した。

「お待ち下さい。あと三日もあれば、韮山城を攻め落とすことができましょう」

「韮山城を手に入れても、平井城を失っては、わしの面目は丸潰れだ。わしは帰る」

定頼の意見になど耳を傾ける素振りも見せず、その日のうちに顕定は小田原を去った。

それでも定頼の手許には二千の兵がある。

宗瑞の兵力が一千ほどに過ぎないことはわかっていたし、狩野道一ら南伊豆の豪族たちも一千ほどの兵で南から韮山を攻める手筈になっている。

勝算は十分すぎるくらいにある。

が……。

定頼はためらった。

宗瑞が一筋縄でいかぬ男だとわかっているからだ。

謀で小田原城を奪われただけではない。

小田原城奪還を目指した定頼の軍勢は酒匂川の合戦で木っ端微塵にされている。そのとき宗瑞の兵力は五百、定頼の兵力は三千だった。

それでも負けた。

そんな敵を相手に、しかも、今度は堅固な韮山城に立て籠もっているというのに、土地勘のない敵地で城攻めなどできるのか、それで勝てるのか……思案すればするほど定頼は自信がなくなってくる。韮山に攻め込んで、もし宗瑞に敗れるようなことになれば、今度こそ西相模を完全に失うことになってしまうのだ。

（自重すべし）

定頼は伊豆侵攻を断念した。

　山内上杉軍の動きを探るため、数多くの間諜を宗瑞は西相模に放っていた。小田原城が包囲されたことを知り、宗瑞は三百の兵を率いて相模との国境まで進出した。弥次郎には無理せず城を捨てるように言い含めてある。韮山に戻ろうとする弥次郎たちに敵軍が追いすがるようであれば、待ち伏せして攻撃してやろうと考えた。

　幸い、敵軍は追ってこなかった。

「兄者、すまぬ」

「何を詫びることがある？　皆を無事に連れ帰ってくれたではないか。よくやった」

「しかし、せっかく手に入れた小田原を失ってしまった。城も土地も民も」

「わしの力が足りなかったのだ。おまえのせいではない。それに……」

　宗瑞は、はるか小田原の方角を眺めながら、

「失ったものは取り返せばよい。命がある限り、人生というのは何度でもやり直しが利くのだ。一度の失敗に挫けることなく、何度でもやり直せばよい。わずか一年とはいえ、わしらが西相模を支配したことは決して無駄ではなかった。その経験は、必ず、次にいかすことができる。わしは、そう信じている」

「ならば、わしも信じよう」

　弥次郎がうなずく。

（『北条早雲4　明鏡止水篇』へ続く）

単行本　二〇一六年二月　中央公論新社刊

中公文庫

北条早雲3(ほうじょうそううん)
——相模侵攻篇(さがみしんこうへん)

2020年4月25日　初版発行

著　者　富樫倫太郎(とがしりんたろう)

発行者　松田陽三

発行所　中央公論新社
〒100-8152　東京都千代田区大手町1-7-1
電話　販売 03-5299-1730　編集 03-5299-1890
URL http://www.chuko.co.jp/

DTP　嵐下英治
印　刷　三晃印刷
製　本　小泉製本

Published by CHUOKORON-SHINSHA, INC.
Printed in Japan　ISBN978-4-12-206873-5 C1193

乱世の梟雄（きょうゆう）と呼ばれし

第三弾

北条早雲3　相模侵攻篇

伊豆討ち入りを果たし、僧形になったものの出陣の日々は終わらない。小田原攻めに動き、いよいよ東進を画する緊迫の展開！

第四弾

北条早雲4　明鏡止水篇

茶々丸との最終戦と悲願の伊豆統一、再びの小田原攻め、そして長享の乱の終結……己の理想のため鬼と化した男に、安息はない！

第五弾

北条早雲5　疾風怒濤篇

三浦氏打倒のため、苦悩の末に選んだ最終手段……血みどろの決戦は、極悪人の悲願を叶えるか。シリーズ、いよいよ完結！

中公文庫既刊より

各書目の下段の数字はＩＳＢＮコードです。978 - 4 - 12が省略してあります。

と-26-13
堂島物語1　曙光篇
富樫倫太郎
米が銭を生む街・大坂堂島。十六歳と遅れて米問屋へ奉公に入った吉左には「暖簾分けを許され店を持つ」という出世の道は閉ざされていたが――本格時代経済小説の登場。
205519-3

と-26-14
堂島物語2　青雲篇
富樫倫太郎
山代屋へ奉公に上がって二年。丁稚として務める一方、幕府未公認の先物取引「つめかえし」で相場師としての頭角を現しつつある吉左は、両替商の娘・加保に想いを寄せる。
205520-9

と-26-15
堂島物語3　立志篇
富樫倫太郎
念願の米仲買人となった吉左改め吉左衛門は、自分と同じく二十代で無敗の天才米相場師・寒河江屋宗右衛門の存在を知る――『早雲の軍配者』の著者が描く経済時代小説第三弾。
205545-2

と-26-16
堂島物語4　背水篇
富樫倫太郎
「九州で竹の花が咲いた」という奇妙な噂を耳にした吉左衛門は西国へ飛ぶ。やがて訪れる享保の大飢饉をめぐる米相場乱高下は、ビジネスチャンスとなるか、破滅をもたらすか――。
205546-9

と-26-17
堂島物語5　漆黒篇
富樫倫太郎
かつて山代屋で丁稚頭を務めた百助は莫大な借金を抱え、お新と駆け落ちする。米商人となる道を閉ざされ、行商人に身を落とした百助は、やがて酒に溺れるが……。
205599-5

と-26-18
堂島物語6　出世篇
富樫倫太郎
川越屋で奉公を始めることになった百助の息子・万吉は、手代たちから執拗な嫌がらせを受ける。『早雲の軍配者』の著者が描く本格経済時代小説第六弾。
205600-8

と-26-20
箱館売ります（上）　土方歳三蝦夷血風録
富樫倫太郎
箱館を占領した旧幕府軍から、土地を手に入れようとするプロシア人兄弟。だが、背後には領土拡大を企むロシアの策謀が――。土方歳三、知られざる箱館の戦い！
205779-1

各書目の下段の数字はＩＳＢＮコードです。978－4－12が省略してあります。

と-26-21
箱館売ります（下） 土方歳三 蝦夷血風録
富樫倫太郎
ロシアの謀略に気づいた者たちが土方歳三を指揮官に、旧幕府軍、新政府軍の垣根を越えて契約締結妨害のために戦うのだが――。思いはひとつ、日本を守るため。
205780-7

と-26-22
松前の花（上） 土方歳三 蝦夷血風録
富樫倫太郎
土方歳三らの蝦夷政府には、父の仇討ちに燃える娘、戦の携行食としてパン作りを依頼される和菓子職人の姿があった。知られざる箱館戦争を描くシリーズ第二弾。
205808-8

と-26-23
松前の花（下） 土方歳三 蝦夷血風録
富樫倫太郎
死を覚悟した蘭子は、藤吉にある物を託し戦へと向かった。北の地で自らの本分を遂げようとする土方、蘭子、藤吉。それぞれの箱館戦争がクライマックスを迎える！
205809-5

と-26-24
神威の矢（上） 土方歳三 蝦夷討伐奇譚
富樫倫太郎
明治新政府の猛追を逃れ、開陽丸に乗り込んだ土方歳三ら旧幕府軍。だが、船上には、動乱に乗じ日本に神の王国の建国を企むフリーメーソンの影が――。
205833-0

と-26-25
神威の矢（下） 土方歳三 蝦夷討伐奇譚
富樫倫太郎
ドラゴン復活を謀るフリーメーソン、後のない旧幕府軍、死に場所を探す土方、迫害されるアイヌ人、山籠りの陰陽師。全ての思惑が北の大地で衝突する！
205834-7

と-26-38
白頭の人 大谷刑部吉継の生涯
富樫倫太郎
近江の浪人の倅はいかにして「秀吉に最も信頼される男」になったのか――謎の病で容貌が変じ、周囲に疎まれても義を貫き、天下分け目の闘いに果てるまで。
206627-4

S-2-10
日本の歴史10 下剋上の時代
永原慶二
足利幕府の力弱く、暗殺、一揆、叛乱、飢饉がうち続き、ついに応仁の乱に突入する。下剋上の風潮地をおおい、乱世のきわみといえる時代の姿。〈解説〉永原慶二
204495-1

S-2-11
日本の歴史11 戦国大名
杉山博
全国に割拠し、非情なまでの権謀術数を用いて互いに攻め合い殺し合う戦国の武将。われこそは天下に号令せんと角逐する人々を生き生きと描く。〈解説〉稲葉継陽
204508-8